JANE YOLEN, geboren 1939 in New York, ist Autorin zahlreicher Kinderbücher, Bilderbücher, Fantasy-und Science-Fiction-Romane. Sie wurde mit renommierten Preisen ausgezeichnet, unter anderem mit der Caldecott Medal, dem Jewish Book Award und dem Preis der Association of Jewish Libraries. Jane Yolen hat drei Kinder und mehrere Enkel. Sie lebt in Hatfield, Massachusetts, und St. Andrews, Schottland.

Dornrose

Jane Yolen

Dornrose

Die Geschichte meiner Großmutter

Roman

Aus dem Englischen von Ulrike Nolte

Weltbild

Die Originalausgabe erschien 1992
unter dem Titel *Briar Rose*
bei Tom Doherty Associates, New York.

Besuchen Sie uns im Internet:
www.weltbild.de

Genehmigte Lizenzausgabe für Verlagsgruppe Weltbild GmbH,
Steinerne Furt, 86167 Augsburg

Übersetzung: Ulrike Nolte
Umschlaggestaltung: Zeichenpool, München
Umschlagmotiv: www.shutterstock.com
Gesamtherstellung: GGP Media GmbH, Pößneck
Printed in the EU
ISBN 978-3-8289-9715-8

2014 2013 2012 2011
Die letzte Jahreszahl gibt die aktuelle Lizenzausgabe an.

Für Charles und MaryAnn de Lint
und für Susan Shwartz
– einfach so.

Mein besonderer Dank gilt Barbara Diamond Goldin, Staszek Radosh, Linda Mannheim, Betsy Pucci, Peter Gherlone, Mary Teifke, Alissa Gehan, Susan Landau und Scott Scanlon für ihre Unterstützung bei den historischen Recherchen. Falls sich Fehler in der Darstellung finden, trage ich allein die Verantwortung.

»Märchen, sowohl in mündlicher als auch schriftlicher Form, haben ihren Ursprung in geschichtlichen Tatsachen: Sie sind aus dem Streben entstanden, bestimmte tierische und barbarische Kräfte zu überwinden, die den menschlichen Geist und die menschliche Gemeinschaft bedrohten und zu einer Gefahr für Humanität, Mitgefühl und freien Willen wurden. Das Märchen hat die Aufgabe, diesen konkreten Schrecken metaphorisch zu verarbeiten und dadurch zu besiegen.«

Jack Zipes
»Spells of Enchantment«

HEIM

»Doch die ergiebigste Quelle für Mythen sind die mit halbem Ohr aufgefangenen Gerüchte, die von Mutter zu Vater, von Nachbar zu Nachbar am Gartenzaun weitergeflüstert werden. Es braucht nur eine kleine Andeutung, eine kunstvoll verdrehte Enthüllung, einen warnend an die Lippen gelegten Finger, und schon sammeln sich die Geschichten wie Gewitterwolken am Horizont. Man könnte fast behaupten, dass ein Kind keine Geschichten zu lesen braucht, wenn es sich nur aufs Lauschen versteht. Es braucht im Grunde nichts als ein gespitztes Ohr und das Talent, unschuldig zu wirken … denn man darf sich die Neugier natürlich nicht anmerken lassen.«

P. L. Travers
»About the Sleeping Beauty«

»Jeder mag Märchen, denn jeder wünscht sich, dass am Ende alles gut wird. Und obwohl das Geschichtenerzählen eine Form von Schwindelei ist, kann man als Zuhörer meistens den Verdacht nicht abschütteln, dass diese scheinbare Unwahrheit eine verborgene Wahrheit verkündet.«

Ralph Harper
»The Sleeping Beauty«

KAPITEL 1

»Gemma, erzähl uns noch einmal die Geschichte«, bettelte Shana, kuschelte sich an ihre Großmutter und atmete den unverwechselbaren Duft aus Zitrone und Talkumpuder ein, den nur Gemma und niemand sonst besaß.

»Welche denn?«, fragte die alte Dame und schnippelte Äpfel in eine Holzschale.

»Du weißt schon«, sagte Shana.

»Ja … du weißt schon«, stimmte Sylvia mit ein und drängte sich neben ihre Schwester, wo der Zitronen-Talkum-Duft besonders intensiv war.

Die kleine Rebecca in ihrem hohen Kinderstuhl schlug mit dem Löffel gegen ihre Tasse. »Dorndösen. Dorndösen.«

Shana verzog das Gesicht. Sie selbst hatte nie in Babysprache geplappert, nicht einmal als ganz kleines Mädchen. Immer schon hatte sie vollständige Sätze benutzt; darauf schwor ihre Mutter hoch und heilig.

»Dorndösen.« Gemma lächelte. »Na gut.«

Die Schwestern nickten und traten beide einen Schritt zurück, als würde die Geschichte nur wirken, wenn sie Großmutters Gesicht sahen. Der Duft allein reichte nicht.

»Es war einmal …«, begann Gemma, und die beiden älteren Mädchen flüsterten die Anfangsworte mit. »… in fernen Zeiten, niemals oder immerdar, doch nie den besten

aller Zeiten ... da stand im Wald ein Schloss. Und in dem Schloss lebte ein König, der wünschte sich nichts sehnlicher als ein Kind. ›Dein Wort in Gottes Ohr‹, sagte die Königin jedes Mal, wenn der König davon sprach. Aber die Jahre vergingen, und ihnen wurde kein Kind geboren.«

»Bohren, bohren, bohren«, echote Rebecca und schlug bei jedem Wort rhythmisch den Löffel gegen die Tasse.

»Sei still!«, riefen Shana und Sylvia im Chor.

Gemma nahm Rebecca den Löffel und die Tasse weg und gab ihr stattdessen ein Stück Apfel. »Doch eines Tages, schließlich und endlich und zur rechten Zeit, ging die Königin zu Bett und gebar ein kleines Mädchen, gekrönt von flammend rotem Haar.« Gemma strich sich über die eigenen Locken, in deren Rot sich weiße Strähnen flochten wie gewundener Stacheldraht. »Das Kind war so schön wie die wilden Heckenrosen, und deshalb nannte es der König ...«

»Prinzessin Dornrose«, seufzten Sylvia und Shana.

»Dornrose«, wiederholte Rebecca, wenn auch weniger deutlich, denn ihr kleiner Mund war voller Apfel.

KAPITEL 2

Es war Frühling, zumindest laut Kalender, aber die ganze Nacht über war Schnee gefallen, der nun die Straßen von Holyoke bedeckte. Der Volvo quälte sich knatternd die rutschige Steigung empor – anstatt hinaufzuschnurren, wie es der Mercedes getan hätte, den sie gerade beim Händler abgegeben hatten.

»Ich habe Mum von Anfang an gewarnt, dass der Mercedes ein Montagswagen ist, aber darüber hat sie nur gelacht«, meinte Sylvia und drehte wie immer nervös an ihrem goldenen Ohrring. Der rechte war schon herausgefallen, beim linken war es nur eine Frage der Zeit.

»Und ich habe ihr gesagt, Dad hätte sich für seine Midlifecrisis besser eine Geliebte zulegen sollen statt eines Angeberautos. Das wäre billiger gekommen.« Shana hatte immer einen flotten Spruch auf Lager.

Die beiden grinsten sich an. Sie besaßen die gleiche spitze Zunge – außerdem das gleiche dunkle Haar, die gleichen weiten Augen und hohen Wangenknochen. Sylvia und Shana wirkten wie Zwillinge, obwohl sie in Wirklichkeit achtzehn Monate auseinander lagen.

Becca, die Jüngste, schenkte ihnen ein Lächeln, aber

sie war nie Teil dieses magischen Schwesternbundes gewesen, heute nicht und früher nicht. Mit sicherer Hand steuerte sie den stotternden Wagen den letzten Hügel hinauf. Fast wäre der Volvo ins Schleudern gekommen, doch sie zwang ihn sofort wieder auf die Fahrspur zurück.

»Komm schon, Rosinante«, murmelte sie. Der Wagen war schon mehr als klapprig gewesen, als sie ihn gekauft hatte, und so hatte sich der Name aufgedrängt. Becca fand, es sei nur höflich, den Dingen einen Namen zu geben, die ihr täglich treu zu Diensten waren. »Weiter so, Baby, die letzten Meter schaffst du noch!«

Der Volvo kämpfte sich erfolgreich bis oben auf den Hügel. Mit geübter Hand bog Becca an der Cabot Street rechts ab und hielt vor der Tür des dreistöckigen Backsteingebäudes, in dem sich das Altersheim befand.

»Na bitte, wir sind da«, sagte sie mehr zu Rosinante als zu ihren Schwestern.

Sylvia und Shana stiegen eilig aus, verwünschten das Wetter und marschierten zielstrebig ins Gebäude. Sie nahmen sich nicht einmal Zeit, den feuchten, klebrigen Schnee von ihren italienischen Designerstiefeln zu schütteln.

Nachdem Becca alle vier Türen abgeschlossen hatte, folgte sie den beiden. Kurz bevor sie hineinging, hob sie noch das Gesicht zum Himmel und fing ein paar Flocken mit der Zunge auf. Pure Magie, dachte sie. Schnee besaß für Becca immer einen seltsamen Zauber, selbst wenn er das Autofahren zur

Plage machte. Das galt besonders für dieses Jahr, schließlich hatten alle Wettersender einen trockenen, dürren Frühling vorhergesagt.

In der quadratischen Empfangshalle des Altersheims hatten sich die Bewohner zum gemeinschaftlichen Singen versammelt. Ein Mann mit Halbglatze und Banjo stand als Dirigent vorne und versuchte, alle anderen zum Mitmachen zu animieren. Seine Stimme war ganz heiser vor Begeisterung. In fünf halbwegs geraden Reihen aus Roll- und Schaukelstühlen hockten ungefähr vierzig Senioren und taten ihr Bestes, der Melodie zu folgen. Nur Mrs Hartshorn saß wie immer in einer Ecke und verknotete ihr langes, ausgeblichenes Haar, bis sie wie eine weiße Version von Bob Marley mit Rastalocken aussah. Selbst die Pfleger achteten nicht länger auf sie.

»Hallo, Mrs Hartshorn«, sagte Becca freundlich im Vorübergehen. Sie erwartete keine Antwort und bekam auch keine.

Eine vielstimmige Wiedergabe von »Oh, Susannah« näherte sich soeben einem wackligen Ende, wobei immerhin zwei Pflegerinnen die richtigen Noten trafen. Becca suchte in der Menge nach ihrer Großmutter, sah sie aber nirgends. Da das Heim die Angehörigen benachrichtigt hatte, weil Gemma sich in kritischem Zustand befand, hielt Becca eigentlich nur aus Gewohnheit nach ihr Ausschau. Einige der Senioren erkannten sie. Mr Silver winkte, und Becca warf ihm eine Kusshand zu. Er fing den Kuss mit kindlich übertriebener Geste auf.

Shana stand bereits am Lift und hämmerte ungeduldig auf den Knopf. Sie schien zu glauben, der Aufzug würde schneller kommen, wenn sie nur oft genug drückte. Sylvia steckte ihre Ohrringe fest und zog den grauen Pullover straff über ihre gertenschlanke Taille.

Becca übte sich in Geduld. Sie wusste aus Erfahrung, dass der störrische Aufzug eine Weile brauchen würde, um auf den Knopfdruck zu reagieren, und noch länger, bis er quietschend im Erdgeschoss ankam.

Als die Tür sich endlich ratternd aufschob, kamen zwei Pflegerinnen herausgehastet. »Ach, hallo, Becca«, sagte die eine. »Heute Morgen war sie bei klarem Bewusstsein und hat nach dir gefragt.«

Die andere nickte nur kurz. Sie war Mrs Hartshorns private Krankenschwester.

Becca lächelte die beiden an, ein extrabreites Lächeln zum Ausgleich für ihre Schwestern, die durch die Pflegerinnen hindurchschauten, als ob eine weiße Uniform unsichtbar machte. Dann drängte sie sich neben Shana in den engen Fahrstuhl, Ellenbogen an Ellenbogen.

»Dritter Stock«, ließ sie ihre Schwester wissen. Sie bezweifelte, dass die beiden sich daran erinnerten, immerhin waren sie in vier Jahren nur zwei Mal zu Besuch gekommen. Natürlich lebten sie sehr weit weg, die eine in Los Angeles, die andere in Houston.

»Ich weiß«, seufzte Shana übertrieben. »Schließlich war ich schon mal hier, okay?«

»Waren wir beide«, betonte Sylvia und fummelte nun an der hochkarätigen Goldkette um ihren Hals. Der Anhänger war eine »Hand Gottes« mit fein gearbeitetem Davidstern, und Sylvia schien ihn in seine Einzelteile zerlegen zu wollen. »Aber es ist so schwer. Ich weiß nicht, wie du das aushältst, sie jeden Tag zu besuchen.«

»Nicht jeden Tag«, murmelte Becca.

»Also, wenn ich hier in der Stadt lebte«, fuhr Sylvia fort, ohne Beccas Worte zu beachten, »dann könnte ich sie nicht jeden Tag besuchen. Nicht in diesem Heim. Nicht in ihrem Zustand.«

Becca lächelte wie üblich, schloss aber die Augen, damit ihre Schwestern nicht bemerkten, wie nahe sie den Tränen war. Sonst würden die beiden ihr wieder in den Ohren liegen, dass es für jemanden in Großmutter Alter das Beste sei, nichts mehr zu merken und nicht unter der Arthritis und Diabetes zu leiden – als ob der Körper keine Schmerzen fühlte, nur weil der Geist die Vergangenheit durchwanderte. Ihre Großmutter war weder steinalt noch senil, dachte Becca wütend. Der Zorn half ihr, die Tränen zurückzuhalten.

Gerade wollte sie eine entsprechende Bemerkung machen, als der Fahrstuhl anhielt und die Tür aufging. Am Personaltresen befand sich niemand, nur ein aufgeschlagenes Notizbuch und verstreute Papiere lagen da.

»Ich hasse den Geruch in solchen Heimen«, sagte Sylvia, glättete mit nervösen Händen ihr Haar und prüfte, ob die schwarze Samtschleife richtig saß. »Keine Ahnung, wie die Bewohner das überstehen.«

»Stehen kann hier sowieso keiner mehr. Die liegen in ihrem eigenen Saft«, kommentierte Shana. »Altersheime und alte Leute müffeln, und ich habe nicht vor, jemals so zu leben oder so zu werden.«

»Tja, wenn dir die Alternative lieber ist«, murmelte Becca. Sie war wütend auf sich selbst, weil sie sich von Shanas Bemerkungen reizen ließ. Einzeln waren ihre Schwestern starke, kompetente Geschäftsfrauen, Shana als Maklerin und Sylvia mit ihrem Engagement in der Sozialarbeit. Aber wenn die beiden zusammentrafen, verwandelten sie sich in nörgelnde Gören. Becca hatte nichts anderes erwartet und Tage damit verbracht, sich innerlich auf den Besuch vorzubereiten. Wie jedes Mal, wenn ihre Schwestern nach Hause zurückkehrten, hatte der Zickenterror angefangen, kaum dass sie durch die Tür getreten waren. Becca biss sich auf die Lippe und ging schweigend voran. Nur Mrs Benton war noch in ihrem Zimmer und weinte leise vor sich hin. Becca konnte sich an keinen einzigen Besuch erinnern, bei dem Mrs Benton nicht geweint und nach ihrer Mutter gerufen hatte. Der Rest der Bewohner von Flur 3 befand sich in der Empfangshalle, hatte vermutlich »Oh, Susannah« hinter sich gebracht und war zu »You Are My Sunshine« übergegangen. Aber Mrs Benton lag auf ihrem Bett und wimmerte wie ein verlorenes Kind.

Eilig betrat Becca das Zimmer 310 mit seiner ordentlichen, sparsamen Möblierung. Dieser Raum war ein Glücksfall gewesen, denn Gemma liebte Sonnenlicht, und das Eckzimmer war besonders hell. Heute allerdings ließ der Schneefall alles grau und kalt wirken.

»Hallo, Gemma«, sagte Becca herzlich zu der alten Frau, die von Kissen gestützt im Bett lag. Eine schlicht gemusterte Quiltdecke war eng um ihren Körper gewickelt, und man konnte fast übersehen, dass sie mit einem Bauchgurt am Bettgitter festgebunden war. Aus dem Fernseher ertönte monoton eine Gameshow. Sylvia stellte ihn aus.

Shana trat zu dem Bett und küsste ihre Großmutter auf die Wange, trockene Küsschen mit gespitzten Lippen, die kaum die pergamentartige Haut berührten und trotzdem rote Druckstellen hinterließen, weil Gemmas alter Körper so empfindlich war. Als Sylvia an der Reihe war, kam sie wegen des Bettgitters nicht richtig heran und verfehlte Gemmas Wange um Haaresbreite. In ihren Augen begann es feucht zu schimmern. Sie klappte das Gitter herunter und küsste ihre Großmutter noch einmal.

Damit hatten beide die Regeln des Anstands erfüllt und richteten sich auf. Sylvia starrte aus dem Fenster auf den Schnee, Shana flüchtete sich ans Fußende des Bettes und setzte ihre Louis-Vuitton-Handtasche vorsichtig auf dem Quilt ab.

Becca hatte auf dem Bettrand Platz genommen. Sie griff nach Gemmas Hand, die sich schlaff und knochenlos anfühlte. Als sei die Person, die diesen Körper ausgefüllt hatte, einfach daraus verschwunden.

»Unbekannt verzogen«, murmelte Shana, als ob sie Beccas Gedanken lesen könne.

»Gemma? Gemma, ich bin es, Becca«, sagte sie gepresst. »Ich habe dir Syl und Shana mitgebracht. Sie wollen dich besuchen. Wir haben dich sehr lieb.«

»Wir haben dich sehr lieb«, sagten die beiden pflichtbewusst im Chor.

Eine lange Weile erfolgte nicht die geringste Reaktion, und Becca begann sich zu fragen, ob Shana recht hatte und in Gemmas Kopf niemand mehr zu Hause war. Dann, als würde sie langsam von einer weiten Reise zurückkehren, füllte Gemma wieder ihren Körper aus, holte seufzend Luft und schlug die Lider auf. Ihre Augen besaßen die blassblaue Farbe eines fahlen Spätwinterhimmels.

Becca drückte ihrer Großmutter die Hand, sehr behutsam, denn sie wusste, was für ein zerbrechliches Gebilde sie umfasste. »Gemma …«, begann sie wieder.

»Es war einmal«, sagte Gemma mit einer kindlich hohen, lispelnden Stimme, »in fernen Zeiten, niemals oder immerdar, doch nie …«, sie unterbrach sich, um einen Hauch von Luft zu holen, der ausreichte, um sie wieder mit Leben zu füllen, »… den besten aller Zeiten.« Ihr Atem war so matt wie ihre Haut und duftete nach altem Blütenpotpourri, süß und moderig.

»O Gott«, sagte Sylvia mit gepresster Stimme, »nicht das schon wieder.« Sie blieb abgewandt am Fenster stehen und schaute starr auf den Schnee, wie hypnotisiert von den fallenden Flocken, aber ihre Schultern zuckten.

Becca hoffte nur, dass ihre Schwester nicht in Tränen ausbrechen würde. Wenn Sylvia weinte, tat sie es laut, als solle jeder im Umkreis an ihrem Leid teilhaben. Gemma konnte es nie ertragen, wenn jemand in ihrer Gegenwart weinte.

»Es war einmal ein Schloss«, sagte Gemma. Dann schwieg sie wieder.

»Was für ein Schloss?«, soufflierte Becca.

»Wir wissen alle ganz genau, was für ein Schloss. Lass es sein, Becca!«, zischte Shana und zupfte ein unsichtbares Haar von ihrem cremefarbenen Blazer. »Mach es nicht noch schlimmer, als es schon ist!«

Becca öffnete den Mund, um zu widersprechen, aber die alte Frau war bereits wieder eingeschlafen.

Sie warteten ungefähr zwanzig Minuten, doch Gemma rührte sich nicht.

»Na gut, das war's«, sagte Sylvia, warf einen Blick auf ihre Uhr mit dem dünnen Goldarmband und wandte sich entschlossen vom Fenster ab. »Zeit zu gehen.« Ihre Augen waren rot umrandet, und über ihre rechte Wange lief eine feine Spur von Wimperntusche.

»Vielleicht wacht sie wieder auf«, sagte Becca fast flehend. »Das kommt häufig vor. Und ihr beide seid so weit gereist, um sie zu besuchen. Vielleicht bekommt ihr keine … keine andere Gelegenheit. Nicht vor ihrem …« Sie konnte sich nicht überwinden, den Satz zu vollenden, als sei das Wort »Tod« ein zu endgültiger Schlusspunkt. »Bitte, wir sollten noch nicht gehen.«

»Noch nicht? Jetzt ist es schon drei Uhr, der Schnee wird immer dichter, und bald stecken wir in der Rushhour fest.« Sylvia hielt ihr Handgelenk mit der Uhr hoch, als könne sie dadurch ihren Argumenten mehr Gewicht verleihen. Man merkte ihr an, dass sie sich nicht wohl in ihrer Haut fühlte. Sie wirkte in dieser Umgebung geradezu verängstigt.

»Rushhour?«

»O ja, richtig. Ich hatte vergessen, dass wir uns wieder bei den Hinterwäldlern befinden. Kein Verkehr wie in L. A. oder Houston.« Sie warf Shana einen auffordernden Blick zu.

Shana lehnte sich zu Becca vor und legte ihr den Arm um die Taille. »Hör zu, wir beide wissen, dass die Situation für dich am schwersten ist, und wir möchten es dir gerne ein bisschen leichter machen, wenigstens heute. Du bist schließlich diejenige, die sich um Gemma kümmert.«

»Aber Mum und Dad ...«, widersprach Becca loyal.

»Wir wissen, wer Großmutter am häufigsten besucht«, sagte Shana. »Jeder weiß das. Also brauchst du nicht das Gefühl zu haben, dass du alles an Gemma mit uns teilen musst.« Ein schneller Blick und ein Kopfschütteln in Sylvias Richtung sollte verhindern, dass sie sich einmischte.

Sylvia ignorierte die Warnung. »Allerdings muss dir wohl klar sein, Bec ...«, sagte sie und tippte sich in einer eindeutigen Geste an die Stirn.

»Großmutter ist nicht verrückt«, protestierte Becca.

Ihre Stimme nahm den weinerlichen Kleinmädchenton an, in den sie immer verfiel, wenn ihre Schwestern lange genug in der Nähe waren.

»Klar, nicht verrückt. Kein bisschen. Sie glaubt nur – sie ist felsenfest überzeugt –, dass sie irgendwann in einem Schloss gelebt hat. Die leibhaftige *Belle au Bois Dormant*.« Sylvias Französisch war tadellos. Sie hatte während ihrer Collegezeit ein Jahr an der Sorbonne studiert. »Die schlafende Schönheit im Wald, auch Dornröschen genannt. Eine verdammte Märchenprinzessin, Becca. Mit jüdischem Akzent. Wenn Gemma nicht verrückt ist, weil sie an so etwas glaubt – dann bist du es. Werde endlich erwachsen. Shana und mir ist das jedenfalls gelungen.«

»Du verstehst nicht«, versuchte Becca zu erklären. »Natürlich glaube ich nicht, dass sie wirklich eine Prinzessin war. Und Gemma glaubt das ebenso wenig. Die ganze Geschichte ist nur … eine Allegorie.«

Sylvia schnaubte und griff zu den altgewohnten Sticheleien, um den Rest von Traurigkeit zu vertreiben, die sie ergriffen hatte. »Ach so, eine *Agonie*«, kramte sie ein Wortspiel aus der Schulzeit hervor. »Wir können alle dankbar sein, dass du nicht an der Uni warst, um Literatur zu studieren, sondern von dieser idiotischen Untergrundzeitung angeheuert worden bist.«

»Bloß weil der *Advocate* alternative Ansichten vertritt, heißt das noch lange nicht …«

»Ist doch alles das Gleiche«, sagte Sylvia und

wandte sich ab. »Links bleibt links. Wer den Untergrund mag, wühlt eben im Schmutz.«

»Du willst einfach nicht verstehen«, rief Becca, während ihr die Tränen über die Wangen liefen und ihr das Gefühl gaben, Jahre jünger als dreiundzwanzig zu sein. Warum gelang es ausschließlich ihren Schwestern, sie zum Weinen zu bringen?

»Es war einmal ...«, unterbrach Gemmas Stimme den Streit. Alle drei fuhren herum und starrten sie an. Die Augen der alten Frau blieben fest geschlossen.

»Jetzt hast du es geschafft«, zischte Sylvia. »Sie ist wieder aufgewacht und wird anfangen, diese verflixte Geschichte zu erzählen.«

»... in fernen Zeiten, niemals oder immerdar, doch nie den besten aller Zeiten«, fuhr die wispernde Stimme fort, »da stand im Wald ein Schloss. Und in dem Schloss lebte ein König, der wünschte sich nichts sehnlicher als ein Kind.« Ihre Stimme schien aus der Erzählung neue Kraft zu schöpfen, und sie brachte die vertrauten Einleitungsworte schnell hinter sich. »Doch eines Tages, schließlich und endlich und zur rechten Zeit, ging die Königin zu Bett und gebar ein kleines Mädchen, gekrönt von flammend rotem Haar.« Gemma versuchte, ihr eigenes Haar zu berühren, wurde aber durch den Bauchgurt behindert. Sie stockte, als habe sich in das Märchen ein unerklärlicher Fehler geschlichen. Doch dann nahm sie einen weiteren gehauchten Atemzug und fuhr fort: »Das Kind war so schön wie die wilden Heckenrosen, und deshalb nannte es der König …« Sie hörte auf zu sprechen.

»Prinzessin Dornrose«, sagten die drei Schwestern sofort im Chor, als seien sie wieder zu Kindern geworden und würden die Geschichte genießen wie früher. Aber zweien von ihnen stand hilflose Wut ins Gesicht geschrieben, und die dritte – so rothaarig wie die Prinzessin aus dem Märchen – war in Tränen aufgelöst.

Als habe sie nur darauf gewartet, die dreistimmige Antwort zu hören, schlief die alte Dame beruhigt wieder ein. Sylvia und Shana wechselten einen verstohlenen Blick, bewegten sich auf Zehenspitzen vom Bett fort und steuerten auf den Ausgang zu.

»Bec …«, mahnte Shana von der Tür aus.

Becca schüttelte den Kopf und rührte sich nicht. Die Geste besagte, dass sie bleiben würde, den anderen aber ihre Flucht verzieh. Das tat sie wirklich. Dieser Ort war schrecklich, roch nach Urin, nach Trauer und Hoffnungslosigkeit. Dagegen halfen auch die edlen silbernen Teekännchen beim Frühstück nicht, genauso wenig wie die tägliche »Happy Hour«, der fröhlich bunte Bastelraum oder die angestrengten Töne von »Clementine« und »Down by the Riverside«, die gerade den Fahrstuhlschacht hinaufwaberten. Becca verstand ihre Schwestern vollkommen und liebte sie von ganzem Herzen, trotz der verletzenden Dinge, die sie oft sagten. Die gleiche Liebe brachte sie dazu, jeden Nachmittag nach ihrer Arbeit in der Zeitungsredaktion hierher zum Heim zu fahren und sogar an den Wochenenden drei oder vier Stunden zu bleiben. Sie hatte Angst, dass Gemma so enden würde wie Mrs Hartshorn, die nie Besuch bekam und ihr Haar zu Makramee verarbeitete. Oder wie Mrs Benton, die stets vergeblich nach ihrer Mutter rief. Oder wie Mrs Gedowski aus dem zweiten Stock, die den ganzen Tag in der Halle herumsaß und Flüche ausstieß, deren obszöner Wortreichtum selbst einen Hiphopsänger neidisch gemacht hätte.

Ihre Schwestern gingen, und Becca hörte zu, wie die Schritte im Korridor verklangen. Sie konnte die Hintergrundgeräusche des Heims durch die Tür hören: den quietschenden, scheppernden Fahrstuhl auf seinem Weg zum Erdgeschoss, ein Telefon am Personaltresen, das nach zweimaligem Klingeln von einer Pflegerin mit müder Stimme beantwortet wurde. An der Tür ratterte ein Rollwagen vorbei, begleitet vom Flipflop-Geräusch gummibesohlter Schuhe. Das gutlaunige Geplapper eines Fernsehsprechers übertönte fast das Weinen aus Mrs Bentons Zimmer.

Becca stand auf, um die Tür zu schließen, und kehrte dann zum Bett ihrer Großmutter zurück. Als sie dieses Mal Gemmas Hand ergriff, krallten sich die Finger mit verzweifelter Kraft an ihr fest.

»Rebecca?« Gemmas Flüsterstimme klang stärker als zuvor. »Rebecca!«

»Ja, ich bin hier.«

Die alte Frau schlug die Augen auf. »Ich war die Prinzessin aus dem Schloss, dort im Dornenwald. Ein dunkler Nebel kam über uns, und wir alle sanken in tiefen Schlaf. Aber der Prinz hat mich wachgeküsst. Nur mich.«

»Ja, Gemma«, antwortete Becca beruhigend.

Die alte Frau zerrte an dem Riemen und versuchte sich hinzusetzen, aber schließlich gab sie den Kampf auf und fiel hilflos in die Kissen zurück. »Ich war die Prinzessin!«, wiederholte sie schrill. »Im Schloss. Der Prinz hat mich geküsst.«

»Ja, Gemma.«

»Das Schloss gehört jetzt dir. Das ist alles, was ich dir geben kann. Du musst es finden. Das Schloss im Dornenwald. Versprich es mir.« Erneut versuchte sie, sich aufzurichten. Auf ihrem Gesicht erschienen hektische rote Flecken.

»Ich verspreche es.«

»Versprich mir, das Schloss zu suchen. Versprich mir, den Prinzen zu finden, den Magier, den dunklen Zauberer.«

»Ja, du kannst dich auf mich verlassen, ich verspreche es.« Sie konnte kaum glauben, mit wie viel Kraft Gemma ihre Hand umklammert hielt.

»Schwöre es.«

»Ich schwöre, Gemma.«

»Bei meinem Grab.«

»Du bist nicht tot, Gemma.« Am liebsten hätte sie das Wort nicht einmal ausgesprochen. Als könnte es dadurch real werden.

»Schwöre!«

»Ich schwöre es. Bei deinem … deinem Grab.«

Die roten Flecken auf dem Gesicht der alten Frau wurden schwächer, sie ließ sich friedlich zurück in die Kissen sinken und schloss wieder die Augen. Dann wisperte sie etwas, das Becca nicht verstehen konnte, obwohl sie angestrengt lauschte.

Becca lehnte sich vor und brachte ihr Ohr so nah wie möglich an die Lippen ihrer Großmutter. Fast bekam sie Angst, die alte Frau aus Versehen zu ersticken. Da endlich konnte sie die Worte hören.

»Ich bin die Prinzessin«, flüsterte Gemma immer wieder. »Ich bin Dornröschen.«

KAPITEL 3

»Gleich ist es Zeit, ins Bett zu gehen«, verkündete Gemma.

»Du hast gesagt, dass ich länger aufbleiben kann, weil ich jetzt zehn bin«, protestierte Sylvia, »und dass du mir eine Geschichte erzählst.«

»Aber nicht Dornröschen«, quengelte Shana. »Ein neues Märchen.«

»Ich mag Dornröschen. Ist mein Favorit«, sagte Becca. Dieses Wort hatte sie neu gelernt und benutzte es bei jeder Gelegenheit.

»Gut, also zuerst Dornröschen für Becca, bevor sie ins Bett geht. Dann erzähle ich euch beiden erwachsenen Ladys eine andere Geschichte.« Gemma lächelte ihnen zu.

Shana und Sylvia verschwanden aus dem Zimmer. »Wir kommen zurück, wenn du mit Dornröschen fertig bist«, rief Shana aus dem Nachbarraum.

»Und nicht früher!«, setzte Sylvia hinzu.

Aber das Märchen hatte kaum begonnen, da kamen die beiden schon an die Tür geschlichen und hörten zu.

Gemma sagte gerade: »… also beschloss der König, zu Ehren seiner Tochter ein Fest zu feiern.«

»Ein großes Fest?«, fragte Becca, obwohl sie die Antwort kannte.

»Ein sehr großes Fest. Mit Kuchen, Eiscreme und golde-

nen Tellern. Natürlich waren alle guten Feen des Königreiches eingeladen.«

»Aber nicht die böse Fee.«

Gemma umarmte Becca fester. »Nein, nicht die böse Fee. Nicht die Hexenmeisterin ganz in Schwarz mit ihren großen schwarzen Stiefeln und silbernen Adlern am Hut.«

»Sie ist trotzdem gekommen.«

»Ja, wie der Engel des Todes ist sie gekommen. Sie trat unter die Feiernden und sagte: ›Ich verfluche dich, Prinzessin. Ich verfluche dich und deinen Vater, den König, und deine Mutter, die Königin, und alle deine Onkel, Cousinen und Tanten. Alle Menschen aus deinem Dorf. Alle Menschen, die deinen Namen tragen.‹« Gemma bebte am ganzen Körper und Becca legte ihr die Hand auf den Arm.

»Es wird alles gut, Gemma. Du wirst schon sehen. Der Fluch wirkt nicht.«

Gemma drückte sie noch einmal ganz fest und erzählte die Geschichte zu Ende.

KAPITEL 4

Zu der Trauerfeier kamen nur wenige Gäste. Ungefähr zwei Dutzend Personen hatten sich in der Synagoge versammelt. Gemma hatte zurückgezogen gelebt und ihre Familie war klein.

Der Rabbi sprach in seiner Rede von einer Person, die nur flüchtige Ähnlichkeit mit Gemma besaß. Immer wieder musste Becca sich in die Gegenwart zurückrufen, anstatt in den Geschichten zu versinken, die ihre Großmutter so oft erzählt hatte. Als der Kantor zu singen begann – mit viel Vibrato und mindestens einen halben Ton zu tief –, gab sie auf und flüchtete sich in das Schloss aus Gemmas Lieblingsmärchen.

Am Friedhof an der King Street war die Trauergemeinde noch kleiner geworden. Lastwagen dröhnten vorbei, während der Rabbi die letzten Gebete sprach, und übertönten seine Worte. Beccas leises Schniefen ging im Geräusch quietschender Reifen unter, als ein Auto mit jugendlichem Fahrer aus einer Auffahrt gebraust kam und mit lautem Hupen ein panisches Eichhörnchen verjagte.

Sylvia hatte sich in einen knöchellangen Mantel aus schwarzem Nerz gehüllt, zitterte aber trotzdem in der Kälte. Mit weit tragender Stimme flüsterte sie ihrem Ehemann zu: »Wir haben den zehnten April und Winterwetter. Warum konnte sie nicht in Florida sterben wie dein Vater?« Die Bemerkung war als ein privater Scherz gedacht – Sylvia versuchte, sich selbst aufzumuntern –, doch erklang sie unangenehm laut und übertönte die letzten Worte des Rabbi an die Familie. Becca warf ihrer Schwester einen scharfen Blick zu. Der schwache Wind trieb ihnen beiden Tränen in die Augen. Verlegen biss Sylvia sich auf die Lippe und schaute zu Boden. Als Becca ihre Aufmerksamkeit wieder dem Rabbi zuwandte, war er mit seiner Rede zu Ende, drehte die Schaufel um und ließ ein wenig Erde in das offene Grab fallen.

»Auf Wiedersehen, Gemma«, wisperte Becca. Sie wartete, bis sie an der Reihe war, dann grub sie die Finger in die Erde, hob sie an die Nase und füllte ihre Lungen mit dem frischen Duft, als wolle sie sichergehen, dass Gemmas letzte Ruhestätte den richtigen Geruch habe. Mit einem Seufzer kniete sie nieder, holte so tief Luft, dass ihre Rippen schmerzten, und ließ die Erde langsam von der offenen Handfläche fallen.

»Ich verspreche es, Gemma«, sagte sie leise. »Ich schwöre.« Als sie wieder aufstand, griff ihr Vater nach ihrem Arm, um sie unterzuhaken. Er hielt Becca so fest, als habe er Angst, sie als Nächste an den Friedhof zu verlieren. Zusammen gingen sie auf die Mietlimousine zu, und Becca brachte es nicht übers Herz, seine Finger zu lösen, obwohl sie bestimmt blaue Flecken bekommen würde.

Zur Trauerfeier im Haus kamen mehr Besucher als zum Gottesdienst, denn die meisten Nachbarn – Männer und Frauen, mit denen Gemma über vierzig Jahre lang Tür an Tür gelebt hatte – gehörten zur katholischen Gemeinde und fühlten sich unwohl bei dem Gedanken, eine Synagoge zu betreten. So als würde die Kirche das noch immer verbieten. Der Esszimmertisch bog sich unter ihren Gaben für den Leichenschmaus: geräucherte *Kielbasa*-Wurst und gefüllte Kohlwickel, Salat mit Unmengen von Mayonnaise, knubbelige Fruchtkuchen.

Das ganze Haus roch überwältigend nach Frühling, denn gegen den Duft der vielen Blumensträuße kam nicht einmal das Essen an. Zwar hatte Becca versucht, den Nachbarn zu erklären, dass Blumen bei einer jüdischen Trauerfeier unangemessen seien, war aber auf völligen Unglauben gestoßen. Jedes Mal, wenn die Haus- oder Seitentür geöffnet wurde, um neuen Kondolenzbesuch einzulassen, fuhr ein Windzug durch die Blütenblätter. Becca war schon ganz übel von dem Geruch.

Sie sah Sylvia die Treppe hinaufgehen, um sich vor dem Spiegel in ihrem alten Zimmer noch einmal die Frisur zu richten. Die Spiegel im Erdgeschoss waren alle mit Stoff verhängt. Zwar war die Familie Berlin nicht religiös genug, um sich an konservative Trauerriten zu halten, doch sie nahmen Rücksicht auf den Rabbi, der gekommen war, um ihnen sein Beileid auszusprechen.

Sylvia hatte sich über die verhängten Spiegel so

sehr geärgert, dass sie laut die Treppe hinaufstürmte, ohne den Schneematsch von den Stiefeln zu klopfen. Mit einer wütenden Schulterbewegung ließ sie den Pelzmantel auf das Bett fallen. Sie bürstete einige eingebildete Fussel von der Seidenbluse und betrachtete sich kritisch.

Ihr Ehemann Mike schaute ihr über die Schulter und lächelte. »Du siehst gut aus, Schatz.«

»Gut? Das ist nicht genug«, sagte sie, lächelte aber im Spiegel zurück, um ihn wissen zu lassen, dass sie nur scherzte.

Als sie zusammen auf den Flur traten, begegneten sie dort Shana und ihrem Ehemann. Shana hatte nervöse Flecken auf den Wangen, was ein klares Zeichen war, dass sie sich wieder einmal mit Howie gestritten hatte.

»Wo ist Becca?«, fragte Sylvia.

»Unten natürlich. Verteilt Kaffee, schneidet Kuchen auf, unterhält Gemmas Bekannte. Was sonst?« Durch den vorherigen Streit mit Howie geriet ihr Tonfall schärfer als beabsichtigt.

Die Blicke der Männer trafen sich über die Schultern ihrer Frauen hinweg. Howie schaute als Erster zu Boden.

Becca war tatsächlich damit beschäftigt, Kuchen zu schneiden, die Stücke auf dem guten Porzellan zu verteilen und eine Gabel neben jeden Teller zu legen. Sie musste ihren Händen etwas zu tun geben. Ihren Kopf hatte sie mit einer langen Liste von unerledigten

Aufgaben gefüllt, die sie im Geiste wieder und wieder durchging wie ein beruhigendes Mantra. Doch sobald es ihren Händen an Arbeit fehlte, begannen sie zu zittern. Nach dem emotionalen Stress des heutigen Tages war das vermutlich normal, aber warum musste ihr Körper immer so übertrieben reagieren? Sie kam zurecht, solange eine Krise akut war, und hinterher brach sie zusammen. Darin glich sie ihrer Großmutter aufs Haar. In der Familie kursierten Witze darüber.

Im Fernsehzimmer sprachen die Bukowskis mit lauten, ungedämpften Stimmen über Gemma. Ein Grüppchen von Kindern – Shanas zwei Töchter, Sylvias kleiner Sohn und die Berkowitz-Zwillinge – spielte auf der Treppe Fangen. Wahrscheinlich hätte Becca etwas gegen den Lärm unternehmen sollen, wenigstens ihrer Mutter zuliebe, die sichtbar darunter litt und mit verweinten Augen stumm inmitten tratschender Nachbarn auf einem Klavierhocker saß. Aber Becca war unfähig, etwas anderes zu tun, als Kuchen in Stücke zu schneiden, damit ihre Hände nicht zitterten.

Sylvia und Shana kamen die Treppe herunter und machten kurzen Prozess mit der Rasselbande. Sie beförderten die Kinder mit mütterlicher Routine nach draußen, obwohl keines davon für die Winterkälte angezogen war. Becca musste lächeln. Normalerweise waren ihre Schwestern übervorsichtig und hätten die Kinder erst in dicke Schichten aus Pullis und Mänteln gehüllt. Sie sah darin ein Zeichen, dass Gemmas Tod die beiden tiefer berührte, als sie zugeben wollten.

»Könnt ihr mir helfen?«, rief sie ihnen als eine Art Friedensangebot zu. Aber die beiden gingen ins Wohnzimmer. Becca wollte sie nicht in ihrer Trauer stören und attackierte stattdessen den Pfirsichkuchen so wild entschlossen, dass es fast nach unterdrückter Wut aussah. Das war nur ein Teil dieses endlosen, schmerzhaften Tages.

Sie sah Gemma vor sich, die mit geschlossenen Augen im Bett lag und flüsterte: »Ich bin Dornröschen.«

Prinzessin Dornrose. Wo hatte Gemma nur diese Idee her? Bei ihrem letzten Besuch im Heim war das feine Haar ihrer Großmutter nicht wie sonst sorgfältig geflochten gewesen, sondern fächerförmig über das Kissen ausgebreitet. Von dem früheren Rot war nichts mehr übrig. Ihre Haut hatte sich wie altes Pergament über den Knochen gespannt und einer runzligen Landkarte geähnelt: Spuren des Alters, die abbildeten, wo und wie sie gelebt hatte. Aus der Familie hatte allerdings niemand eine Ahnung, wo genau Gemma ihre Kindheit verbracht hatte. Nur, dass sie vor dem Zweiten Weltkrieg in die USA gekommen war.

»Weißt du, Dad, vielleicht hat sie früher tatsächlich in einem Schloss gewohnt. Irgendwo in Europa. Wie die Rothschilds.«

Beccas Vater, ein attraktiver Mann mit schwindendem Haar und festem Kinn, dessen Schnurrbart die Form einer Rechenklammer hatte und eine weiße Linie über dem Mund bildete, antwortete mit einem kopfschüttelnden Lächeln: »Es gab kein Schloss, Schatz. Das ist nur eine von Gemmas Geschichten.«

»Möglich. Aber sie schien sich ihrer Sache sehr sicher zu sein.«

»Was deine Großmutter angeht, war überhaupt nichts sicher«, sagte er. »Weder ihr Geburtsdatum noch ihr Herkunftsland – nicht einmal ihr Name.«

»Gemma«, sagte Becca automatisch.

»Nein, das war nur ein Spitzname. Weil Shana das Wort *Grandma* nicht aussprechen konnte.«

Becca schaute auf den Kuchen und schnitt ein weiteres Stück ab. Es geriet so schmal, dass höchstens eine Diätfanatikerin danach gegriffen hätte. »Ja, ich weiß. Eigentlich hieß sie Dawna. Dawna Prinz. Zumindest stand das auf dem Familienstammbaum, den wir damals als Hausaufgabe in der vierten Klasse zeichnen mussten. Ich erinnere mich so genau, weil ich den Namen falsch geschrieben hatte und fast wieder von vorn anfangen musste. Glücklicherweise hatte Mum eine Flasche Tipp-Ex im Haus.« Sie blickte sich suchend nach einem weiteren Kuchen um, den sie zerstückeln konnte.

Ihr Vater nahm ihr das Messer aus der Hand und legte es so sorgfältig auf einen Teller, wie er es mit seinen chirurgischen Instrumenten nach einer Operation tat. »Dawna war ein Name, den sie sich selbst gegeben hat«, sagte er leise. »Aber drüben in der Alten Welt hieß sie anders. Darauf gehe ich jede Wette ein.«

»Nämlich wie?«

»Woher soll ich das wissen?« Dr. Berlin zuckte vielsagend mit den Schultern. »Ich war nur ihr Schwiegersohn, wenn auch fast dreißig Jahre lang. Ich kann froh sein, dass sie mir bei unserer ersten Begegnung wenigstens den Namen ihrer Tochter verraten hat. Niemand hatte mehr Begabung zur Geheimniskrämerei als deine Großmutter.« Er lachte, und Becca versuchte, darüber entrüstet zu sein. So benahm man sich nicht an einem Trauertag! Aber dann wurde sie von seinem Lachen angesteckt, wie jedes Mal, und überließ sich diesem Moment der Fröhlichkeit.

Sie griff nach den Platten und machte im Zimmer die Runde, wobei sie Kuchenstücke gegen Beileidsgemurmel tauschte. Gedämpftes Gelächter hier und da verstummte, sobald sie sich näherte. Wenn die Platten leer waren, ging sie zurück, um neuen Kuchen zu holen.

Als alle Nachbarn gegangen waren und nur die Familie übrig blieb, war Becca innerlich zu leer für Tränen. Sie saß mit geschlossenen Augen am Küchentisch und hörte den Geräuschen im Haus zu. Ihre Eltern waren dabei, das gute Porzellan von Hand zu waschen und abzutrocknen. Sie klangen fast heiter, während sie sich darüber unterhielten, was die Leute gesagt hatten. Aus dem Wohnzimmer plärrten die Wirtschaftsnachrichten auf CNN. Becca konnte sich ausmalen, wie Shana, Sylvia und ihre Ehemänner kraftlos zusammengesackt vor dem Fernseher saßen.

»Tante Becca, erzählst du uns eine Geschichte?«

Sie öffnete die Augen und sah Benjamin mit seiner blonden Ponyfrisur vor sich stehen. Er sieht seinem Vater unglaublich ähnlich, dachte Becca amüsiert und stellte sich vor, wie Mike um ein Märchen bettelte. Shanas zwei kleine Töchter hatten sich dazugedrängt und bittende Augen auf Becca gerichtet.

»Na gut, aber nur eine. Welche Geschichte soll ich euch erzählen?«

»Dorndösen«, flüsterte Sarah.

Benjamin knuffte ihren Arm. »Nein, die gehört Gemma!«

»Ich erzähle sie euch gern«, sagte Becca. »Gerade weil sie Gemma gehört hat.«

»Wird Großmutter nicht böse sein?«, fragte Susan.

»Blödsinn, sie ist doch tot«, meinte Benjamin.

»Ja schon, aber Geister können wütend werden«, hielt Susan dagegen.

»Wir sind Juden und glauben nicht an Geister«, sagte Benjamin fachmännisch. Dann schaute er zu Becca auf. »Oder doch?«

Sie schüttelte den Kopf. Zwar wusste sie nicht recht, ob sie selbst an Geister glaubte, aber Sarah bekam von dem Thema offenbar Angst und hatte sich schutzsuchend an sie gedrängt. »Selbst wenn Gemma hier herumspuken würde«, sagte Becca, »dann wäre sie jedenfalls ein lieber Geist. Und sie würde wollen, dass ich euch das Märchen erzähle. Als ich sie das letzte Mal gesehen habe, hat sie nämlich genau davon gesprochen. Von Dornröschen.«

Sarahs Gesicht hellte sich auf und sie lächelte. »Es war einmal …«, begann sie auffordernd.

Becca lächelte zurück und fing an zu erzählen.

Als die Kinder schließlich im Bett waren, setzten sich die Erwachsenen im Wohnzimmer zusammen.

»Gemma hat ein sehr klares Testament hinterlassen«, sagte Dr. Berlin. »Kein Wunder, schließlich haben wir einen Juristen in der Familie.« Er nickte Mike zu. »Aber eure Mutter und ich haben noch eine kleine Truhe gefunden. Wir dachten, dass wir sie heute, da wir alle zusammen sind, auspacken.«

»Was ist in der Truhe, Dad?«, fragte Sylvia, zog die schwarze Samtschleife aus ihrem Haar und fuhr sich mit den Fingernägeln leicht über den steifen Nacken.

»Können wir nicht genau sagen. Das gehörte zu Gemmas Geheimnissen. Nicht einmal eure Mutter hat davon gewusst. Als wir gestern den Kleiderschrank im Altersheim ausgeräumt haben, sind wir auf diesen hölzernen Kasten gestoßen. Er ist ...«

Mrs Berlin vervollständigte den Satz. »Er ist voll mit ... also ... mit alten Dingen.«

Dr. Berlin tätschelte die Hand seiner Frau, dann stand er auf, ging in die Küche und kehrte mit der Truhe zurück. In den Deckel war eine Rose zwischen Dornen geschnitzt.

»Nicht schon wieder eine verdammte Rose«, sagte Howie. »Gemma war ein Paradefall für den Psychiater. Ich sage nur: neurotisch zwanghaft.«

»Was weißt du schon davon?«, fuhr Sylvia ihn an. »Du bist Zahnarzt!«

»Ist doch egal. Arzt ist Arzt«, sagte Shana.

»Ist es nicht«, schoss Sylvia zurück.

»Ist es doch.«

»Ist es nicht.«

Mike begann nervös zu lachen und Dr. Berlin hob ruheheischend die Hand.

Shana und Sylvia beendeten das Wortgefecht sofort. In der plötzlichen Stille konnte Becca ihre Mutter hektisch atmen hören, wie so häufig während der Pubertät ihrer streitlustigen Schwestern.

»Können wir sehen, was in der Truhe ist?«, fragte Becca, um den Frieden zu wahren.

»Ja, öffne du sie«, sagte Dr. Berlin zu seiner Frau.

Langsam hob Mrs Berlin den Deckel hoch und starrte auf das Wirrwarr aus Fotos und Dokumenten im Inneren der Truhe. Dann nahm sie ein Stück nach dem anderen heraus. Sie breitete alles sorgfältig auf dem Esstisch aus, bis er von einem regelrechten Patchwork bedeckt war.

»Schaut euch dieses Foto an!«, sagte Sylvia. »Ist das Gemma?«

»Und hier die Zeitungsausschnitte!«, rief Shana und tippte mit einem leuchtend roten Fingernagel auf gelbliches Papier.

»Lasst uns alle zusammen an einem Ende anfangen«, schlug Dr. Berlin vor. Er nahm ein Foto hoch, drehte es um und las laut vor: »Die kleine Eve und ich, 1945.« Er reichte das Bild herum. Es war schwarzweiß und zeigte eine Frau in einem schlecht sitzenden Baumwollkleid, die ein Kind mit blonden Zöpfen und großen Augen auf dem Arm hielt.

»Bist das wirklich du, Mum?«, fragte Becca und zeigte auf das Kind.

Ihr Vater lachte. »Natürlich. Diese Augen sind unverwechselbar.«

»Ihr Kleid ist ja schaurig«, sagte Sylvia. »Sieht eher aus wie ein Kartoffelsack.«

»Die Zeiten waren schwer«, murmelte Mrs Berlin. »Aber dieses Foto habe ich noch nie gesehen.«

Becca griff nach dem nächsten Stück aus dem Patchwork. »Das ist eine Art Einreiseformular für die USA.« Sie schaute langsam in die Runde. »Ausgestellt auf den Namen Gitl Mandelstein.«

»Gitl?«, fragte Shana.

»Vielleicht war das Gemmas richtiger Name«, meinte Howie.

»Mir fällt niemand ein, der sie Gitl genannt hätte«, sagte Mrs Berlin. »Allerdings kenne ich auch niemanden aus ihrer alten Heimat. Ich dachte, sie heißt Genevieve.«

»Du kanntest nicht einmal den richtigen Namen deiner Mutter?«, fragte Mike verblüfft.

»Ich dachte, sie hätte mich Eve genannt, weil das eine Kurzform von Genevieve ist«, sagte Mrs Berlin. »Und dass sie sich ›Dawna‹ als eine Art Wortspiel zugelegt hat. Eve und Dawn – der Abend und die Morgenröte. Darüber hat sie manchmal Scherze gemacht.«

»Also, ich dachte immer, sie hat sich nach dem Märchen benannt«, sagte Sylvia.

»Welchem Märchen?« Man sah Shana die Verwirrung an.

»Dornröschen natürlich. In der Ballettversion heißt die Prinzessin ›Aurora‹, also Morgenröte. Dawn.«

»Das ist mir jetzt zu hoch«, sagte Howie.

»Alles ist dir zu …«, begann Sylvia.

»Syl!« Die kurze Warnung ihres Vaters reichte. Er griff nach einem anderen Foto. »Dieses hier, was haltet ihr davon?« Es handelte sich um ein Passbild, das einen feschen jungen Mann mit hohen Wangenknochen und schwarzem Schnurrbart zeigte. »Vielleicht Gemmas Bruder?«

»Geschwister hat sie nie erwähnt.«

»Oder ein Cousin? Ein Verehrer?«

»Vielleicht dein Vater, Mum?«, stellte Becca vorsichtig die Frage, die ihnen allen durch den Kopf ging.

»Ich weiß es nicht. Sie hat nie von einem Ehemann gesprochen. Oder überhaupt von Familienmitgliedern. Ich kenne nur die Geschichte, dass alle im Schloss eingeschlafen sind und sie vom Prinzen gerettet wurde.«

»Neurotisch zwanghaft«, sagte Howie.

»Erzähl uns was über Zähne oder gar nichts, Weisman«, warnte Sylvia.

Auf dem Tisch lagen ansonsten einige Zeitungsausschnitte, noch ein paar Fotos der gleichen Frau inmitten ähnlich zerlumpt gekleideter Menschen sowie ein kleines Täschchen aus schwarzem Samt. Mrs Berlin öffnete es mit zitternden Händen und holte einen maskulin wirkenden Ring hervor, in den ein großer dunkler Stein eingelassen war. Sie gab ihn an Becca weiter.

»Vielleicht hat der Ring unserem Großvater gehört«, sagte Sylvia.

»Dem Prinzen?«, fragte Howie. »Oder eher gesagt: Mr Prinz?«

»Ich glaube nicht, dass sie … also, ich bin nicht sicher, ob sie … manchmal hatte ich den Eindruck, dass sie nicht einmal wusste, wer mein Vater war«, sagte Mrs Berlin. »Wir hatten Krieg und überall herrschte Chaos. Sie ist gerade noch rechtzeitig außer Landes gekommen.«

»Gerade noch rechtzeitig? Aber Mum«, warf Becca ein, »auf dem Einreiseformular steht 14. August 1944. Als sie hierher geflohen ist, war der Krieg schon fast zu Ende.«

»Das kann nicht stimmen«, sagte Mrs Berlin verwirrt.

»Vielleicht sind Gemma und Gitl nicht dieselbe Person«, schlug Mike vor. »Schließlich hast du selbst gesagt, dass niemand aus eurem Bekanntenkreis sie so genannt hat.«

»Aber warum hat sie dann das Formular behalten?«, fragte Dr. Berlin.

Becca hielt den Ring ins Licht und holte scharf Luft.

»Mum, in der Innenseite ist eine Gravur.«

Dr. Berlin nahm ihr das Schmuckstück aus der Hand, ging in sein Arbeitszimmer und kam mit einem Vergrößerungsglas zurück. »Drei Buchstaben und ein Datum«, stellte er fest. »JMP 1928.«

»Weder Gitl noch Mandelstein«, stellte Mike leicht triumphierend fest.

»Das ist ein Männerring, du Dummkopf«, sagte

Sylvia, doch mit einer gewissen Zärtlichkeit. »P wie Prinz.«

»Was hat das bloß alles zu bedeuten?«, wollte Shana wissen.

»Darauf könnte uns nur Gemma eine Antwort geben«, sagte Dr. Berlin.

»Und jetzt ist es zu spät«, setzte Mike hinzu.

»Außer man glaubt an Geister«, meinte Becca, »und wie Benjamin mir versichert, tun wir Juden das nicht.«

»Neurotisch zwanghaft.«

»Halt die Klappe, Howie«, sagten alle drei Schwestern im Chor.

Dr. Berlin legte den Ring neben das Foto, auf dem die Frau mit dem Kind zu sehen war, und zitierte: »›Ein Rätsel, gehüllt in ein Geheimnis, verschlossen in einem Mysterium.‹«

»Churchill«, sagte Sylvia.

»Über Russland«, setzte Shana hinzu.

»Meine klugen Mädchen!«, lächelte Dr. Berlin.

»Ich werde die Lösung finden.« Becca legte ihre Hand auf den Ring und das Foto. »Die Lösung für das Rätsel, das Geheimnis und das Mysterium. Ich habe vor, das Schloss und den Prinzen zu suchen und unserer Familie ihre Wurzeln zurückzugeben. Schließlich gibt es genug Hinweise: die Fotos, den Ring, die ganzen Dokumente … Ich habe es Gemma versprochen.«

»Neurotisch zwanghaft«, sagte Howie wieder.

Diesmal ignorierten ihn alle.

KAPITEL 5

Zum ersten Mal übernachtete eine Freundin bei Becca und Gemma hatte ihnen eine Einschlafgeschichte versprochen.

»Vielleicht erzählt sie uns Dornröschen, wenn wir sie bitten«, sagte Becca. »Niemand kann das so gut wie Gemma.«

Beim Fluch der bösen Fee schauderte es die Kinder.

»›Wenn du siebzehn Jahre alt bist‹«, ließ Gemma die Fee sagen, »›wird mein Fluch dich treffen. Du wirst zu Boden sinken, ein dichter Nebel wird das Schloss einhüllen, und alle werden sterben. Auch du, Prinzessin.‹« Gemma stieß ein Hexenlachen aus, schrill und grausig.

»Schnell, Gemma, erzähl den Rest«, bat Becca, die halb unter der Bettdecke verborgen lag. Ihre Freundin Shirley klammerte sich an sie.

»Was ist mit der Spindel und dem Stich in den Finger?«, flüsterte Shirley. Ihr Atem fing sich in Beccas Haar und strich warm ihren Hals entlang.

Becca brachte sie mit einem warnenden Ellenbogenstoß zum Schweigen.

»Aber eine der guten Feen«, fuhr Gemma fort, »hatte sich ihren Wunsch aufgespart. ›Nicht alle werden sterben. Einige werden nur in tiefen Schlaf fallen. Du, Prinzessin, wirst eine von ihnen sein.‹«

Shirley setzte sich im Bett auf. Wütend schrie sie: »So geht das Märchen nicht. Du erzählst es ganz falsch!«

Gemma lächelte.

»So geht das Märchen aber bei uns«, sagte Becca. »Und wenn du es nicht magst, dann bist du nicht mehr meine beste Freundin.«

»Ich will nach Hause«, jammerte Shirley. »Mir ist schlecht. Mein Bauch tut weh und der Hals kratzt.«

Also brachten sie das Mädchen nach Hause. Zwar blieb Shirley weiter Beccas Schulfreundin, aber zum Übernachten kam sie nie wieder.

Becca lud sie nicht mehr ein.

KAPITEL 6

Als Becca aufstand, war das ganze Haus still, bis auf das Ticken der Standuhr im Erdgeschoss. Sie konnte nicht schlafen. Zuerst hatte das Zimmer sich zu warm angefühlt, sodass sie die Decken von sich geschleudert hatte. Kaum fünf Minuten später kam ihr der Raum eisig vor, und sie hatte herumtasten müssen, um das Laken und den Quilt wiederzufinden. Nach zwei Stunden mit abwechselndem Schwitzen und Frösteln gab sie auf. Sie blickte zum Radiowecker, der auf ihrem Nachttisch stand, und konnte zuschauen, wie die Leuchtzahlen von 1:59 auf 2:00 sprangen. Mit einem Seufzer streckte sie die Füße aus dem Bett und tastete nach ihren Hausschuhen. Sie lief die Treppe hinunter und zog im Gehen den Gürtel ihres Morgenmantels fest.

Unten holte sie sich eine Handvoll Chocolate Chip Cookies aus der blauweißen Dose und taperte ins Wohnzimmer. Dort klickte sie sich durch die sechsunddreißig privaten Fernsehkanäle, fand drei Softpornos, veraltete Nachrichten und den Wetterkanal, der Regen in Texas und eine Hitzewelle in Phoenix voraussagte. Als sie feststellte, dass sie mehrere Sekunden lang stumpf auf ein Testbild gestarrt hatte, schaltete sie den Fernseher aus und ging zurück in die Küche.

Die Keksdose war leer, bis auf drei vertrocknete Feigenröllchen. Sie hasste Feigenröllchen, selbst frische, aß sie aber trotzdem.

Dann schlenderte sie ins Speisezimmer und schaltete das Licht an. Das Patchwork aus Zetteln bedeckte noch immer den Tisch. Sie wanderte langsam um ihn herum und versuchte sich einzureden, dass die Sammlung aus alten Fotos, mysteriösen Dokumenten und Zeitungsausschnitten eine schlaflose Nacht nicht wert sei.

»Gemma war am Ende kaum noch da«, murmelte sie. »Das hier bedeutet gar nichts.« Sie war kaum überrascht, dass ihre Stimme mehr nach Sylvia klang als nach ihr selbst.

Sie zog sich einen Stuhl heran und setzte sich ans Kopfende des Tisches, wo die kleine Truhe stand. Nach einer Minute legte sie die Handfläche auf den Deckel, so fest, dass sich die geschnitzten Rosenranken in ihre Haut pressten. Als sie die Hand betrachtete, war der Abdruck deutlich zu erkennen.

»Hat keinen Sinn«, flüsterte sie und meinte damit, dass es keinen Sinn hatte, die Papiere als unwichtig abzutun. Allein die Tatsache, dass Gemma sie jahrelang aufbewahrt und die Truhe sogar ins Altersheim mitgenommen hatte, musste etwas bedeuten. Gemma. Genevieve. Dawna. Gitl. Dornröschen. Wer auch immer.

Plötzlich schien sie die Stimme ihrer Großmutter

zu hören, die das Märchen erzählt. Die Worte schwebten in der Luft und erfüllten den Raum.

Es war einmal in fernen Zeiten, niemals oder immerdar, doch nie den besten aller Zeiten … da ging die Königin zu Bett und gebar ein kleines Mädchen, gekrönt von flammend rotem Haar.

Becca berührte ihre eigenen Locken und lächelte. Dad hatte Gemma und sie immer scherzhaft »die Rosen von Hatfield« genannt. Wie die meisten Rothaarigen war Becca als Baby ein kleiner Kahlkopf gewesen, bis sie fast zwei war. Aber in der Märchenwelt war schließlich alles möglich. Sie schaute sich schuldbewusst um, ob jemand sie beobachtet hatte. Natürlich nicht, denn außer ihr lagen alle im Bett.

Also beschloss der König, zu Ehren seiner Tochter ein Fest zu feiern, mit Kuchen, Eiscreme und goldenen Tellern. Und er verschickte Einladungen an alle guten Feen des Königreichs. Aber nicht an die böse Fee. Nicht an die Hexenmeisterin ganz in Schwarz mit ihren großen schwarzen Stiefeln und silbernen …

»Adlern«, sagte Becca laut. Sie fragte sich nicht zum ersten Mal, ob ihr eigenes Erzähltalent von Gemma stammte. Besonders kreativ war sie darin, Geschichten mit erfundenen Details auszuschmücken. Das war für eine Journalistin natürlich eine problematische Fähigkeit.

»Ich verfluche dich und deinen Vater, den König, und deine Mutter, die Königin, und alle deine Onkel, Cousinen und Tanten … und alle Menschen, die deinen Namen tragen.«

Becca fröstelte. Es war nichts weiter als ein Märchen, und sie hatte es hundert- und aber hundertmal gehört. Aber plötzlich kam ihr der Gedanke, dass Gemma tatsächlich niemanden zu haben schien, der den gleichen Namen trug wie sie. Keine Mutter, keinen Vater, keinen … Ehemann. Nur eine Tochter, die wiederum drei Töchter geboren hatte. Vielleicht war das der Grund, warum Gemma so besessen von Dornröschen gewesen war, von der Königin mit ihrer ersehnten kleinen Prinzessin.

Nur ein Märchen, flüsterte sie sich beruhigend zu, aber in diesem Haus des Todes brachten die Worte ihr keinen Frieden.

Die gute Fee hatte Schlaf anstelle des Todes versprochen. Und was war schon schlimm daran zu schlafen? Darüber hatten Shana, Sylvia und sie selbst immer wieder gestritten.

Inzwischen kannte Becca die Antwort. »Für die Schlafenden ist es nicht schlimm. Nur für die Menschen, die zurückbleiben und wach sind.«

Gemmas Geschichte hatte nie ein Happy End, außer für Prinzessin Dornrose und ihre kleine Tochter. Erst hier und jetzt konnte Becca sich eingestehen, dass an dem gesamten Märchen etwas seltsam war. In Gemmas Version blieb jeder in tiefem Schlaf gefangen, außer der Prinzessin, die vom Prinzen mit einem

Kuss erweckt worden war, und dem gemeinsamen Kind. Was war mit all den anderen, mit … Gemmas Stimme kehrte zurück, ihre düsteren Worte schwebten durch den Raum.

Alle schliefen: Lords und Ladys, Hasen und Hunde, Füchse und Fojgl, Knappen und Knechte, Raben und Rabbanit und auch sonst allerlei Volk …

Becca atmete tief ein und der Klang von Gemmas Stimme schien sich zu verflüchtigen. In den Märchenbüchern, die sie in der Schule gelesen hatte, wachten nach dem Kuss des Prinzen alle wieder auf. Aber Gemmas Version ging davon aus, dass der Fluch der bösen Fee weiter wirkte und die Menschen im Schlaf des Todes gefangen blieben. In ihrem Dornröschen wurden Tod und Schlaf gleichgesetzt. Kein Wunder, dass Beccas Freundin aus der Nachbarschaft, Shirley Wie-war-noch-ihr-Name, nie wieder in Beccas Haus übernachtete.

Der Schlaf des Todes.

»Was hast du dir nur dabei gedacht, Gemma?«, stieß Becca frustriert hervor. Dann griff sie gähnend nach dem Foto der Mutter mit dem Kind. »Und hattest du ein Happy End, wie es sich für ein Märchen gehört?«, fragte sie die Frau, die gerade in die Kamera blickte. Ihre schwarzen Augen schienen an Becca vorbeizuschauen. Egal, wie Becca das Bild hielt, der Blick war stets über ihre Schulter gerichtet. Das Kind hatte sich einen Finger als Schnuller in den

Mund gesteckt und lag mit geschlossenen Augen, den Kopf an die Brust der Mutter gelehnt.

Als die anderen zum Frühstück heruntergeschlurft kamen, hatte Becca den Inhalt der Truhe sortiert und war im Sitzen eingeschlafen. Ihr Kopf lag auf der Tischplatte zwischen vier ordentlichen Stapeln. Der erste bestand aus Fotos, der zweite aus Zeitungsausschnitten, der dritte aus Dokumenten und der vierte aus allem, was sie als »Diverses« eingestuft hatte. Dazu gehörten der Ring, ein Umschlag mit zwei Haarlocken – eine goldblond, eine rot –, ein Messingknopf, der vielleicht von einer Uniform stammte, und die abgerissene Hälfte eines italienischen Zugtickets.

Die Zeitungsausschnitte hatte Becca nach Datum sortiert, vom 30. August 1944 bis zum 3. Juni 1956.

Die Fotos ließen sich nicht zeitlich einordnen, denn nur das eine war beschriftet. Auf allen war dieselbe junge Frau zu sehen, und sie war immer hochschwanger – außer in dem Bild mit dem Kind auf dem Arm. Sie war auch immer gleich angezogen, in einem formlosen dunklen Kleid, das am Kragen und an den Ärmeln weiß abgesetzt war. Sie stand ein wenig abseits, vor einer Reihe von Baracken, hinter denen schemenhaft das Wasser eines Sees oder Ozeans zu erkennen war. In jedem der Bilder hatte sie die rechte Hand schützend auf ihren Bauch gelegt und schaute scheu an dem Fotografen vorbei.

Am längsten hatte Becca sich mit den Dokumenten beschäftigt, sieben an der Zahl. Da gab es zum Beispiel das Einreiseformular in die USA, das mit demselben Datum versehen war wie der älteste der Zeitungsausschnitte ... einen weißen Bogen im typischen Behördenformat, der wie ein Visum aussah und am Ende die sorgfältig geschriebene Unterschrift »Gitl Mandelstein« trug ... eine Geburtsurkunde für Eva Stein ... einen Einbürgerungsnachweis mit dem Foto einer ernsten, noch immer jungen Dawna Stein vom 6. Juli 1946 ... einen Mietvertrag für eine Wohnung in New York ... einen Impfpass. Dann gab es noch eine hellblaue Mappe mit einer Hypothek. Sie galt für das Haus an der School Street, in dem Becca und ihre Schwestern aufgewachsen waren. Gemma hatte es 1953 gekauft, für 8500 Dollar. Das war nun achtunddreißig Jahre her.

»Eine Truhe voller Wegweiser«, murmelte Becca, während sie jedes Blatt umwendete. Aber warum hatte Gemma so ein Geheimnis daraus gemacht? Und was hatten diese Papiere mit der Geschichte von Dornröschen zu tun?

»Gemma, ich gebe mein Bestes«, hatte sie in die Stille des Zimmers geflüstert, ehe sie am Tisch eingeschlafen war, den Kopf auf die Arme gestützt.

Ihre Mutter fand sie dort und weckte sie mit sanftem Nachdruck. »Becca – geh ins Bett. Du machst dich noch ganz krank. Und dafür habe ich im Moment nicht die Kraft.«

Becca blinzelte zu ihrer Mutter hoch wie eine müde Eule und seufzte. »Versprich mir nur, dass du hier nichts änderst. Ich habe gerade alles sortiert. Und bitte pass auf, dass sie die Finger davon lassen.« Mit *sie* waren ihre Schwestern gemeint.

»Aber wo sollen wir frühstücken?«

»In der Küche, wie sonst auch. Ist doch egal, was die beiden sagen.« Sylvia hatte sich früher einmal beschwert, wie unzivilisiert es sei, am Küchentisch zu essen. Damals war sie bereits mit Mike verheiratet gewesen, hatte sich eine Haushälterin und Vollzeit-Nanny für Benjamin zugelegt und Kurse in französischer Kochkunst besucht. Zu Sylvias Vorstellung von einem gedeckten Tisch gehörten Kerzenleuchter. »Versprich es mir.«

»Natürlich, mein Schatz.«

Erst nach dieser Versicherung ging Becca widerwillig ins Bett. Aber ihr Vormittagsschlaf war unruhig, unterbrochen vom Kreischen der drei Kinder, die auf der Treppe und im übrigen Haus herumtobten.

KAPITEL 7

»Warum erzählst du immer das Märchen von Dornröschen, Gemma?«, fragte Becca an ihrem letzten Kindergartentag. Sie beide saßen zusammen in einem Fastfoodrestaurant in Northampton und Beccas Bauch war prall gefüllt mit mehreren Kugeln Erdbeereis. Ein bisschen war ihr auch auf das Kleid getropft. Sie war froh, dass Shana und Sylvia noch in der Schule waren, denn sonst hätten sie sich darüber lustig gemacht und den ganzen Heimweg hindurch »Kleckerbaby, Kleckerbaby« gejohlt.

»Gefällt dir Dornröschen nicht?«, fragte Gemma.

»Doch, sehr. Aber warum erzählst du es die ganze Zeit?«, ließ Becca nicht locker.

»Weil es mir eben auch gefällt«, sagte Gemma.

Auf der Heimfahrt im Auto war natürlich Märchenstunde, und als die Stelle kam, wo der König sagte: »Sing und tanz, mein Volk. Singt und tanzt, meine Freunde. Vertreibt alle Gedanken an den Nebel. Ich verbiete euch, daran zu denken!«, da sprach Becca die Worte mit.

»Und weißt du auch, wie es weitergeht?«, fragte Gemma.

»Ja, ja!«, rief Becca.

»Nun, jetzt bist du alt genug, um nicht länger in den Kindergarten zu gehen, sondern kommst bald in die Hard

School. *(Das sagten Shana und Sylvia immer statt High School, weil man dort Hausarbeiten aufbekam.) »Wahrscheinlich magst du mein dummes kleines Märchen dann nicht mehr.«*

Becca lehnte sich zu ihrer Großmutter hinüber und berührte ihren Arm. »Ich werde es immer *mögen. Weil es* deine *Geschichte ist.«*

»Dein Wort in Gottes Ohr«, sagte Gemma.

»Quatsch, das ist die falsche Stelle!«, protestierte sie und brachte ihre Großmutter zum Lachen. Becca erzählte den nächsten Teil des Märchens selber. »Als die Prinzessin siebzehn Jahre alt war ... das ist elf mehr als ich, Gemma ...«

»Zwölf mehr als du.«

»Als die Prinzessin siebzehn Jahre alt war, da eines Tages unverhofft ... Was heißt ›unverhofft‹?«

»Ohne jede Warnung.«

»Oh! Eines Tages unverhofft legte sich ein Dunst über das gesamte Königreich. Was ist ein Dunst?«

»Ein Nebel. Wie Smog.«

»Ein Dunst, ein großer Dunst legte sich über das gesamte Königreich. Und jeder, der darin war – gute Leute und weniger gute, junge Leute und weniger junge, selbst Dornroses Mutter und Vater –, fiel in tiefen Schlaf. Alle schliefen: Lords und Ladys, Hasen und Hunde, Füchse und Fojgl, Knappen und Knechte, Raben und Rabbanit und auch sonst allerlei Volk. So unerschütterlich schliefen sie, dass sie ganze hundert Jahre nicht mehr aufwachen konnten. Bist du hundert Jahre alt, Gemma?«

»Noch nicht ganz.«

»Ich bin sechs.«
»Noch nicht ganz.«
»Ist hundert Jahre lang?«
»Hundert Jahre sind wie die Ewigkeit.«

KAPITEL 8

Als Becca aus dem Bett kam, war es schon Mittagszeit. Sonnenlicht strömte ihr durch die Spalten der Jalousien entgegen und warf altvertraute Muster auf den Fußboden. Sie hatte das Gefühl, die ganze Nacht hindurch wirre, kurze Geschichten geträumt zu haben, eine regelrechte Anthologie voll, aber sie konnte sich an keine einzige erinnern. Sie räkelte sich, stand auf und machte ein paar schnelle Gymnastikübungen, zehn Knie- und zehn Rückenbeugen. Dann ging sie zum Bad, um sich die Zähne zu putzen.

Die Badezimmertür war geschlossen und sie konnte Howie drinnen vor sich hin summen hören. Auf ihr leichtes Klopfen erfolgte keine Reaktion, also ging sie mit einem Schulterzucken nach unten. Kaffee würde den schlechten Geschmack in ihrem Mund vermutlich genauso gut übertönen wie Zahnpasta.

In der Küchenspüle standen Frühstücksteller, und die Kaffeekanne war leer, was bedeutete, dass ihre Mutter ebenfalls zurück ins Bett gegangen war. Becca füllte den Wasserbehälter der Kaffeemaschine, holte einen neuen Filter aus der Packung, warf den alten in den Müll und zählte fünf Teelöffel Kolumbianische Auslese ab. Dann wartete sie, bis die Magie der modernen Technik schlichtes Leitungswasser in ein schokobraunes, koffeingesättigtes Heißgetränk verwandeln würde. Besser als jedes biblische Wunder, und es erforderte nicht einmal Glauben. Während sie auf das Resultat wartete, hielt sie die Teller kurz unter Wasser und stellte sie dann in die Spülmaschine.

Eine kleine Kindergestalt flitzte in die Küche. »Tante Becca, er ist hinter mir heeeer!«

»Nicht jetzt, Sarah«, sagte Becca. »Deine Großmutter schläft.« Aber sie kniete sich trotzdem hin, sodass ihre Nichte sich im Schutz ihrer Arme verstecken konnte.

Benjamin kam durch die Tür gestürmt und bremste abrupt, als er Becca sah. »Unfair!«, rief er mit Schmollmund. »Erwachsene sind nicht erlaubt!«

»Ich hatte heute noch keinen Kaffee«, warnte Becca.

Er machte kehrt und rannte aus der Küche. Sarah befreite sich aus Beccas Armen und sauste hinterher, wobei sie schrie: »Jetzt kriege ich *dich*!«

»Kaffee!« Howie kam in den Raum geschlurft und goss sich einen großen Becher ein, stürzte ihn hinunter und füllte ihn erneut bis zum Rand.

Becca sprang auf und rettete den Rest für sich. Sie füllte noch einmal Wasser nach und sagte zögernd: »Howie, denkst du …«

»Nicht, bevor ich mit diesem Becher fertig bin. Du machst mir bestimmt ein Frühstück, oder?«, bettelte er mit Kleinjungenstimme.

Sie ignorierte ihn und ging ins Esszimmer. Ihre Mutter hatte sich an ihr Versprechen gehalten: Die vier Stapel lagen unberührt, genau wie Becca sie zurückgelassen hatte. Sie setzte sich, stellte den Kaffeebecher auf ein Set und starrte die Papiere an. Schließlich nahm sie das Foto von der Frau mit dem Kind in die Hand, als könne sie durch die bloße Berührung seinem Geheimnis auf die Spur kommen. Je länger sie die Frau anstarrte, desto weniger wirkte die schwarz-weiße Gestalt wie Gemma, sondern nur wie eine ärmlich gekleidete Fremde aus der Mitte des Jahrhunderts.

Als sie endlich den ersten Schluck Kaffee trank, war er lauwarm, Becca verzog das Gesicht. Sie schob die vier Stapel zusammen und packte sie zurück in den Rosenholzkasten. Beim Hantieren mit dem schweren Stück fragte sie sich, wie die zerbrechliche Gemma es ins Altersheim geschleppt hatte, noch dazu, ohne dass ihre Tochter ihn zu Gesicht bekam. Aber dann fiel ihr ein, dass eine Pflegerin vorbeigekommen war, um Gemma beim Packen zu helfen. Und Gemma hatte sich immer geheimnisvoll gegeben. Besonders, was die Vergangenheit betraf.

»Ein Rätsel, gehüllt in ein Geheimnis, verschlossen in einem Mysterium.« Ihr Vater kam durch die Tür und setzte sich neben sie, mit einem Kaffeebecher in der Hand.

»Churchill«, sagte sie automatisch. Dann setzte sie hinzu: »Und Gemma.«

Er lehnte sich vor und strich ihr über die Hand.

Mit der Truhe im Arm stand sie auf und gab ihm

einen Kuss auf seine kahle Platte. »Ich gehe rüber zum *Advocate.*«

»Kleines, erst gestern war die Beerdigung. Niemand erwartet, dass du heute bei der Arbeit erscheinst. Und deine Mutter möchte, dass wir uns an die vollen sieben Tage der Shiva-Trauer halten.«

»Ich gehe nicht zur Arbeit, um zu arbeiten, Dad«, sagte sie, »sondern um nachzudenken.«

»Über die Truhe.« Er machte eine Kopfbewegung in die entsprechende Richtung.

Sie nickte. »Ganz genau. Über die Truhe. Ihren Inhalt. Gemmas Rätsel. Und über …«

»… Prinzessin Dornrose.« Er nickte zurück. »Ich gebe zu, hier im Haus lässt sich schlecht nachdenken, solange Shana und Sylvia da sind. Wenn ich nicht schon meine ganzen OP-Termine abgesagt hätte …« Er lachte in sich hinein. Sie wechselten einen Blick voll schweigendem Einverständnis. »Nun geh schon. Von mir erfährt niemand was.«

»Danke, Dad. Du bist der Beste. Der Allerbesteste.«

»Ich hingegen habe euch alle drei genau gleich lieb«, versicherte er halb ernst, halb amüsiert.

»Weiß ich doch«, sagte sie und ging mit einem Lächeln.

Obwohl die Truhe klobig und schwer war, entschied Becca sich, zu Fuß zur Arbeit zu gehen. Das Wetter war überraschend mild, und ihre Redaktion befand sich in einem Gebäude, das nur zwei Straßen entfernt lag.

Als sie aus der School Street abbog, sah sie Dr. Grenzke die Staudenbeete jäten, die seinen Vorgarten umrandeten. Er winkte ihr zu, aber die schwere Truhe ließ sich nur mit beiden Händen tragen, also rief sie einen Gruß zurück. Bei Montys Lebensmittelladen mit der fröhlichen Neon-Bierreklame und dem handgeschriebenen Schild voller Sonderangebote begann sich eine spitze Ecke des Kastens in ihre Seite zu bohren. Sie wollte den Griff nicht verändern, weil sie Angst hatte, das kostbare Stück fallen zu lassen. Schließlich setzte sie die Truhe auf dem Bürgersteig ab, fasste sie an der Längsseite und trug sie andersherum weiter.

Vor dem polnischen Heimatclub gab sie sich ein zweites Mal geschlagen. Sie kniete kurz hin und von der Eingangsveranda des Hauses ertönte ein anerkennendes Pfeifkonzert. Ihr lag eine scharfe Bemerkung auf der Zunge, sie schaute hoch und musste lachen: Die Übeltäter waren Mr Stowkowski und sein Sohn Jamie. Jamie war eine Stufe über ihr gewesen und sie waren zusammen zur Prom gegangen. Er und sein Vater arbeiteten im familieneigenen Baubetrieb, Stowkowski & Co, wobei Jamie das Co bildete. Die dritte Generation war schon auf dem Weg, Jamies Freundin war schwanger.

»Solltet ihr beide nicht arbeiten?«, rief sie ihnen zu und hievte zum dritten Mal den Kasten hoch.

»Pause muss sein!«, tönte es von beiden zurück. Ihre Stimmen klangen genau gleich, was der Szene eine bizarre Komik verlieh.

Becca lachte und marschierte weiter.

Der *Advocate* war in einer alten umgebauten Mühle untergebracht, die den Mill-River-Wasserfall überblickte. Wie ihr Vater oft bemerkte, waren die Einwohner von Neuengland sehr konservativ, was Ortsnamen betraf. Allein in Massachusetts und Connecticut kannte er sieben Flüsse, die *Mill River* hießen. Im Inneren des Gebäudes, besonders der Redaktionsetage, brodelte es stets vor Gerüchten und einer revolutionären Leidenschaft, die schon an religiösen Eifer grenzte. Da der berühmte Prediger John Edwards in dieser Gegend vor zweihundert Jahren die Indianer bekehrt hatte, schien ein solcher Eifer historisch angemessen. Aber seit der Erfindung des Computers und seinem Siegeszug durch die Redaktionsbüros war es in der Mühle stiller geworden. Heutzutage wurde das dumpfe Rauschen des Wasserfalls nur von Telefongeklingel und gelegentlichem Gelächter unterbrochen. Als Shana von Beccas Anstellung erfuhr, stichelte sie: »Das Blatt ist für jeden kostenlos – außer für Werbekunden. Kann man nur hoffen, dass du tatsächlich Gehalt bekommst.« Und als Sylvia wenig später davon hörte, hatte sie hinzugesetzt: »Liebe Becca, auch Revolutionäre müssen ihre Rechnungen zahlen!«

Beccas erste journalistische Artikel (abgesehen von ihren Texten für die Collegezeitung *The Sophian*) waren im *Advocate* erschienen: ein ganzseitiger Beitrag über das örtliche Frauenhaus und anderthalb Seiten über die Autorin Merlin Brooks, die auf ihrer

Farm in Montague lebte und lesbische Science-Fiction-Romane schrieb. Merlin war ein Semester lang Beccas Literaturdozentin am Smith College gewesen, doch dann hatten Intrigen und eine rückgratlose Schulleitung sie um ihre Stellung gebracht. Becca hatte an dem Wochenende, als das jährliche Ehemaligentreffen stattfand, den ganzen Campus mit Flugblättern übersät (REDEFREIHEIT FÜR MERLIN! DAS SMITH VERLIERT SEINE MAGIE!). Außerdem hatte sie zwei zornige Artikel im *Sophian* veröffentlicht. Dadurch war sie am College zu einer Art Berühmtheit geworden – und hatte in Merlin eine Freundin fürs Leben gewonnen. (»Du kannst ja nichts dafür, dass du hetero bist«, hatte Merlin mit ihrer bedauerlich piepsigen Kleinmädchenstimme gesagt, »und dass du im Literaturkurs nie verstanden hast, was Ironie ist.«)

Als Becca den *Advocate* endlich erreichte, kam ihr die Holztruhe zentnerschwer vor. Der Wasserfall war vom Frühjahrsregen angeschwollen und rauschte in brausenden Kaskaden über die Felsen. Becca blieb kurz stehen, um ihn zu betrachten. Selbst das Gewicht in ihren Armen konnte sie nicht davon abhalten, dem Wasserfall ihre übliche Reverenz zu erweisen. Dann schob sie die Tür mit der Schulter auf, erreichte den Empfangstresen und konnte die Truhe endlich abstellen, wobei sie mit einem tiefen Seufzer Merelle von der Rezeption begrüßte.

»Geschafft«, sagte sie.

Merelle schaute hoch und legte die Hand über das

Mikrofon ihres Headsets. »Hallo, Bec. Tut mir leid wegen deiner Großmutter. Ich dachte, du hast dir die Woche frei genommen?«

»Danke. Habe ich auch.«

»Und wieso dann der Arbeitseifer? Nein, nein«, sagte sie hastig ins Headset, »ich habe nicht mit Ihnen gesprochen, Sir.« Sie schirmte das Mikro sorgfältiger ab und schaute Becca mit fragendem Blick an.

»Ich musste mal raus«, erklärte Becca.

Merelle nickte verständnisvoll. Sie stammte aus einer Familie mit neun Kindern. »Okay, wie kann ich Ihnen helfen, Sir …?«

Becca hob zum letzten Mal die Truhe hoch, schulterte sie und marschierte die Treppe hoch zu ihrem Schreibtisch. Im Vorbeigehen nickte sie den anderen Reportern nur kurz zu und verhinderte auf diese Art eventuelle Beileidsbekundungen. Die meisten ihrer Kollegen hatten eh schon Trauerkarten geschickt. Sie setzte den Kasten zum letzten Mal ab und hatte das Gefühl, als sei ihr eine schwere Last von den Schultern genommen. Buchstäblich. Mit einem schiefen Grinsen murmelte sie: »Ich bin eine wandelnde Metapher. Merlin wäre begeistert.«

»Selbstgespräche? Oder redest du mit mir?«

Sie drehte sich um. Stan, der Redaktionsleiter, lehnte lässig im Türrahmen.

»Nein.« Sie schüttelte den Kopf. »Ich habe nur laut darüber nachgedacht, ob ich noch alle Tassen im Schrank habe.« Sie strich sich mit der Hand übers Haar. Wenn sie in Stans Nähe war, benahm sie sich ständig so, zupfte die Frisur zurecht, strich den Rock glatt oder zog den Pulli über die Jeans. Er gab ihr das Gefühl, ein kokettierender Backfisch zu sein. Dabei sagte oder tat er nichts Besonderes. Es reichte, dass er einfach nur anwesend war: fünfunddreißig Jahre alt, dünn wie eine Bohnenstange, glattes braunes Haar ohne erkennbare Frisur, als würde er es zu Hause vor dem Rasierspiegel schneiden, eine schmale unauffällige Nase und eine Brille mit Metallrand, die das Blau seiner Augen hervorhob … außerdem eine dunkle, prägnante Stimme, in der immer ein unterdrücktes Lachen zu liegen schien. Becca hatte keine Ahnung, warum seine Gegenwart sie so verwirrte. Umwerfend attraktiv war er jedenfalls nicht.

»Was machst du überhaupt hier? Du hast gestern noch gesagt, dass du dir die Woche frei nimmst.«

»Wollte ich auch. Will ich.«

»Also, was von beidem? Du musst dich schon entscheiden.«

»Jetzt klingst du wie eine jüdische Mum.«

Er lachte. Sie wussten beide, dass er Anglikaner war, seit der High School keine Kirche mehr von innen gesehen hatte und stolz darauf war. »Und die Antwort ist …?«

Ihre Hand bewegte sich schon wieder in Richtung ihres Haars. Becca nahm ihre Willenskraft zusammen, griff stattdessen nach der Holztruhe und öffnete den Deckel. »Meine Großmutter hatte diese Truhe bei sich im Altersheim. Der Inhalt besteht aus … nun ja, Dokumenten und ähnlichem Kram. Ich hatte gehofft, dass ich darin Anhaltspunkte finde, wer Gemma wirklich war.«

»Was meinst du damit – wer sie wirklich war? Das weiß doch jeder: eine liebe alte Dame; eine typische jüdische Großmutter, die jeden Tag des Jahres ihre Spazierrunde um den Block drehte, ob es nun regnete, stürmte oder schneite. Ein echtes Wahrzeichen von Hatfield. *Wer sie war*. Denkst du, deine Großmutter war eine Spionin? Eine russische Agentin? Eine Waffenschmugglerin für die Zionisten? Eine Mafiabraut? Robert A. Heinleins geheime Muse? Oder vielleicht glaubst du, sie hatte eine schlüpfrige Vergangenheit in New Yorks Theaterviertel?«

Becca war klar, dass er sie zum Lachen bringen wollte, aber sie konnte nur mit einem Schulterzucken antworten. »Tja, ich habe keine Ahnung.«

»Was sagen denn deine Eltern?«

»Die haben auch keine Ahnung.«

»Wirklich?« Er legte abschätzend den Kopf schräg.

»Wirklich.«

Er verließ seinen Posten am Türrahmen, setzte sich auf eine Ecke ihres Schreibtischs und wartete. Stan war gut im Warten.

Becca ließ wieder ihre Finger über die Truhe gleiten, als berühre sie einen Talisman. »Niemand kann sagen, wo Gemma herkam. Sie selbst hat nicht darüber gesprochen. Vielleicht hat sie … Nein, das hört sich jetzt verrückt an.«

»Sag es einfach. Ist mir egal, wie es klingt. Wenn man eine verrückte Theorie hat und die Fakten sie bestätigen, ist das ein Zeichen von Genialität. Andererseits, wenn die Fakten deine Theorie *nicht* bestätigen … tja, dann kann es trotzdem nicht schaden, sie auszusprechen. Dadurch wird die Theorie kein bisschen dümmer und du auch nicht.«

Becca starrte an die Decke und holte tief Atem. »Vielleicht wusste Gemma selbst nicht, wo sie herkam.«

»Hm, man sollte denken, dass alle Menschen wissen, wo sie herkommen. Oder meinst du, sie war adoptiert? Ein Findelkind? Ich bin adoptiert. Allerdings kenne ich meine Herkunft trotzdem, nicht nur meine Adoptiveltern, sondern auch meine leibliche Mutter. Das war nämlich die erste Story, bei der mein Reporterinstinkt zutage trat. Damals war ich vierzehn.«

»Wirklich? Ich hatte ja keine Ahnung«, flüsterte sie.

Er zuckte mit den Schultern, als wolle er jedes Gefühl von Mitleid oder Bewunderung im Keim ersticken. »Also, was genau wolltest du damit sagen?«

Becca klappte die Truhe auf und starrte auf den Inhalt. »Ich weiß selbst nicht recht. Gemma sprach von ihrer Vergangenheit immer, als sei alles bloß ein Märchen.«

Er legte seine Hand auf den geöffneten Deckel der Truhe und betrachtete das Durcheinander. »Ein Märchen?«

»Ja, Dornröschen. Gemma hat behauptet, sie sei die Prinzessin im Dornröschenschloss. Ein Nebel kam über das Land und alle fielen in tiefen Schlaf. Sie war die Einzige, die vom Prinzen wieder wachgeküsst wurde.«

»Das hat sie gesagt?« Er lehnte sich vor und die Luft zwischen ihnen schien plötzlich zu knistern. Doch Becca wusste seit langer Zeit, dass dieser Effekt ganz unpersönlich war. Wenn eine Story ihn interessierte, beugte er sich grundsätzlich zu dem Sprecher vor, und der Moment wirkte wie elektrisch aufgeladen. Das machte Stan zu einem so guten Redakteur.

Becca rückte ein bisschen von ihm ab und versuchte, ungerührter zu klingen, als sie war. »Ja, das hat sie gesagt. Und dass das Schloss jetzt mir gehört, und ich musste ihr versprechen, es zu suchen.«

Er lehnte sich zurück und dachte nach. Schließlich sagte er: »Was für Fakten hast du?« Seine Finger spielten mit dem obersten Dokument, dem Einreisevisum. »Irgendwelche Schlösser im Familienbesitz? Oder zumindest ein Herrenhaus?« Er nahm das Visum hoch und überflog den Text.

»Sie war ganz bestimmt nicht reich, Stan«, sagte Becca. »Wir dachten immer, sie sei vor dem Krieg nach Amerika gekommen, aber anscheinend war es 1944. Ihr ganzes Leben lang hat sie sich abgerackert und jeden Cent auf die Seite gelegt. Sie hat sich aufgerieben und gespart bis zu dem Moment, als sie krank wurde. Als sie anfing, Sachen zu vergessen, und aufhören *musste*.«

»Anastasia war auch nicht reich«, sagte Stan nachdenklich. »Entthronter Adel verliert immer seine Schlösser und Herrenhäuser und ...«

»Himmel, Stan, sie war jüdisch!«

Er antwortete mit einem Lächeln: »Aber sie hatte ein Visum, das ihr mitten im Krieg die Einreise in die USA erlaubt hat. Vielleicht war sie eine Rothschild. Ohne Beziehungen war es damals kaum möglich, ins Land zu kommen. Man brauchte eine einflussreiche Familie oder die richtigen Freunde, die sich für einen einsetzten. Vielleicht hat sie für die Rothschilds gearbeitet, in einem Schloss, einem Herrenhaus … Und was ist mit dem Prinzen?«

Sie schüttelte den Kopf. »Wir wissen nicht einmal, ob sie verheiratet war.« Zu ihrer eigenen Überraschung begannen sich ihre Augen mit Tränen zu füllen.

Stan berührte sie sanft mit den Fingern, hob ihr Kinn und schaute sie an. »Meine leibliche Mutter war auch nicht verheiratet. Macht mich das zu einem schlechten Menschen?« Mit einem Kopfschütteln fuhr er fort: »Also hast du kein Schloss und keinen Prinzen gefunden. Zumindest bis jetzt. Alles nur ein Märchen. Es tut mir leid, dass deine Großmutter gestorben ist, Becca. Die paar Male, die ich mit ihr gesprochen habe, war sie sehr nett. Aber du hast ja gerade erst angefangen, ihre Geschichte zu recherchieren.«

Er stand auf und ging zurück in sein Büro. Dabei pfiff er eine Melodie, die sie kannte, »Into the Woods« aus dem bizarren Märchenmusical von Stephen Sondheim, das sie letztes Jahr als Studentenaufführung an der Uni gesehen hatte. Sie nagte an ihrer Unterlippe und stellte fest, dass sie noch immer den leichten Druck seiner Finger auf ihrem Kinn spürte.

Becca brauchte ungefähr eine Viertelstunde, um die vier Stapel wieder zu sortieren, aber am Ende befand sie sich in einem Zustand geschärfter Aufmerksamkeit – so wie sonst, wenn sie einer neuen Story auf der Spur war. Sie griff nach dem Einreiseformular und dem Zeitungsausschnitt gleichen Datums und betrachtete beide mit einem Seufzer. Der Ausschnitt stammte aus der *Palladium Times*, Oswego, und berichtete nur von Lokalpolitik und einer Versammlung des Stadtrats. Auf der Rückseite befand sich eine Anzeige. Becca war sich nicht einmal sicher, wo Oswego genau lag; sie wusste nur, dass es irgendwo im Staat New York war. Sie ging zum Bücherbord, wo die Landkarten untergebracht waren. Oswego befand sich am Ontario-See zwischen Rochester und Syracuse. Als Nächstes griff sie nach dem Adressbuch *Editor and Publisher*, in dem auch die *Palladium Times* verzeichnet war.

Während sie die Telefonnummer tippte, murmelte sie vor sich hin: »Der Ontario-See …« und dachte an die Wasserfläche hinter den Barackengebäuden auf dem Foto. »Was mache ich hier eigentlich?«, setzte sie hinzu, kritzelte unbewusst auf ihrem Notizzettel herum und unterstrich im Takt des Telefonklingelns die Nummer der Zeitung mit scharfen, harten Linien.

Die zweite Person, die sie an den Hörer bekam, war ein Journalist. Sie stellte sich vor.

»Wie kann ich Ihnen behilflich sein? Von Kollege zu Kollegin?«, fragte der Mann.

»Haben Sie eine Idee«, tastete sich Becca vor, »warum meine Großmutter einen Ausschnitt der *Palladium Times* von 1944 aufbewahrt haben könnte?«

»Nein, keine Ahnung«, sagte der Mann. »Großmütter können sonderbar sein. Zum Beispiel meine eigene. Die hat Wespennester gesammelt. Und das ist noch der harmlose Teil.«

»Der Ausschnitt ist vom selben Datum wie ihr Einreisevisum«, fügte Becca hinzu.

»Ein Visum?«

»Ja. Könnte das wichtig sein?«

»Das heißt, sie war eine Art … Kriegsflüchtling?«, fragte der Mann zögernd.

»Vermutlich. Welche Art weiß ich allerdings nicht«, sagte Becca und fühlte einen nervösen Schauer über ihren Rücken laufen, wie jedes Mal, wenn sie bei einer Story einem wichtigen Detail auf der Spur war.

»Okay, vielleicht besteht da überhaupt kein Zusammenhang«, sagte der Journalist, »aber bei Oswego befand sich während des Zweiten Weltkriegs das einzige Flüchtlingscamp der USA. Nannte sich Fort Oswego. Roosevelt hat es einrichten lassen und im August 1944 wurden ungefähr tausend Menschen hierher gebracht und im Lager interniert. Sie waren von Neapel aus geflohen. Waren vor allem Juden und ungefähr einhundert Christen. Wir haben erst vor Kurzem eine Serie darüber veröffentlicht. Ziemlich interessante Story, eigentlich. Aus dem Lager soll nämlich ein Museum werden und …«

Becca hielt den Hörer so fest umklammert, dass ihre Finger schmerzten. »Können Sie mir Kopien der Artikel schicken?«

»Klar, Darling. Name und Adresse?«

Sie sah über das *Darling* hinweg und gab ihm die nötigen Auskünfte.

»Von den Artikeln abgesehen, habe ich auch noch ein paar Adressen, die Ihnen weiterhelfen könnten«, fügte er hinzu. »Einen Moment …« Sie hörte ihn auf seinem Schreibtisch kramen, wobei er einige fantasievolle Flüche murmelte. »Nationalarchiv … wo steckt dieses verpickelte … da ist es ja. Das Nationalarchiv in Washington bewahrt das meiste Originalmaterial vom Camp auf, Dokumente und so weiter. Wenn ich mich richtig erinnere, ist es unter *War Refugee Board* einsortiert, das war die staatliche Fluchthelferorganisation, oder bei der *War Relocation Authority*, die damals Amerikaner mit der falschen Herkunft in ›Sicherheitsverwahrung‹ brachte.«

Becca kritzelte die Namen auf ihren Block.

»Alles, was nicht in den Artikeln steht, dürfte im Archiv zu finden sein.«

»Vielen Dank.«

»Gern geschehen. Meine Großmutter ist auch gerade vor einem Monat gestorben. Als wir ihren Schrank ausgeräumt haben, sind wir auf Sachen gestoßen … Das würden Sie nicht glauben. Einiges war ziemlich … ähem … überraschend.«

»Kann ich mir vorstellen«, meinte Becca mitfühlend.

»Glaube ich kaum. Wir waren wirklich extrem überrascht«, sagte er.

»Können Sie mir die Artikel möglichst bald schicken?«

»Sind schon so gut wie in der Post«, sagte er. »Wenn Sie noch was brauchen, rufen Sie einfach an und fragen Sie nach Arnie. Das ist Arnie mit i-e. Unter Kollegen sollte man sich helfen, stimmt's?«

KAPITEL 9

»Um das ganze Schloss herum«, sagte Gemma und zupfte aus Gewohnheit die Betten zurecht, obwohl diese heute nur aus Schlafsäcken in einem großen Zelt bestanden, »wuchs eine Wildrosenhecke mit Dornen so spitz wie Lagerdraht.«

»Was ist Lagerdraht?«, fragte Syl. »Das erklärst du nie.«

»Ist auch besser, wenn ihr es nicht wisst.«

»Aber wir wollen *es wissen«, versteifte sich Shana. »Wir wollen alles wissen.«*

Die kleine Becca hatte sich den Zeigefinger in den Mund gesteckt und war schon halb eingeschlafen. Aus dem kleineren Zelt ertönte das behagliche Stimmengemurmel von Dr. Berlin und seiner Frau.

Gemma ignorierte die Frage und fuhr mit dem Märchen fort: »Höher und höher wuchsen die Dornen, bis sie die Fenster verdeckten und die Türen überwucherten. Sie umschlossen die hohen Türme, sodass niemand mehr hinein- und niemand …«

»… mehr hinausschauen konnte«, ergänzte Sylvia. »Aber du hast den Draht nicht erklärt.«

»Ich will die Geschichte hören«, sagte Shana und knuffte ihre Schwester.

»… und niemand mehr hinausschauen konnte«, fuhr

Gemma ungerührt fort, ohne die beiden zu beachten. Sie schaute die schlafende Becca an, während sie sprach. »Und niemand fragte nach den schlafenden Menschen im Inneren.«

»Du sollst den Draht erklären«, nörgelte Sylvia.

»Halt die Klappe!«, sagte Shana.

»Gemma, sie hat ›Halt die Klappe‹ *gesagt!«*

»Hab ich nicht.«

»Hast du wohl.«

»Und niemand fragte nach den schlafenden Menschen im Inneren«, sagte Gemma betont. »Jedermann schwieg über das verwünschte Schloss – und genau das werde ich auch tun.«

»Jetzt schau, was du angerichtet hast«, beschwerte sich Sylvia.

»Du hast angefangen«, sagte Shana. »Bitte, Gemma. Ein gaaanz großes Bitte. Mit Erdbeersoße drauf. Und Marzipanrosen.«

Aber Gemma ließ sich an diesem Abend nicht mehr bewegen, die Geschichte zu Ende zu erzählen.

KAPITEL 10

Es dauerte zehn Tage, bis Arnie (mit i-e) die Zeitungsartikel schickte. Der Schreibstil war trocken, und Becca konnte sich nur mit Mühe dazu bringen, alles genau durchzulesen und eventuelle Hinweise mit gelbem Marker anzustreichen. Das Nationalarchiv hatte zu ihrer Überraschung ein ganzes Paket geschickt, das am selben Tag ankam. Den Abend verbrachte Becca am Esszimmertisch und arbeitete alles durch.

Das Haus war still. Sylvia und Shana waren mit ihren Familien abgereist – es war ihnen schwerer gefallen, als Becca erwartet hatte. Sie hatte Shana schwören müssen, ganz bestimmt anzurufen, falls sie sich einsam fühlte. Sylvia hatte ihr unauffällig einen Scheck über zweihundert Dollar in die Tasche gesteckt und geflüstert: »Kauf dir was Schönes, Becca. Etwas nur für dich.«

Während sie die Dokumente erneut durchlas, kam ihr Vater auf dem Weg in die Küche vorbei. »Du wirst noch das Papier verschleißen«, bemerkte er amüsiert. »Die ganzen Jahre hat Gemma den Inhalt ihrer Truhe gehütet und zwei Wochen nach ihrem Tod wird bei deinem Eifer alles zu Staub zerfallen.«

»Lass sie in Ruhe, Jerold«, mahnte ihre Mutter und folgte ihm in die Küche. »Ein Versprechen ist ein Versprechen.«

Becca konzentrierte sich wieder auf die Dokumente, die den ganzen Tisch bedeckten. Arnie Salembiers Artikel über das Fort Oswego schienen wenig zu enthalten, was ihr bei der Erforschung von Gemmas Vergangenheit helfen konnte, außer ihr einen Ausgangspunkt für ihre Recherchen zu liefern. Das Nationalarchiv dagegen hatte ein ganzes Bündel Formulare aus dem Oswego-Flüchtlingslager geschickt, unter anderem einen alten Fragebogen mit biografischen Daten. Über eine Dawna Stein hatte man nichts vorliegen, ebenso wenig über eine Dawna Mandelstein oder Genevieve Mandelstein, aber bei dem Vornamen Gitl waren die Archivare fündig geworden.

Immigranten aus Alliierten/Neutralen Staaten stand ganz oben auf dem Blatt und darunter: Biografische Daten.

Gitl Mandelstein war verheiratet gewesen, hatte zuletzt in Polen gelebt, war weiß, jüdisch, arbeitsfähig – all diese Angaben waren mit klarer Handschrift ausgefüllt. Aber das Datum der Eheschließung fehlte, ebenso der Herkunftsort in Polen, Ausbildung und Beruf. Die Frage hat der/die Betreffende den Wunsch, an einen Heimatort zurückzukehren? war ebenfalls nicht ausgefüllt worden. Der Fragebogen war auf das Jahr 1944 datiert.

»Gitl«, flüsterte Becca. »Gitl Mandelstein. Dein Leben scheint fast nur aus Leerstellen zu bestehen. Wie soll ich sie jetzt ausfüllen, fünfzig Jahre später? Ich bin nicht einmal sicher, ob du wirklich meine Großmutter warst. Meine Gemma.«

Aus dem Fernsehzimmer ertönte dröhnendes Lachen. Ihr Vater war ein Mensch, der sich herzhaft amüsieren konnte. Becca hoffte nur, dass das Gelächter keine Antwort auf ihre Frage darstellte.

WIE LAUTET IHR VOLLER, KORREKTER NAME? Gitl Rose Mandelstein.

»Rose?«, sagte Becca laut. »Tatsächlich? Ich kombiniere … das ist kein Zufall, mein lieber Dr. Watson.«

WIE LAUTET IHR GEBURTSNAME? (AUSZUFÜLLEN FÜR VERHEIRATETE FRAUEN) Gitl Rose Mandelstein.

»Hast du die Frage nicht richtig verstanden, Gitl? War das Englisch zu schwer für dich?«, fragte Becca.

SIND SIE UNTER WEITEREN NAMEN BEKANNT? (KÜNSTLERNAMEN ODER ANDERE ZUSATZBEZEICHNUNGEN) Księżniczka.

»Und Eve. Dawna. Gemma.«

WIE LAUTETE IHRE LETZTE ADRESSE? Die Antwort war dick durchgestrichen.

MÄNNLICH, WEIBLICH: (X), GRÖSSE: 1,50 M GEWICHT: 139 PFUND HAARFARBE: ROT AUGENFARBE: Blau.

»Das muss einfach Gemma sein. Die Größe, die Haar- und Augenfarbe … Gewicht? Nein, viel zu schwer.« Becca seufzte. Die meisten anderen Fragen waren unbeantwortet geblieben: Name des Vaters, der Mutter, Geburtsdatum. Hatte sie die Antworten nicht gewusst? Oder hatte sie etwas verbergen wollen? Aber welchen Grund hätte sie für ein solches Versteckspiel gehabt, nachdem der Krieg hinter ihr lag und sie in Sicherheit war? Sicher und geschützt in den USA, im Fort Oswego. Das ergab keinen Sinn.

Hinter die Frage: HABEN SIE KINDER? hatte jemand in der eigenartigen deutschen Frakturschrift die Bemerkung gesetzt: Niederkunft täglich erwartet.

»Vielleicht ...«, überlegte Becca und stand auf, »vielleicht erklärt das ihr Gewicht.« Sie streckte sich und schlenderte ins Fernsehzimmer, wo zwischendurch Werbepause war. Ihr Vater hatte das Gerät mit der Fernbedienung stumm geschaltet und bot seiner Frau gerade die Popcornschüssel an, als Becca hereinkam.

»Mum? Wann genau bist du geboren?«

»Am 30. August, Schatz. Ich dachte, das wüsstest du. Immerhin hast du jedes Jahr am richtigen Tag ein Geschenk für mich.«

»Ich meine das Jahr.«

»Oh. 1944. Ist das wichtig?«

Mit einem Klicken sprang der Ton wieder an und aus dem Fernseher erklang die aggressive Titelmusik von *L.A. Law*.

»›Niederkunft täglich erwartet‹«, zitierte Becca.

»Was, Schatz?«, fragte ihre Mutter über die streitenden Stimmen von Michael Tucker und seiner Frau hinweg.

»Einreise am 14. August, Niederkunft täglich erwartet«, überlegte Becca laut, »das kommt ungefähr hin.«

»Also glaubst du, dass diese Gitl Mandelstein deine Großmutter war und irgendwo aus Polen kam«, fasste Stan am nächsten Morgen zusammen und strich sich mit seinen knochigen Fingern durchs Haar. Er kaute an der Lippe und dachte einen Moment nach. »Was ist mit dem anderen Namen, den sie angegeben hat – Księżniczka. Fällt dir dazu etwas ein?«

»Nein. Ich habe ihn noch nie gehört.«

»Jiddisch?«

»Eher polnisch.« Sie zuckte mit den Schultern. »Vermute ich mal.«

»Hier wird nicht vermutet! Finde es raus. Immerhin ist das deine einzige heiße Spur«, sagte er und betrachtete sie scharf.

Becca wandte den Blick ab.

Ihr Chef ging zurück in sein Büro, schloss die Tür hinter sich, und Becca ließ sich in ihren Stuhl sinken. Die gewohnten Arbeitsgeräusche um sie herum wirkten beruhigend und halfen ihr nachzudenken. Sie hatte heute einen Artikel über einen Streik in der nahen Fabrik geschrieben und Antworten auf die Umfrage nach den besten Freizeitadressen der Stadt durchgeschaut, aber zwischendurch immer wieder in Gemmas Dokumenten geblättert. In Gedanken konnte sie hören, wie Howies nasale Stimme warnte »neurotisch zwanghaft!«, und ihr Vater scherzte, sie würde noch das Papier verschleißen. Aber Stan hatte sie ermutigt weiterzumachen.

Als er heute Morgen gesehen hatte, wie sie sich über die Dokumente beugte, hatte er sich auf ihren

Tisch gesetzt, sich vorgelehnt und mit leiser Stimme gesagt: »Geschichten ... wir alle bestehen aus Geschichten. Und gerade, was wie pure Fantasie oder Lüge klingt, kann eine tief verborgene Wahrheit enthalten. Ich fürchte, du wirst erst zufrieden sein, wenn du herausgefunden hast, wer deine Großmutter war. Genau wie ich damals keine Ruhe hatte, bis ich meiner leiblichen Mutter begegnete.«

Becca griff nach dem Telefonhörer und rief im Rathaus an. Die Sekretärin, die antwortete, kannte Becca und begrüßte sie herzlich.

»Mein Beileid. Wegen deiner Großmutter«, sagte die Sekretärin.

»Danke. Genau wegen Gemma rufe ich an«, antwortete Becca.

»Worum geht es denn?«

»Sie hat früher einmal den Namen Księżniczka getragen. Ich schätze, das ist Polnisch. Du hast doch zu Hause immer polnisch gesprochen, oder?« Becca buchstabierte das Wort.

Die Sekretärin lachte. »Deine Aussprache ist eine Katastrophe.«

»Zu viele Cs und Zs«, entschuldigte sich Becca. »Ist der Name häufig?«

»Eigentlich ist das gar kein Name. Das Wort wird ›Kchiän-schnitschka‹ ausgesprochen. Sehr nasal, ähnlich wie Französisch. Es bedeutet Prinzessin.«

Becca war sprachlos. Schließlich wiederholte sie: »Es bedeutet Prinzessin?«

»Genau. Wie in ›der König und die Königin hatten

eine ...‹«, scherzte die Sekretärin. »Und zwar eine junge Prinzessin. Wäre sie alt, würde man ein anderes Wort benutzen. Nicht dieses Księżniczka.«

»Gesundheit!«, sagte Becca, und sie lachten beide.

Aber als Becca den Hörer auflegte, hatte sie Herzklopfen. Gemma hatte den Mittelnamen »Rose« getragen und ihr zusätzlicher ... Spitzname? Künstlername? Deckname? ... war ausgerechnet »Prinzessin« gewesen.

»Also dann, mein lieber Dr. Watson«, murmelte sie, »was lässt sich daraus kombinieren?«

Sie starrte eine weitere Stunde auf Gemmas Dokumente, fand aber nichts mehr heraus und schob sie schließlich widerstrebend beiseite, um wieder an dem Streikartikel zu arbeiten. Bei dieser Story besaß sie mehr Fakten, als sie brauchte, denn jeder der Beteiligten hatte sich über das Thema ausgelassen. Was ihr fehlte, war eine klare Schwerpunktsetzung.

Zur Mittagszeit fühlte sich ihr Gehirn ganz ausgelaugt an, als habe sie schon einen vollen Arbeitstag hinter sich.

Sie ging mit ihrem Joghurt zum Wasserfall und setzte sich auf den noch immer kalten Boden. Das Brausen ließ alles andere verschwinden, nur das Schimpfen eines Spatzen war noch zu hören, der sich mit einem Artgenossen um die Brotkrümel von gestern stritt. »Ich würde dir hiervon was abgeben«, sagte Becca und hielt ihm den halb leeren Becher hin, »aber ich glaube, das ist nicht dein Geschmack.«

»Doch, ich mag Joghurt.« Ein amüsierter Stan ließ sich an ihrer Seite nieder. Seine Schritte waren vom unermüdlichen Donnern des Wassers übertönt worden. Er schnappte ihr Becher und Löffel aus der Hand und eine Portion Erdbeerjoghurt verschwand in seinem Mund.

Becca wurde vor Überraschung rot.

»Nicht mehr viel drin«, stellte er fest und schaute traurig in den Becher. »Da muss ich wohl zu Monty's gehen und mir meinen eigenen kaufen.« Ein Grinsen breitete sich auf seinem Gesicht aus, als er ihr den Joghurt zurückgab. »Wie läuft's mit deiner Story?«

»Viele Fakten, kein klarer Schwerpunkt«, sagte sie.

»Ich dachte, du tappst eher im Dunkeln.«

Einen Moment lang war sie verwirrt, bis ihr klar wurde, dass er über ihre Großmutter sprach. »Oh, die Story. Ich habe herausgefunden, dass Księżniczka ...«, sie verhedderte sich bei der Aussprache, »Prinzessin bedeutet.«

»Gesundheit!«, sagte er.

Sie musste kichern.

»Prinzessin. Hmmmm. Ich glaube, die Geschichte gefällt mir immer besser. Aber darüber sollten wir eigentlich nicht bei der Arbeit reden. Vielleicht kann ich heute Abend zu dir rüberkommen und wir schauen uns die Dokumente gemeinsam an?«

»Nein. Ja. Ich meine ...« Ihr Gesicht wurde noch eine Stufe röter, wie sie am Brennen ihrer Wangen erkannte.

»Prima«, sagte er und schien nichts davon zu bemerken. »Ich komme nach dem Abendessen. So gegen sieben?«

»Klar …«, begann sie, aber da war er schon aufgestanden und ging mit langen Schritten über die Wiese auf die Straße zu. Sie schaute ihm nach, bis er außer Sicht war. Als sie einen Blick auf den Joghurtbecher warf, stellte sie fest, dass er leer war. Das hinderte sie nicht daran, mit dem Finger an der Innenseite entlangzufahren, besagten Finger in den Mund zu stecken und genießerisch abzulecken.

KAPITEL 11

»Als die hundert Jahre vergangen waren …«, sagte Gemma.

»Warum, Gemma? Warum hundert Jahre?«, fragte Becca.

Sie waren zu viert damit beschäftigt, Äpfel zu schälen, um Kompott zu machen. Gemma kochte das beste Kompott der Welt, sogar besser als das gekaufte aus dem Laden, fand Becca. Sylvia und Shana waren anderer Meinung.

»Das Kompott ist klumpig«, sagte Shana. »Das Kompott ist lumpig!«

»Das Kompott hat Stil«, fügte Syl kichernd hinzu und weigerte sich, davon zu probieren.

»Hundert Jahre oder tausend Jahre«, sagte Gemma. »Was spielt das schon für eine Rolle? Tot ist tot.«

»Aber die Menschen im Schloss waren nicht tot«, erinnerte Sylvia sie. »Nur eingeschlafen.«

»Deshalb sind es eben hundert Jahre«, sagte Gemma. »Als die hundert Jahre vergangen waren, kam ein Prinz aus einem benachbarten Land …«

»Aus den USA?«, fragte Becca, denn andere Länder kannte sie nicht.

»Aus Großbritannien?« Syl ging zur Hard School und wusste so etwas.

»Aus Frankreich?« Shana ebenfalls.

»Ob Frankreich oder Griechenland, ich sehe Shanas Schlüpferrand!«, dichtete Syl.

»Siehst du nicht.«

»Seh ich doch.«

»Siehst du nicht. Gemma, sie kann meinen Schlüpfer überhaupt nicht sehen!«

»Ich seh ihn auch«, sagte Becca, obwohl das nicht stimmte und sie gleich darauf ein schlechtes Gewissen bekam, weil sie geschwindelt hatte.

»Da kam ein Prinz aus einem benachbarten Land …«, versuchte Gemma weiterzuerzählen. Aber selbst ihr war klar, dass niemand zuhörte. Schließlich sind Schlüpfer für moderne junge Damen ein viel spannenderes Thema als Prinzen.

KAPITEL 12

Stan klingelte um Punkt sieben, als habe er im Vorgarten gewartet, bis der letzte Schlag der Kirchturmuhr die volle Stunde verkündet hatte. Becca stand genauso pünktlich an der Tür, da sie das Warten einfach nicht mehr aushielt.

»Dr. Berlin, Mrs Berlin«, begrüßte Stan ihre Eltern so förmlich, als ob (dachte Becca) er ein Verehrer sei, der sie zu einem Date abholte.

»Ich habe schon alles auf dem Esstisch ausgebreitet«, sagte sie.

»Gut. Dann mal los!«, meinte Stan.

»Ein Mann, der schnell zur Sache kommt«, bemerkte Dr. Berlin.

Becca fühlte, dass sie schon wieder rot anlief, aber Stan lachte. »Nur, wenn ich Schlagzeilen wittere«, sagte er. »Sie wissen doch, wie wir Reporter sind, wenn es um eine Story geht: Schnapp sie dir, lutsch sie aus, lass sie fallen.«

Sie betraten das Esszimmer. Becca war erleichtert, dass ihr Vater nur genickt hatte und dann nach oben verschwunden war. Ein einziges weiteres Wort, und sie hätte ihn erwürgt.

»Na gut, dann gib mir mal eine Zusammenfassung«, sagte Stan mit einer Handbewegung zu den Papieren, die sie sorgfältig auf dem Tisch arrangiert hatte. »Vier Augen sehen mehr als zwei, heißt es schließlich.«

Sie führte ihn von Stapel zu Stapel und zählte die wenigen Fakten auf, die sie aus den Fotos und Dokumenten hatte gewinnen können. Wenn er sich vornüberbeugte, um einen genaueren Blick auf ein Detail zu werfen, schob er sich jedes Mal die Brille nach oben in die Haare.

Erst als sie den Tisch ganz umrundet hatten, rückte er mit einer Meinung heraus. »Ziemlich magere Ausbeute.« Jetzt saß die Brille wieder auf seiner Nase.

Sie nickte.

»Und soweit ich beurteilen kann, hast du das meiste aus dem Stoff rausgeholt, was sich rausholen lässt. Jetzt wird es Zeit für einen kleinen Ausflug.«

»Soll heißen?«

»Morgen ist Samstag. Du und ich werden nach Fort Oswego fahren.«

»Aber das liegt …« Tatsächlich hatte sie keine Ahnung, wie weit der Weg war.

»… fünf bis sechs Stunden entfernt. Ich habe dort eine Freundin aus der Collegezeit. Wir können bei ihr übernachten. Ich fahre und du führst mich.« Er grinste. »Mein Motto ist: Den Charakter eines Menschen erkennt man am besten beim Landkartenlesen.«

Becca konnte sich gerade noch auf die Zunge beißen, bevor sie ihn fragte, wie eng er mit besagter

Dame befreundet war. Sein Privatleben ging sie schließlich nichts an. Stattdessen nickte sie und sagte: »Bei Familienausflügen war das Kartenlesen immer mein Job. Meine Mutter ist hoffnungslos, kann nicht mal Osten von Westen unterscheiden. Und meine Schwestern haben sich dauernd gestritten. Also blieb automatisch ich übrig. Ich habe jede Menge Übung.«

»Siehst du, genau das hatte ich geahnt«, sagte er. »Okay, am besten brechen wir frühmorgens auf. Du solltest alles mitnehmen. Vielleicht kann Samantha uns weiterhelfen.« Mit einer ausholenden Geste wies er auf die Papiersammlung, die den Tisch bedeckte.

»Samantha«, murmelte sie. Na klar.

»Also dann, bis morgen um sieben. Pünktlich.« Er drehte sich auf dem Absatz um und schlenderte aus dem Zimmer, wobei er rief: »Auf Wiedersehen, Dr. Berlin, Mrs Berlin.«

Als Becca die Haustür hinter ihm geschlossen hatte, standen ihre Eltern erwartungsvoll in der Wohnzimmertür.

»Ein sehr kurzes Date«, sagte ihre Mutter.

»Das war kein Date. Wir fahren morgen nach Oswego.«

»Oswego?«

»Im Staat New York«, erklärte Becca.

»Das sind gut sechs Stunden Fahrzeit«, stellte ihr Vater fest. »Bleibt ihr über Nacht?«

»Ich habe keine … ja … nein … vermutlich.«

»Hab ich nicht gesagt, der Mann kommt schnell zur Sache?«, meinte ihr Vater.

»Jerold!«

»Wir übernachten – falls überhaupt – bei einer Collegefreundin von Stan«, erklärte Becca ganz langsam, als würde sie in einer fremden Sprache sprechen.

»Wie nett, Schatz«, sagte Mrs Berlin. »Hat sie auch einen Namen?«

»Samantha.«

»Na klar«, sagte Dr. Berlin.

»Ja, es gibt sie wirklich!«, sagte Becca. »Und ich bin immerhin schon dreiundzwanzig, okay?«

»Alt genug«, stellte Mrs Berlin fest, nahm ihren Mann beim Ellenbogen und führte ihn zurück ins Wohnzimmer.

Becca marschierte in die Küche, goss sich ein Glas kaltes Wasser ein, stürzte es hinunter und fragte sich, was sie bloß anziehen sollte.

Am Ende trug sie eine graue Wollhose, weil ein Kleid für Erkundungstouren zu unpraktisch war, während Jeans zu leger wirkten, wenn sie Gespräche führen wollten. Möglicherweise hatte sie erwartet, dass Stan sich genauso viele Gedanken über sein Outfit machen würde, aber da hatte sie sich getäuscht. Er erschien Punkt sieben in der gleichen Kleidung wie immer, nämlich einer Kordhose, einem Hemd mit offenem Kragen und der Kordjacke, die er auch in der Redaktion ständig trug. Auf der Rückbank seines Autos lagen ein Picknickkorb und eine Decke. Becca bemühte sich, nicht allzu ungläubig zu schauen, aber offenbar genügte ihr Gesichtsausdruck.

»Selbst hier bei uns ist es noch ein bisschen kalt, um sich zum Picknick auf den Boden zu setzen«, erklärte er beiläufig. »Ich weiß, dass du es gewohnt bist, bei jedem Wetter mittags am Wasserfall zu hocken, aber wir fahren Richtung Norden, und da wird es noch kälter.«

Alles an dieser Fahrt erinnerte an ein Date – und dann auch wieder nicht. Sie redeten über das Wetter, Politik, die Arbeit und andere unverfängliche Themen. Nur einmal wurde es persönlicher, nämlich als sie von Stan mehr über die Suche nach seiner Mutter wissen wollte. Er begann zu erzählen, aber verlor immer wieder den Faden, zögerte, lieferte Erklärungen nach, sodass offensichtlich war, wie selten er davon sprach. Ungewollt platzte sie plötzlich mit der Frage heraus: »Warum redest du nie darüber?«

Stan schwieg eine ganze Weile, während das Auto den Highway entlangbrauste. Becca kam es vor wie der längste Moment ihres Lebens. Sie versuchte, eine Entschuldigung zu formulieren, legte jedes Wort auf die Goldwaage.

Da seufzte er und sagte: »Ich schätze, als ich mein Ziel erreicht hatte und wusste, wer meine Mutter war – und dass sie mir meinen Vater nicht nennen konnte –, war die Sache für mich erledigt. Die Geschichte war zu Ende. Fertig. Vollständig. So geht es mir mit allen Storys, an denen ich arbeite. Diese Frau war kein Teil meines Lebens, ich war kein Teil ihres Lebens, und ich hatte alle Antworten, die ich bekommen würde. Also zog ich einen Schlussstrich und schaute nach vorn.«

»Wird es mir wohl genauso gehen?«, fragte sie.

»Was meinst du?«

»Wenn ich Gemmas Story ausgrabe …«

»Falls du genug Spuren findest. Das gelingt nicht immer.«

Sie nickte nachdenklich. »Also, falls ich ihre Story ausgrabe – ist dann alles zu Ende?«

»Das kommt darauf an.«

»Worauf?«

»Ob es ein Happy End gibt wie bei allen richtigen Märchen: ›Und sie lebten glücklich und zufrieden …‹« Er trat aufs Gas, um eine Schlange trödelnder Kleinwagen zu überholen.

»Gemmas ›Dornröschen‹ hatte nie ein Happy End.«

»Sondern? Wie hat die Geschichte aufgehört?« Er lenkte wieder auf die rechte Spur und warf Becca einen Blick zu.

Sie hob die Schultern. »Mit einem Kuss. Und einer Hochzeit.«

Er lachte. »Das ist kein Happy End? Ich mag Küsse.« Er legte eine Pause ein. »Und Hochzeiten.«

»Aber der Prinz wird am Schluss überhaupt nicht mehr erwähnt. Als ob er sich nach der Zeremonie in Luft aufgelöst hätte. Nur die Prinzessin und ihre neugeborene Tochter bleiben übrig. Pass auf!« Der Fahrer vor ihnen hatte plötzlich scharf gebremst.

Stan reagierte sofort, bremste und scherte nur leicht nach rechts aus. »Du Idiot«, murmelte er.

Becca war nicht sicher, ob er damit den Fahrer meinte oder sich selbst.

Sie brauchten ungefähr sieben Stunden, bis sie Oswego erreichten, denn eine gute Stunde waren sie mit dem Picknick beschäftigt gewesen. In Stans Korb hatte sich gebratenes Hähnchen befunden, Wein, Brot, Käse, Müsliriegel – und zwei Joghurts. Bloß die Löffel hatte er vergessen.

Becca hatte lachend in ihrer Handtasche gewühlt und mit einem triumphierenden »Ta-daa!« einen krummen Plastiklöffel hervorgezogen, der schon bessere Tage gesehen hatte.

»Viele bessere Tage«, hatte Stan gesagt und sein Shirt als Putzlappen missbraucht.

Sie benutzten den Löffel abwechselnd, was die Stimmung löste.

Als sie an der ersten Abfahrt nach Oswego vorbeikamen, drückte Stan ihr einen Zettel in die Hand, auf den er mit seiner typischen unleserlichen Handschrift eine Wegbeschreibung gekritzelt hatte. Becca las sie laut vor und ließ Stan immer genug Zeit, die Spur zu wechseln oder abzubiegen.

»Mein kluges Mädchen«, murmelte er, grinste aber dabei, um Becca den Wind aus den Segeln zu nehmen. Weder war sie ein Mädchen, noch gehörte sie ihm – und das wusste er auch.

Schließlich, am frühen Nachmittag, kamen sie in einer ruhigen Wohnstraße an. »Da drüben, Nummer neunzehn«, sagte Becca und zeigte auf ein freundliches, schlichtes Haus im Stil der dreißiger Jahre, das eindeutig zu groß für eine einzelne Person war. Becca fragte sich, ob sich daraus etwas schlussfolgern ließ. Sie hatte sich Mühe gegeben, keine allzu große Neugier zu zeigen, was Samantha anging. Stan hatte sich ebenfalls in ungewohntes Schweigen gehüllt und nur gesagt, dass sie eine Illustratorin war. Für Kinderbücher. Becca hatte den Verdacht, dass Samantha putzige Entenküken und Häschen zeichnete. Zum wiederholten Mal fragte sich Becca, wie eng die Beziehung der beiden war. Beiläufig hatte er erwähnt, dass sie zusammen an der Collegezeitung gearbeitet hatten. Hatte Samantha mit »Studenten-auf-die-Barrikaden!«-Cartoons angefangen und war bei hosentragenden Kaninchen gelandet?

Ein Mädchen mit dunklen Haaren kam über den Rasen von Nummer neunzehn gelaufen, die pummeligen Wangen von der Anstrengung gerötet. Einen Augenblick lang hoffte Becca, einen kleinen Samantha-Klon vor sich zu haben. Aber dann folgten ein zweites und drittes Kind und sie alle verschwanden im Nachbarhaus. Becca seufzte laut.

»Gut, dass wir endlich aussteigen und uns die Beine vertreten können«, sagte Stan, der ihren Seufzer falsch gedeutet hatte.

»O ja.«

Sie beide waren noch damit beschäftigt, ihre Taschen mit den Übernachtungssachen auszuladen, als die Tür von Nummer neunzehn aufging und eine schlanke Blondine auf der Eingangsveranda erschien. (Natürlich war sie blond, dachte Becca. Und schlank.)

»Stan!«, rief Samantha und winkte.

»Hallo, lange nicht gesehen!«, rief Stan zurück und rückte die Brille auf der Nase zurecht. »Prima Wegbeschreibung!«

»Tja, für so was habe ich Talent«, sagte Samantha. Becca hatte das Gefühl, dass sich ihre Talente nicht auf Landkarten beschränkten. »Und du musst Becca sein. Kommt doch rein. Habt ihr schon gegessen? Linn kommt erst um sieben zurück, die Kinder hatten schon Lunch, aber ich habe euch ein bisschen was aufbewahrt.«

Becca spürte, wie sich ein breites Grinsen auf ihrem Gesicht ausbreitete. *Linn*. Ein Frauenname. Kein Wunder, dass Samantha und Stan nie ein Paar geworden waren. »Wir haben schon gegessen, danke. Was für ein schönes Haus!«

Linn war ebenfalls groß und schlank, war früher einmal blond gewesen … aber inzwischen hatte er nur noch wenige Haare. Nach ein paar witzigen Anekdoten über das Problem geschlechtsneutraler Vornamen gab Becca zu, dass sie Linn für eine Frau in einer lesbischen Partnerschaft gehalten hatte.

»Ich … eine Lesbe?« Samantha hatte herzlich gelacht, genau wie Stan und Linn. Ein bisschen zu herzlich für Beccas Geschmack, aber die anderen schienen ihr Stirnrunzeln nicht zu bemerken.

Die Kinder hatten lärmend und streitend ihr Abendbrot verzehrt. Zu Samantha gehörten das kleine Pummelchen und ein Junge, der das androgyne Aussehen eines typischen Dreijährigen besaß. Als die Erwachsenen sich zum Dinner setzten, herrschte wieder Ruhe, denn die beiden hockten vor dem Fernseher und schauten einen Disneyfilm.

Während des Essens tauschten Samantha und Stan ein paar Collegeerinnerungen aus, aber vor allem drehte sich das Gespräch um Politik. Linn war konservativer als Stan und sie stritten ein wenig über den Zustand des palästinensischen Gaga-Streifens (O-Ton Linn) und der sowjetischen Ex-Union. Samanthas Beitrag war, beiden ab und zu einen Schuss vor den Bug zu versetzen und das Wortgefecht mit provokanten Fragen am Laufen zu halten. Anscheinend gefiel es ihr zuzuschauen, wie die Männer sich gegenseitig die Köpfe einschlugen. Becca dagegen fühlte ein schwer erklärbares Unbehagen. Vermutlich lag es weniger am Inhalt des Gesprächs als an der Art, wie es geführt wurde.

Mitten beim Nachtisch (einer wunderbaren Crème brûlée, denn Samantha war natürlich auch eine perfekte Köchin), während beide Kinder auf ihrer Mum herumkletterten und probieren wollten, sagte Samantha plötzlich: »Wir sollten die arme Becca nicht länger auf Antworten warten lassen. Den langen Weg hierher kommt man schließlich nicht für ein Abendessen. Ich bringe nur schnell diese kleinen Monster ins Bett und du kannst ihr alles erklären, Stan.«

Becca drehte sich überrumpelt zu Stan um. Er hob beschwichtigend die Hände. »Samantha und Linn haben ein paar Leute aus Oswego eingeladen, die schon seit den vierziger Jahren hier leben. Vielleicht erinnern sie sich an etwas, das dir weiterhilft. Linn war mal im Vorstand des Fort-Museums und Samantha hat einige der Informationshefte illustriert. Also sind sie mit dem Thema recht vertraut.«

In diesem Moment klingelte es an der Tür. Linn stand auf, öffnete und ließ zwei Männer und eine Frau eintreten, die zwischen sechzig und siebzig Jahre alt waren.

Nachdem Linn alle einander vorgestellt hatte, bat er die ganze Gruppe ins Wohnzimmer und bot ihnen Kaffee an.

Einer der Männer war ein müde wirkender alter Herr mit dichtem weißem Haar und Tränensäcken unter den wässrig blauen Augen, deren ehemals scharfer Blick vor Mattigkeit abgestumpft war. Er hieß Randolph Feist und hatte früher an der Oswego High School unterrichtet.

Die Frau hieß Marge Pierce. Sie strich mehrmals ihr hennarotes Haar zurecht, bevor sie sich setzte, und zwar in den plüschigsten Sessel. Ihre Begründung lautete: »Schließlich wohne ich am längsten in Oswego.« Ihre Knöchel waren geschwollen und die Füße schienen nur knapp in die zierlichen Schuhe zu passen.

Beccas Aufmerksamkeit wurde am meisten von Harvey Goldman gefangen genommen: klein und drahtig, mit einer Figur wie ein Langstreckenläufer und einem Gesicht, dessen Farbe an altes, zu oft beschriebenes und wieder leer geschabtes Pergament erinnerte. Der darauf eingeschriebene Lebenslauf war, wie Becca annahm, nicht immer angenehm gewesen.

Ein paar Minuten verbrachten sie mit Smalltalk über das Wetter, die Anfahrt, wie Oswego sich im Laufe der Jahre verändert hatte … »Nicht zum Guten«, bemerkte Mrs Pierce und wiederholte gleich noch einmal: »Nein, bestimmt nicht zum Guten.«

Während Mrs Pierce noch über den Zustand von Oswego lamentierte, stand Becca plötzlich auf und ging in den Flur, wo sie die Truhe abgestellt hatte. Sie trug sie ins Wohnzimmer und hielt sie in den Armen wie ein Neugeborenes.

Stan hatte gerade kurz erklärt, warum sie zu Besuch gekommen waren, und Becca hörte ihn bei ihrer Rückkehr sagen: »Also wäre es schön, wenn wir etwas über Ihren … Kontakt … zu den Flüchtlingen und dem Fort erfahren könnten. Vielleicht würden Sie sich auch ein paar Fotos ansehen?«

Mr Feist räusperte sich. »Ich gehörte zu den Lehrern, die mit High-School-Schülern das Lager ›Safe Haven‹ besucht haben. Im Fort gab es einen Tag der offenen Tür …«

»Uns standen die Türen bestimmt nicht offen«, bemerkte Mr Goldman.

»Sie müssen wissen«, fuhr Mr Feist fort, ohne Goldmans Einwand zu beachten, »dass sich damals bestimmte Gerüchte ausbreiteten.« Er stockte.

»Was für Gerüchte?«, fragte Becca.

»Na ja, ziemlicher Unsinn eigentlich. Es wurde behauptet, die Flüchtlinge – und davon gab es fast tausend – würden sich auf Kosten der Steuerzahler ein bequemes Leben machen. Dabei hatten wir Amerikaner wegen des Krieges schon genug zurückstecken müssen, hieß es. Die Mädchen und Jungs in der Schule sprachen von nichts anderem mehr, was natürlich bedeutete, dass ihre Eltern zu Hause Ähnliches oder noch Schlimmeres von sich gaben. So sind Schulkinder nun mal, plappern die Meinung ihrer Eltern nach, als sei es die eigene. Also hat Ralph …«

»… das ist Mr Cornell, der Schuldirektor«, erklärte Mrs Pierce und zupfte wieder an ihrer Frisur. »Ich war eines der Kinder. Man kann sich gar nicht mehr vorstellen, was damals für Sachen gesagt wurden!«

»Ralph hat darauf bestanden, dass die Schüler das Lager besuchen und sich mit eigenen Augen überzeugen sollten. Und natürlich genügte ein Blick auf die kahlen Baracken in ›Safe Haven‹ und den ganzen Stacheldraht …«

»Stacheldraht!«, flüsterte Becca.

»Man hat sie hinter Stacheldraht gesteckt?«, fragte Stan. »Aber das waren doch Flüchtlinge, keine Verbrecher.«

»Trotzdem«, bestätigte Mr Goldman. »Das muss man sich mal vorstellen. Deutsche Kriegsgefangene in anderen Teilen der USA machten Wochenendausflüge und gleichzeitig waren wir hinter Zäunen eingepfercht.«

»Nachdem wir das alles gesehen hatten«, sagte Mrs Pierce mit vor Eifer bebender Stimme, »sind einige von uns jeden Nachmittag nach dem Unterricht hingegangen, um Süßigkeiten oder anderes zu verteilen.«

Mr Goldman rümpfte die Nase. »Ja, und ihr habt es uns durch die Zaunmaschen geschoben, als ob wir Tiere im Zoo wären.« Offenbar handelte es sich um einen alten Streit.

»Lass gut sein, Harvey, du weißt genau, dass die Flüchtlingskinder zur Schule gehen durften, als sich die Wogen erst geglättet hatten«, sagte Mr Feist. »Außerdem ist das alles schon sehr lange her.«

»Das ist keine Entschuldigung«, widersprach Mr Goldman scharf. »Nicht für mangelndes Gewissen. Die Zeit wird das hier niemals heilen.« Er knöpfte seinen linken Hemdsärmel auf und schob ihn hoch. Dann hielt er ihnen seinen Arm hin, sodass sie alle die Nummer sehen konnten, die in verblasstem Blau in das Fleisch tätowiert war.

»Nein, Sie haben recht«, sagte Stan beschwichtigend. »Die Zeit kann zwar manche Wunden heilen, aber die Narben behält man für immer.«

Mr Goldman rollte den Ärmel wieder herunter und knöpfte schweigend die Manschette zu. Mrs Pierce schaute auf ihre geschwollenen Knöchel und kreuzte drei Mal die Füße, links über rechts, dann rechts über links ... wie eine Art Beschwörungsritual.

Mr Feist schaute Becca bittend an. »Was wollen Sie noch wissen?«, fragte er. »Wir haben jetzt ein Museum. Das Safe Haven Museum. Und das Buch von Gruber mit dem Titel *Haven*. Haben Sie es gelesen?«

»Mr Feist, ich habe erst kürzlich überhaupt von Fort Oswego gehört«, sagte Becca. »Meine Großmutter ist gestorben und wir haben diese Truhe in ihrem Nachlass gefunden. Darin befanden sich Zeitungsausschnitte der *Palladium Times* und einige alte Fotografien. Ich versuche nur, mehr über ihre Vergangenheit herauszufinden. Vielleicht gehörte sie zu den Flüchtlingen im Lager. Zumindest besaß sie ein paar Dokumente, die darauf hinweisen.« Gemmas Märchen erwähnte sie besser nicht.

»Wie hieß Ihre Großmutter?«, fragte Mr Goldman.

»Gitl. Gitl Mandelstein. Oder Dawna Stein. Vielleicht auch Genevieve. Sie hatte anscheinend eine Reihe von Namen«, sagte Becca.

»Gitl. Gitl.« Mr Goldman schloss die Augen. Seine Finger strichen über den linken Unterarm, als sei die Nummer unter dem Hemdsärmel zu ertasten wie Brailleschrift. Er schüttelte bedächtig den Kopf. »Dawna. Genevieve.«

»Kann ich Ihnen die Fotos zeigen?«, fragte Becca beinah flüsternd.

»Geschafft!« Wie ein Wirbelwind kam Samantha in den Raum gefegt und ihre fröhliche Stimme schien alle Anwesenden mit Energie aufzuladen. »Die kleinen Monster sind endlich im Bett. Will noch jemand Kaffee?«

Die Tassen wurden neu gefüllt und die unterschwellige Spannung im Raum löste sich. Becca hegte den Verdacht, dass Samantha diesen Effekt geplant hatte wie einen dramatischen Bühnenauftritt. Doch gleich darauf bekam sie ein schlechtes Gewissen, als ob sie Verrat an Stan üben würde, wenn sie so über seine Freundin dachte. Hastig holte sie die Fotos hervor und reichte sie Mr Goldman.

Er schüttelte den Kopf. »Das alles ist schon so lange her«, murmelte er. Aber er starrte auf eines der Bilder, das Gemma in ihrem sackartigen Kleid inmitten einer Menschengruppe zeigte. Er legte den Zeigefinger seiner rechten Hand auf die Gestalt eines jungen Mannes. Becca sah, dass ihm der Fingernagel fehlte.

»Was ist denn, Harvey?«, fragte Samantha und bedeckte seine Hand mit ihrer. »Geht es dir nicht gut?« Er hatte die Augen geschlossen.

»Das bin ich«, sagte er. »Auf keinem der Fotos, die im Museum gesammelt wurden, bin ich zu sehen. Aber auf diesem. Dadurch werden die ganzen Albträume wieder lebendig.«

Becca starrte auf das Bild in ihrer Hand. Das Gesicht des jungen Mannes war voller Hunger; er starrte mit brennender Sehnsucht auf Gemma.

»Und das ist Księżniczka.«

»Was?«, rief Becca gleichzeitig mit Stan. Er lehnte sich gespannt vor.

»So haben wir sie genannt. Übersetzt heißt es Prinzessin. Weil …«

Sein Blick wirkte mit einem Mal verwirrt, als würde sein Gedächtnis – und der Wille, sich zu erinnern – einfach nicht ausreichen.

»Weil sie früher in einem Schloss gelebt hat?«, fragte Becca. Sie brachte die Worte kaum heraus, ihre Kehle fühlte sich an wie zugeschnürt.

»Eine Jüdin? In einem Schloss?« Mr Goldman schaute ungläubig. »Nein – weil sie mit uns anderen nichts zu tun haben wollte. Mit mir. Als ob …« Seine Stimme verklang, und erst nach einer Weile fügte er leise hinzu: »Das ist so lange her.«

»Bitte, können Sie sich an sonst nichts erinnern?«, drängte Becca. »An irgendetwas? Ist sie zur Schule gegangen? Hat sie über ihre Vergangenheit gesprochen? War sie …«

»Sie hatte ein neugeborenes Kind, aber keinen Ehemann und … mehr weiß ich nicht.«

»Versuchen Sie es«, bettelte Becca. »Bitte.«

Mr Feist bat mit erhobener Hand um Ruhe, wie er es aus dem Klassenzimmer gewohnt war. »Harvey hat recht. Das ist alles lange her, und unser Gedächtnis ist ein eigenartiges, wenig verlässliches Instrument. Wir erinnern uns an die seltsamsten Dinge. Ich kann zum Beispiel noch immer die alte Frau vor mir sehen, die bei ihrer Ankunft in Oswego den Boden geküsst hat.«

»Aber das hast du gar nicht gesehen, Randolph«, widersprach Mrs Pierce. »Es stand in der Zeitung, weiter nichts.«

»Wahrscheinlich hast du recht«, gab er zu. »Auch wenn ich schwören könnte, dass ich mich daran erinnere. Genau das habe ich gemeint, was unser Gedächtnis betrifft … Nun, auf jeden Fall weiß ich noch, wie die Flüchtlingskinder in die Schule kamen. Die meisten von ihnen sahen erbarmungswürdig aus. Halb verhungerte kleine Hänflinge, die bei jeder Gelegenheit zusammenschreckten. Und wie sie immer nah beieinanderblieben! Aber blitzgescheit waren sie, obwohl sie kaum Englisch verstanden.« Er lächelte. »Ruth Gruber, die das Buch geschrieben hat, musste damals als Zuständige entscheiden, welche Flüchtlinge im Fort aufgenommen wurden. Nicht alle waren jüdisch. Es gab auch Katholiken – die gingen in meiner Gemeinde zur Messe, weil unsere Kirche dem Lager am nächsten lag –, und sogar ein paar Protestanten waren dabei.«

»Wir waren über Italien geflüchtet«, erzählte Mr Goldman. »Kamen aus der Hitze in die Kälte. Eines der Babys starb bei der Überfahrt. Daran erinnere ich mich. Die Mutter konnte zwei Tage lang weder weinen noch sprechen, bis wir an der Freiheitsstatue vorbeikamen. Da brachen alle anderen vor Freude in Tränen aus, nur sie, das arme Ding, weinte vor Schmerz.« Eine Weile herrschte Stille. Dann fuhr er fort: »Und ich kann mich erinnern, was ich in diesem Moment dachte. Nämlich dass wir frei waren. Endlich frei. Und wie entsetzt ich war, als ich mich plötzlich wieder hinter Stacheldraht befand. Ich war überzeugt, dass ich den ganzen weiten Weg geflohen war, nur um in Amerika umgebracht zu werden.«

»Tja, und schau nur, was aus dir geworden ist«, sagte Mrs Pierce. »Heute gehört dir halb Oswego.«

»Ich habe einen kleinen Laden und bin damit zufrieden«, konterte Mr Goldman. »Von wegen halb Oswego!«

»Bitte«, unterbrach Becca, »was ist mit meiner Großmutter?«

»Sie hatte jedenfalls eine Ausstrahlung wie eine Prinzessin«, sagte Mr Goldman. »Ihre ganze Haltung, ihr Benehmen ... das könnte ich nie vergessen. Sie erinnerte an ein Wesen aus dem Märchen, die Haut so weiß, das Haar so rot, als ob selbst der Krieg und all sein Schrecken ihrer Schönheit nichts hatten anhaben können. Tatsächlich sehen Sie ihr recht ähnlich, Miss Berlin, bis auf die Augen. Denn Ihre sind warm, aber die der Prinzessin waren ... völlig abwesend. Wir jungen Männer waren alle halb verliebt in die Prinzessin. Glaube ich. Doch sie hat nie mit einem von uns gesprochen. Man hätte glauben können, sie sei mit einem Fluch belegt.«

»Einem Fluch?«

»Die Nazis waren ein Fluch«, sagte Mr Goldman. »Sind sie immer noch.«

»Die Nazis sind alle tot«, sagte Mrs Pierce und strich sich übers Haar.

»Für dich mögen sie tot sein«, sagte er. »Nicht für mich.« Er seufzte und stand auf. »Ich sollte gehen. Ein alter Mann braucht seinen Schlaf.«

»Ich bin genauso alt«, stellte Mr Feist fest.

»Nein, nicht genauso«, sagte Mr Goldman. Er griff mit einem Blinzeln nach Beccas Hand. »Ich bin sehr froh, die Enkelin von Księżniczka getroffen zu haben«, meinte er mit einem fast schüchternen Lächeln und gab ihr einen formvollendeten Handkuss. Dann verabschiedete er sich von Samantha, küsste sie auf beide Wangen und ging.

Die anderen folgten bald danach.

KAPITEL 13

»Es kam ein Prinz aus einem benachbarten Land«, sagte Gemma. Becca lag mit Fieber im Bett. Ihre Schwestern versuchten sich anzustecken und waren neidisch auf ihre »hippe Grippe«, wie sie reimten. Aber Gemma scheuchte sie mit der Bemerkung weg: »So leicht werde ich euch das Schuleschwänzen nicht machen!«

»Warum muss es immer ein Prinz sein, der sie rettet?«, fragte Becca.

»Du schaust zu viel Fernsehen«, sagte Gemma. »Zu viele Talkshows, zu viele feministische Ideen. Früher war es eben ein Prinz.«

Beccas Hals und Brustkorb schmerzten vom ständigen Husten, also widersprach sie nicht.

»Der Prinz ritt am Schloss vorüber, gefolgt von all seinen Truppen. Er sah die Dornenhecke und versuchte, darüber hinwegzuschauen. Dann versuchte er, darunter hindurchzuschauen.«

»Warum hat er die Büsche nicht einfach ausgerissen?«, fragte Becca, die vom Fieber kratzbürstig war.

»Die Dornen hätten seine armen Hände zerschnitten«, sagte Gemma. Sie griff nach einem feuchten Lappen und kühlte Becca sorgsam das Gesicht, wobei sie eine nasale Melodie vor sich hin summte. »Ein Bauer kam vorbei und

sah den Prinzen, wie er versuchte, erst über die Hecke hinweg- und dann darunter hindurchzuschauen. ›Lassen Sie das besser bleiben, mein Herr‹, sagte der Bauer. ›Wer immer in die Dornen hineingeht, kommt nicht wieder heraus.‹ Der Prinz drehte sich zu dem Bauern um. ›Und woher willst du das wissen?‹ Der Bauer grinste. Ihm fehlten die meisten Zähne. ›Wir Bauern haben seit Jahr und Tag über solche Dinge Bescheid gewusst.‹« Gemma unterbrach sich, um den Lappen zurück in die Wasserschüssel auf dem Nachttisch zu legen. Dann drehte sie sich wieder zu Becca um, die halb eingeschlafen war. »›Aber weißt du auch, was ein mutiges Herz vermag?‹, fragte der Prinz. Und mit diesen Worten stieß er seine rechte Hand in die Rosendornen.«

Ein Zittern überlief Becca. Diesen Teil der Geschichte liebte sie am meisten, mehr noch als den Kuss, die Hochzeit oder den Fluch der Fee. Sie wusste nicht, warum. Das Zittern wollte nicht wieder aufhören, dafür sorgten das Fieber und der Schüttelfrost. Gemma zog ihr die Decke über die Ohren und legte sich zu ihr, um sie besser wärmen zu können. Becca schlief ein, bevor das Märchen ganz zu Ende war.

KAPITEL 14

Das Museum entpuppte sich als Enttäuschung. Auf keinem der Fotos war Gemma zu entdecken, obwohl es Hunderte von Bildern mit Frauen in Sackkleidern gab. Harvey Goldman fehlte auf den Fotos ebenfalls, genau wie er gesagt hatte. Der Rest der Ausstellung war zwar interessant, aber deprimierend.

»Geschichte ist meistens so«, bemerkte Samantha. Da Linn ein Vorstandsmitglied war, hatte das Museum frühmorgens am Sonntag extra für sie geöffnet. Sie hatten die Ausstellung ganz für sich allein und brauchten nicht im Flüsterton zu sprechen.

»Friedhöfe sind meistens so«, sagte Stan. »Genau aus diesem Grund beschäftige ich mich lieber mit der Gegenwart.«

Becca schaute ruckartig von dem Foto hoch, das sie gerade betrachtete. Die Bemerkung schien auf sie gemünzt zu sein und erklärte eine Menge über Stan. »Du meinst: Finde raus, was die Vergangenheit zu sagen hat, und dann lass sie los?«

»Haargenau!«, grinste er.

»Tja, dieser Teil der Vergangenheit sagt mir gar nichts über meine Großmutter, außer dass sie hier war.«

»Aber wo war sie vorher? Bevor sie nach Fort Oswego gekommen ist?«, meinte Samantha.

»Das ist die Fünfzig-Dollar-Frage«, sagte Stan.

»Knauserig«, bemerkte Linn amüsiert. »Gewöhnlich spricht man von der Tausend-Dollar-Frage.«

»Wirtschaftskrise«, sagten Stan, Samantha und Becca im Chor. Sie lachten immer noch darüber, als sie die Tür des Safe Haven Museums hinter sich schlossen.

Die Rückfahrt verging wie im Fluge und war viel zu schnell vorbei. Becca und Stan sangen alte Countryschlager, erzählten sich Familienanekdoten und sprachen sogar kurz über die Arbeit. Von den Titelthemen, die Becca für den *Advocate* vorschlug, schmetterte Stan zwei ungerührt ab. Aber bei ihrer dritten Idee wandte er den Kopf zur Seite, schaute sie an und sagte: »Du hast mein vollstes Interesse.«

»Ich weiß, wie man Männer ködert«, grinste Becca.

Hinter Albany schlief sie ein, und als sie mit einem Ruck wieder aufwachte, stellte sie fest, dass der Wagen gerade von der Schnellstraße abbog und auf Hatfield zufuhr. Sie entschuldigte sich bei Stan.

»Kein Problem. So hatte ich Zeit zum Grübeln«, sagte er. »Mir fällt das Denken schwer, wenn du in der Nähe bist.«

Becca fragte absichtlich nicht, was er meinte. Vielleicht hatte seine Bemerkung gar nichts zu bedeuten oder vielleicht bedeutete sie sehr viel, aber in beiden

Fällen sah Becca Probleme auf sich zukommen. »Worüber hast du denn so intensiv gegrübelt?«, fragte sie.

»Über die Prinzessin. Wo ist sie gewesen, bevor sie im Fort aufgenommen wurde? Ich sollte noch einmal einen Blick auf die Papiere werfen.«

»Morgen«, sagte Becca.

»Während der Mittagspause«, stimmte Stan zu.

In Hatfield setzte er sie bei ihrem Haus ab, kam aber nicht mit hinein. Er machte keine Anstalten, sie zu küssen, aber auf ein steifes Händeschütteln verzichtete er ebenfalls. Becca entnahm daraus, dass ihr gemeinsamer Ausflug zwar kein Date gewesen war, aber dass sie sich nun näherstanden als bloße Arbeitskollegen. Sie konnte sich später darüber den Kopf zerbrechen. Wenn Stan nicht in der Nähe war.

Ihre Eltern schliefen schon, als sie nach Hause kam, also breitete sie wieder einmal sämtliche Fotos und Dokumente auf dem Esstisch aus. Gemma starrte zu ihr hoch, Harvey Goldman schaute sie aus dem Hintergrund mit seinem ausgehungerten Blick an.

»Oh, Gemma«, flüsterte Becca, »was sehen deine Augen? Die Vergangenheit? Die Gegenwart? Oder vielleicht deine Zukunft?«

Sie schreckte zusammen, als eine Hand ihre Schulter berührte. »Gut zu wissen, dass du gesund und munter zurück bist.« Ihr Vater stand im Pyjama hinter ihr. »Hast du was herausgefunden, Schatz?«

»Gemma war tatsächlich im Fort Oswego. Ein

Mann aus dem Lager hat sich an sie erinnert. Er sagt, man nannte sie ›die Prinzessin‹.«

»Und, war sie eine?«

»Ach, Dad«, lachte sie.

»Hast du noch nie das Sprichwort gehört: ›verwöhnt wie ein jüdisches Prinzesschen‹?«

»Ach, Dad«, sagte sie wieder.

Er küsste sie auf den Scheitel. »Wir haben solches Glück gehabt«, sagte er. »Was auch immer Gemma ertragen musste, an was sie sich erinnerte oder nicht erinnerte … wir können für unser leichtes Leben dankbar sein.«

»Ich weiß«, sagte Becca leise. »Das habe ich auch gedacht, als ich Harvey Goldman erzählen hörte, als ich die ganzen Fotos und die Nummer auf seinem Arm sah. Dad, da fällt mir ein …«

»Was?«

»Gemma hatte keine Nummer. Sie kann nicht in einem Konzentrationslager gewesen sein. Aber sie wurde als Flüchtling anerkannt, also woher kam sie?«

»Nicht in allen KZs hat man den Gefangenen Nummern eintätowiert«, erklärte er. »In manchen war das unnötig, weil sie nicht lange genug am Leben blieben.«

»Woher weißt du das?«

Er murmelte in ihr Haar: »Ich lese nicht nur medizinische Zeitschriften, mein Schatz. Geh ins Bett.«

Sie stand auf, drehte sich um und umarmte ihn ganz fest, dann ging sie gehorsam hinauf in ihr Zimmer. Da ihr keine Schritte folgten, nahm sie an, dass ihr Vater noch immer am Esstisch stand. Sie konnte ihn vor sich sehen, wie er die Papiere hin und her schob, als könne er ihnen Gemmas Geheimnis durch bloße Berührung entlocken.

Stan und Becca saßen am Wasserfall auf der Picknickdecke und schauten wieder einmal Gemmas Nachlass durch. Schließlich blieb Stan bei dem Biografiebogen hängen. »Hier, was heißt das?«, fragte er und tippte auf die dick durchgestrichene Stelle.

Gegen das Sonnenlicht anblinzelnd las Becca: WIE LAUTETE IHRE LETZTE ADRESSE? Sie schüttelte den Kopf. »Die Antwort kann ich nicht entziffern.«

»Aber das ist unsere einzige Spur. Wir müssen es rausfinden. Vielleicht, wenn wir die Stelle vergrößern.« Er erhob sich und zog Becca auf die Füße. »Komm mit.«

Hastig sammelte Becca die Joghurtbecher ein, während Stan gleichzeitig Gemmas Papiere zusammensuchte. Die Decke ließen sie für später liegen.

Am Kopiergerät vergrößerte Stan den Ausschnitt dreimal nacheinander, bis man die ausgestrichenen Buchstaben erahnen konnte.

»Am Anfang steht ein K«, sagte er.

»K-E-L ... Kelm-dingsbums?«, fragte Becca.

»Sieht mir mehr wie *Kulm* aus«, meinte Stan.

»Ja, ich glaube, du hast recht. Kulm ... und am Ende ein *hef* oder *hof*. Der Tintenstrich geht mittendurch, sodass man nicht erkennen kann, ob der Buchstabe ein *e* oder *o* sein soll. Klingt das für dich wie ein

Ortsname aus Deutschland? Oder wenigstens aus dem mittleren Europa?«

»Müsste Polnisch sein«, sagte Stan und fuhr sich mit den Fingern durchs Haar. »Vergiss ihren Spitznamen nicht, der war polnisch. Also hat sie in Polen gelebt und stammte vermutlich von dort.«

»Oder sie ist nur auf der Flucht durchgekommen.«

»Guter Einwand.«

»Okay, und was jetzt?«

»Jetzt stürzt du dich in die Recherchen«, grinste er. »Blätterst im Atlas, rufst die Uni an oder …«

»Was ist mit meinem Job? Ich habe noch ein paar Artikel, die ich fertig schreiben muss.«

»Das hier wird eine sensationelle Reportage«, sagte Stan. »So was habe ich im Gefühl.« Er drehte sich abrupt um, marschierte zurück in sein Büro und ließ die Tür so entschieden hinter sich zuschlagen, dass es wie ein Ausrufezeichen klang.

Becca starrte einen langen Moment auf die geschlossene Tür und versuchte sich vorzustellen, was Stan dahinter gerade tat: Vielleicht hatte er die Füße auf den Schreibtisch gelegt und schoss mit Gummibändern auf das Bild von George Bush im Golfwagen; oder er kritzelte abwesend auf einem Stück Papier herum und zeichnete gesichtslose Mönche in Kutten, wie er es immer während der Redaktionssitzungen tat; oder er telefonierte mit Horden von Exfreundinnen. Nichts davon erschien allzu wahrscheinlich. Oder real. Das Dokument in Beccas Hand dagegen war sehr real, und sie starrte auf das Wort – *Kulmhef, Kulmhof* oder was auch immer –, das ihre Großmutter vor langen Jahren aus Wut, Abscheu oder Leid mit schwarzer Tinte ausgelöscht hatte.

Sie holte sich den Atlas und blätterte bis zur Rubrik mit den Ks. Jemand hatte mit rotem Geschenkband ein Vergrößerungsglas am Buch befestigt, und sie benutzte es dankbar.

»Kulm, North Dakota«, las sie laut und schüttelte den Kopf. »Na klar.« Sie wanderte zur nächsten Zeile weiter. »Kulm in der Schweiz, zwei verschiedene Kantone. Kulmain und Kulmbach, beide in Westdeutschland – vielleicht. Kulmasa, Ghana, ganz bestimmt nicht.« Sie notierte sich die beiden deutschen Namen, dann spontan auch noch den Ort aus der Schweiz und klappte das Buch zu.

»Becca, Telefon!«, rief jemand.

Mit dem Notizzettel in der Hand kehrte sie an ihren Schreibtisch zurück. Bei dem Anruf ging es um eine alte Story, und sie beantwortete routiniert alle Fragen, während sie gleichzeitig die deutschen Ortsnamen wieder und wieder unterstrich. Als sie den Hörer auflegte, hatte der Kugelschreiber an zwei Stellen das Papier durchgeschabt.

Die Namen erinnerten sie an etwas, und sie schüttelte nachdenklich den Kopf, als könnte sie dadurch ihre festgefahrenen Gedanken in Bewegung bringen. Aber bevor sich des Rätsels Lösung fand, ging Stans Tür auf, und er lehnte lässig wie immer im Türrahmen.

»Erfolg gehabt?«

»Eine Stadt in North Dakota, eine in Ghana, zwei in der Schweiz und zwei in Westdeutschland. Keine davon kommt allzu nah an *Kulmhof* oder *Kulmhef* heran.«

»Hmmm.« Er nahm die metallumrandete Brille ab und polierte sie mit seinem Shirt. Erst als sie wieder auf seiner Nase saß, sagte er: »Vielleicht sollten wir Samanthas Bekannten anrufen und ihn fragen.«

»Wen meinst du?«

Er legte den Kopf schräg und spitzte die Lippen, als wollte er sagen: Machst du Witze?

»Harvey Goldman«, gab sie sich selbst die Antwort.

»Ich habe hier irgendwo seine Telefonnummer«, sagte Stan, wühlte in seinen Taschen und holte eine Handvoll Kleingeld, Autoschlüssel und ein gutes Dutzend Visitenkarten hervor. »Er hat sie mir gegeben, bevor er an dem Abend gegangen ist. ›Falls Sie noch Fragen haben‹, hat er gesagt, ›oder ein stilvolles Oberhemd kaufen wollen.‹« Stan schaute schnell die Karten durch, fand die gesuchte und gluckste. »*Harveys Herrenschneiderei. Für distinguierte Gentlemen*. Ich kann nicht glauben, dass es heute noch einen Laden mit so einem Namen gibt!«

Becca nahm ihm die Visitenkarte ab und vermied es dabei, seine Hand zu berühren. Sie ging zu ihrem Schreibtisch, ließ sich auf den Stuhl sinken und tippte jede Zahl einzeln ein, als seien die Nummerntasten aus zerbrechlichem Glas. Plötzlich widerstrebte ihr dieser Anruf, weshalb auch immer … ganz anders als sonst, wenn sie einer Story auf der Spur war.

Das Telefon klingelte zwei Mal, dann antwortete eine fröhliche junge Frauenstimme: »*Harveys*. Wie kann ich Ihnen helfen?«

»Ich würde gern mit Harvey Goldman sprechen. Es ist privat.«

»Opa!«, rief die junge Frau, ohne den Mund vom Hörer zu nehmen.

Becca hörte schlurfende Schritte und dann ein tadelndes »Schrei nicht so, Mirra«. Gleich darauf sagte eine klare, deutlich erkennbare Stimme: »Harvey Goldman am Apparat.«

»Guten Tag, ich bin Becca Berlin. Die Journalistin, die das Leben ihrer Großmutter recherchiert. Wir haben uns am Samstag bei Samantha und Linn getroffen.«

»Ja, ja, ich erinnere mich. Namen behalte ich immer«, sagte Mr Goldman. »Außer natürlich den Ihrer Großmutter«, fügte er mit einem leisen Lachen hinzu.

Beccas Hand am Telefonhörer fühlte sich feucht an. »Ich … wir … also Stan und ich haben eines der Dokumente mit dem Fotokopierer vergrößert und etwas gefunden, bei dem Sie uns vielleicht weiterhelfen können.«

»Gern«, sagte Mr Goldman. »Oh, einen Moment. Mirra? Würdest du dich bitte um den Herrn kümmern? Also dann, Miss Berlin, worum geht es?«

»Eine der Fragen auf dem Dokument war: ›Wie lautete Ihre letzte Adresse?‹ Die Antwort ist dick durchgestrichen worden, aber wir konnten trotzdem etwas entziffern. Allerdings finde ich im Atlas keinen Ort, der so heißt. Nur Namen, die halbwegs ähnlich sind. Stan meinte, vielleicht fällt Ihnen etwas ein.«

»Ich tu mein Bestes. Was steht denn da?«

Becca holte tief Luft. »Die Buchstaben sehen aus wie … *Kulmhof* oder *Kelmhof*, vielleicht auch *hef*.« Sie schwieg und wartete.

Am anderen Ende der Leitung war alles still, nur ein paar schnelle, hektische Atemzüge waren zu hören.

»Mr Goldman? Harvey?«

Nichts.

»Sind Sie noch dran? War meine Aussprache falsch?«, fragte Becca.

»Kulmhof«, stieß er hervor. »Guter Gott!«

»Sie wissen, wo das liegt?« Ihre Stimme war eher ein Krächzen.

»In den schwärzesten Tiefen der Hölle.«

»Entschuldigung? Was haben Sie gesagt?«

»Sie haben mich gefragt, wo Kulmhof liegt. Das ist die Antwort. Man kann es nicht einmal ein Konzentrationslager nennen. Kulmhof war nur ein Ort der … Ausrottung.«

»Und meine Großmutter kam von dort?«

»Unmöglich, mein Kind«, sagte Mr Goldman. Plötzlich klang seine Stimme unendlich alt. »Aus Kulmhof ist keine einzige Frau lebend herausgekommen.«

KAPITEL 15

»Als seine Hand in die Dornen griff, begannen sich die Knochen der vielen Prinzen zu regen, die vor ihm hier gewesen waren, und ihr flüsternder Gesang erfüllte die Rosenhecke.«

»Was haben sie gesungen?«, wollte Becca wissen. Diese Frage hatte sie noch nie zuvor gestellt.

Sie befand sich mit Gemma auf einem Klassenausflug. Die Kinder im Bus tobten herum, rangelten und bewarfen sich mit Sachen. Nur Gemma und Becca – und ein Junge namens Barney, mit dessen Händen etwas nicht stimmte und der deshalb nie mitspielen durfte – waren in die Geschichte vertieft.

Einen Augenblick lang wirkte Gemma ein wenig ratlos. Doch dann sang sie:

> *Zwanzig meil bin ich geloffn,*
> *hob ich a schtibl ongetroffn.*
> *Balebuess! Gib mir a schtikl broit.*
> *Sejt man ponem, wi blejch un toit.*
> *Ich hob sich gewaschn un gebenscht*
> *is arain a chappermentsch …*

Ihre Stimme verklang und sie starrte aus dem Fenster.

Die Worte des Liedes klangen für Becca so harsch und hässlich, dass sie nicht zu fragen wagte, was der Text bedeutete. Aber Barney kannte keine solche Zurückhaltung.

»Mrs Stein«, fragte er, »sind das bloß Quatschworte oder was?«

Gemma löste ihren Blick vom Fenster und schaute Barney unbewegt an. »Oder was.«

»Gemma, erzähl das Märchen zu Ende«, bat Becca, die plötzlich Angst bekam. »Das richtige Märchen.«

»Ich mag keine Geschichten, die ich nicht kapiere«, sagte Barney. »Mein Dad hat mir beigebracht, dass ich fragen soll, wenn ich was nicht kapiere.« Davon konnten die Lehrer in der Schule ein Lied singen. Barney hatte ständig Fragen.

»Na gut. Was willst du wissen?«, gab Gemma nach.

»Ob die komischen Worte was bedeuten.«

Gemma nickte und schaute wieder aus dem Fenster.

Inzwischen war Becca von Barneys Hartnäckigkeit angesteckt worden und drängelte: »Was bedeuten sie? Sag es uns!«

Gemma seufzte. »Das Lied ist sehr alt, und was es erzählt, ist eine alte Geschichte. Die Worte heißen übersetzt:

> *Zwanzig Meilen bin ich gelaufen,*
> *bis ich zu einem Häuschen kam.*
> *Mein Herr, gebt mir ein Stückchen Brot!*
> *Schaut mich an, ich bin schon bleich und tot.*
> *Ich hatte mich zur Nacht gewaschen,*
> *hatte mein Gebet gesprochen,*
> *da kam herein ein Chappermentsch …*

»Was sind Chapper …«, begann Barney.

»…mentschn?«, vervollständigte Becca.

»Entführer«, sagte Gemma kurz, »die Leute verschleppen.«

»Entführer?« Barney klang entrüstet. »In Dornröschen wird überhaupt niemand verschleppt!«

Gemma schaute ihn mit brennenden Augen an. »Was weißt du schon über meine Geschichte? Was weißt du über Dornröschen?«

Unter ihrem strengen Blick kroch er in seinem Sitz zusammen, wandte sich ab und drehte sich nicht wieder um. Gemma sagte auf der ganzen Heimfahrt kein einziges Wort mehr.

KAPITEL 16

»Er hat gesagt, Kulmhof war eines der ersten Vernichtungslager, die gebaut wurden«, erklärte Becca an diesem Abend beim Essen. Ihr Teller war unberührt.

»Becca, iss doch«, mahnte ihre Mutter, hatte aber ihr Besteck selbst noch nicht angefasst.

»Wann wurde es gebaut?«, fragte ihr Vater.

»Vermutlich 1941, meinte er. Seine Stimme war ganz zittrig, als er davon sprach. Aber es klang nicht wie Angst, sondern eher wie Wut. Eine enorme Wut, die kein Ventil hat«, sagte Becca und schaute auf ihr kaltes Essen. Normalerweise war Rindfleisch in Biersoße eines ihrer Lieblingsgerichte. »Er hat gesagt, die meisten Opfer in Kulmhof waren Juden und Zigeuner.«

Dr. Berlin räusperte sich und meinte mit belegter Stimme: »Das alles ist schon furchtbar lange her. Wir können nichts mehr tun, um ...«

»Hier geht es um Gemma«, sagte Becca.

Ihre Mutter legte ihr beschwichtigend die Hand auf den Arm. Die Berührung war wie ein Brandeisen, dessen Hitze sich bis in die Knochen fraß. »Aber hat Mr Goldman nicht gesagt, dass keine Frauen überlebt haben? Also kann Gemma nicht dort gewesen sein.«

Becca ignorierte das Brennen der Hand. »Er hat gesagt, Kulmhof lag ungefähr fünfzig, sechzig Kilometer nordwestlich von der polnischen Stadt Lodz.«

»Polnisch …«, murmelte Mrs Berlin.

»Und hier in dieser Gegend leben vor allem Farmer aus Polen«, sagte Dr. Berlin. »Kein Wunder, dass Gemma sich in Hatfield niedergelassen hat.«

»Aber aus Kulmhof ist keine Frau lebend herausgekommen«, flüsterte Becca. »Und wieso würde sie nach ihrer Flucht in die USA zwischen Polen wohnen wollen, wenn sie doch …«

»Dann ist wahrscheinlich ihre Familie in Kulmhof gestorben«, meinte Dr. Berlin. »Vielleicht hat sie geglaubt, wenn sie sich eine polnische Gemeinde aussucht, ist die Chance größer, etwas von ihnen zu hören.«

»Welche Familie?«, fragte Mrs Berlin. »Ich habe immer gedacht, dass ich ihre einzige Familie bin.«

»Jedenfalls bis wir geboren wurden«, setzte Becca hinzu. Wie oft hatte Gemma laut verkündet: »Das hier ist meine Familie!« Bei jeder Zeugnisübergabe, Sportveranstaltung oder Aufnahme in eine Studentenvereinigung hatte sie ihren Stolz herausposaunt, was ihren Enkelinnen mehr als peinlich gewesen war.

»Das erklärt eine Menge«, sagte Dr. Berlin und schob seinen Teller mit beiden Händen fort.

»Das erklärt überhaupt nichts«, sagte seine Frau leise, fast flüsternd.

Becca wartete eine Weile darauf, dass jemand das Schweigen brach, das sich über den Tisch gesenkt hatte. Dann sagte sie kaum lauter als ihre Mutter: »Es gibt einen Ort, der alles erklären könnte.«

»Nein!«, widersprach Dr. Berlin und schüttelte den Kopf. »Nein!«

»Kulmhof – falls es noch existiert. Fünfzig Kilometer nordwestlich von Lodz.« Sie sprach den Namen sorgfältig aus und erinnerte sich an Mr Goldmans Stimme, wie er das Wort nach der langen, schockierten Stille herausgepresst hatte.

»Auf keinen Fall«, sagte ihr Vater.

»Ich habe Gemma ein Versprechen gegeben. Ich habe ihr geschworen, nach meinem Familienerbe zu suchen, nach unseren Wurzeln.«

»Ein Konzentrationslager ist kein Familienerbe.«

»Sondern eine Last?«, fragte Mrs Berlin still. »Ein dunkles Geheimnis?«

»Ich habe es versprochen, es sogar geschworen«, wiederholte Becca. Sie stand auf und brachte ein grimmiges Lächeln zustande. »Fast wie im Märchen, stimmt's?«

Ihre Eltern begannen laut zu diskutieren, noch ehe sie den Raum verlassen hatte.

Sie dachte darüber nach, während sie im Bett lag, und ihre Träume waren voller Bilder von den Todeslagern, wie man sie aus Filmen kannte: Männer dürr wie Vogelscheuchen, deren Rippen sich unter der Haut abzeichneten; Leichenberge in Massengräbern, miteinander verklumpt wie Wurzelgeflecht in einem Garten des Todes; Kinder hinter Stacheldraht mit glanzlosen Augen.

Sie erwachte früh am Morgen, stand erschöpft auf und war tatsächlich als Erste im Büro, sogar vor Stan. Als er hereinkam, war sie gerade dabei, im Atlas verschiedene Reiserouten nach Lodz herauszusuchen.

Er sagte nichts zur Begrüßung, sondern stellte sich hinter sie und schaute zu, wie ihr Finger sich erneut über die polnische Grenze bewegte und bei Lodz ankam.

»Ein plötzliches Verlangen nach echter *Kielbasa*-Wurst?«, fragte er.

Sie lächelte flüchtig und trat einen Schritt beiseite, aus seinem Schatten heraus, der sich wie eine unerwünschte Bürde auf sie legte. Stattdessen drehte sie sich um, sodass sie ihm in die Augen schauen konnte, und erklärte ernst: »Ich habe Mr Goldman angerufen.«

»Dachte ich mir schon.« Er sagte nichts weiter, sondern wartete geduldig.

»Offenbar war Kulmhof ein Vernichtungslager.«

»Herrjesus!«

»Und keine Frau ist jemals lebend herausgekommen.«

»Hmmm.« Seine Hand wanderte automatisch zu seinem Haar, und er kratzte sich am Kopf, während er laut überlegte: »Also kann sie nicht selbst dort gewesen sein. Vielleicht ihre Familie oder …«

»Ich werde hinfahren«, sagte Becca kurz und entschlossen.

»Ja, natürlich. Das ist doch gar keine Frage.« Er lächelte. »Wenn ich könnte, würde ich mitkommen.« Damit verschwand er in seinem Büro und schloss die Tür hinter sich.

Becca wandte sich wieder dem Atlas zu. »Gar keine Frage«, murmelte sie. Vor diesem Gespräch war sie von ihrem Plan selbst nicht ganz überzeugt gewesen, aber jetzt schon. Sie musste nur herausfinden, wie sie am besten ans Ziel kam, wie viel es kosten würde und ob sie jemanden zum Dolmetschen bekommen konnte. Ihr polnischer Wortschatz beschränkte sich auf Essensspezialitäten – und den Namen eines KZs.

Sie rief bei der Universität von Massachusetts an und wurde zur Slawistik durchgestellt, wo ein Professor ihr den Atlas *Samochodowy Polski* empfahl. Nach dem dritten Buchstabieren hatte sie den Namen korrekt aufgeschrieben.

»Ich lasse den Atlas im Leseraum bei der Bibliothekarin hinterlegen«, sagte er. »Wenn Sie eine Reiseroute ausarbeiten, halten Sie sich an die Straße 81. Ich glaube, das müsste die richtige sein. Die Strecke führt über Warschau zur alten Hauptstadt Plock, weiter nach Toruń, Bydgoszcz …«

Becca schrieb sich die Namen nach dem Gehör auf und bat ihn dann, alles noch einmal richtig zu buchstabieren.

»... von dort aus ist es mit dem Auto nur eine halbe Stunde nach Chelmno.«

»Aber ich will nach Kulmhof«, sagte Becca.

»Ja, das ist der deutsche Name«, erklärte der Professor. »In der Besatzungszeit hieß es Kulmhof, aber der polnische Name – der heutzutage benutzt wird – ist Chelmno.«

»Chelmno«, wiederholte Becca und fröstelte plötzlich bei dem Klang, als sei er in ihr genetisches Gedächtnis eingeprägt. »Chelmno.«

»Auf der Reise werden Sie durch viele bezaubernde Orte kommen«, sagte der Professor. »Die Städte dort sind alt, nicht zu vergleichen mit den USA, und die Landschaft ist meistens eine grüne Ebene. Eine der Städte ...«

Sie hörte nicht länger zu. All die KZ-Bilder, die sie in ihrem Leben gesehen hatte, tauchten plötzlich vor ihrem inneren Auge auf, und die Träume letzter Nacht wirkten so real und deutlich, als könne sie direkt in die Vergangenheit blicken.

»... bis ins dreizehnte Jahrhundert«, sagte er gerade.

»Vielen Dank, Professor Radziwicz«, unterbrach Becca. »Kann ich Sie später noch einmal anrufen, falls nötig?«

»Natürlich«, sagte er. »Und vielleicht sollten Sie Kontakt zum polnisch-jüdischen Institut der Universität von Connecticut aufnehmen. Soweit ich weiß, haben sie dort enge Verbindungen zum polnisch-jüdischen Institut in Krakau.«

Becca notierte sich alles gewissenhaft, dankte ihm mehrmals und legte auf. Ihr Notizzettel war von oben bis unten vollgeschrieben, und auf seinen Rändern befanden sich – wie grausige Marginalienbilder – Reihen um Reihen von Hakenkreuzen. Becca erinnerte sich nicht, sie gezeichnet zu haben.

Als sie von ihrem Stuhl aufstand, fragte sie sich: Warum tue ich das eigentlich? Und gab sich laut die Antwort: »Für Gemma.« Aber das war nicht die ganze Wahrheit, wusste Becca. »Für uns alle.« Sie schüttelte den Kopf. Dann marschierte sie, ohne anzuklopfen, in Stans Büro.

Er schaute auf. Das Licht spiegelte sich in seinen Brillengläsern und verbarg seine Augen, sodass er einen Moment lang wie blind wirkte.

Sie setzte sich auf den Besucherstuhl. »Erklär mir noch einmal, warum du nach deiner leiblichen Mutter gesucht hast.«

»Weil ich einen inneren Zwang fühlte. Du weißt schon, Blut ist dicker als Wasser und so.« Er lehnte sich über den Tisch zu ihr vor und musterte sie. Ohne die Lichtreflexe auf der Brille waren seine Augen so blau wie scharfkantiges Eis, an dem sie sich schneiden konnte.

»Nein, das ist nicht der Grund«, sagte sie.

»Weil ich so verdammt neugierig war, dass ich durchgedreht wäre, hätte ich es nicht rausgefunden.«

»Schon näher dran.«

Das folgende Schweigen war gespannt wie ein Drahtseil, und Becca machte sich bereit, vorsichtig darüber hinwegzubalancieren, als sei sie eine Zirkusartistin.

»Weil …«, flüsterte er, »das Vergangene nur ein Prolog ist.«

»Sagt Shakespeare«, nickte Becca. »In welchem Stück steht das noch?«

»*Der Sturm*«, sagte er. »Ist zwar ein Zitat, aber wahr ist es trotzdem.«

»Nur nicht *deine* Wahrheit. Du weichst meiner Frage aus.«

»Ich weiß die Antwort nicht. Ganz ehrlich. Nur dass ich damals keine Wahl hatte. Ich musste es tun.«

»Okay.« Sie stand auf. »Ich habe noch zwei Wochen Urlaub, die will ich früher nehmen. Und eine Woche unbezahlt hintendran.«

»Wirst du die Story bei uns veröffentlichen?«

»Falls es eine gibt.«

»Egal, ob sie ein Happy End hat oder nicht?« Die Frage war ernst gemeint.

Sie bemühte sich zu lächeln. »Märchen haben immer ein gutes Ende.«

Er lehnte sich in seinem Stuhl zurück. »Kommt darauf an.«

»Worauf?«

»Ob du die Königin bist oder Rumpelstilzchen.«

Sie brauchte für die Reiseplanung länger als erwartet. Schon allein einen Reisepass und ein Visum zu bekommen dauerte anstrengende drei Wochen. Die polnische Botschaft in Washington zeigte sich sehr hilfsbereit, das Passamt in Boston umso weniger. Bei der polnischen Touristeninformation in New York erkundigte sie sich nach Mietautos. Die Frau am Telefon sagte mit heller, pfirsichweicher Stimme und der Spur eines Akzents: »Sie können den Wagen über uns leihen. Wir bieten Ihnen einen Fiat Uno für sechs Tage, kostet weniger als zweihundert Dollar. Inklusive Fahrer von Warschau nach Chelmno. Man braucht ungefähr vier Stunden.«

Als Becca auflegte, hatte sie den Fiat ohne Fahrer bestellt, dafür eine Reihe von Landkarten und Informationen über Restaurants und Hotels. Ihr Vater riet ihr, beim polnisch-jüdischen Institut in Connecticut anzufragen, ob sie jemanden zum Dolmetschen bekommen könnte. Man versprach ihr, dass eine Studentin sie am Flughafen erwarten würde. Für einen kleinen Stundenlohn (und einige Jeans der Größe M, schlug die Frau vor) würde sich Becca in den fähigen Händen von Magda Bronski befinden.

»Klingt wie ein typischer polnischer Frauenname aus einem Kitschroman«, hatte Becca bemerkt. »Baroness Bronski.«

Die Frau vom Institut hatte gelacht und mit warmer Stimme erklärt: »Miss Bronskis Mutter ist jüdisch, ihr Vater nicht. Sie ist dabei, ihre Wurzeln zu entdecken. Wie so viele junge Leute heutzutage.«

»Ja, ich auch«, sagte Becca.

»In Chelmno?« Ihre Stimme klang mit einem Mal düster. »Da gibt es keine Wurzeln mehr. Die wurden alle abgeschnitten.«

Becca hatte Stan von diesem Gespräch erzählt, aber nicht ihren Eltern. Er hatte nur den Kopf geschüttelt und dann nach einer anderen Story gefragt, deren Abgabe bevorstand. Sein Interesse an ihrer Familiengeschichte schien plötzlich rein professionell zu sein. Becca empfand diesen Rückzug auf die Sachebene als schmerzhaften Verlust, obwohl sie nicht hätte sagen können, warum sie so reagierte.

Offenbar machte ihr Vater sich noch immer Sorgen wegen ihrer geplanten Reise, denn in den nächsten Tagen bekam Becca drei Anrufe nacheinander, einen von Sylvia und zwei von Shana.

»Das ist doch verrückt!«, rief Syl in den Hörer.

»Ich habe mein Wort gegeben«, sagte Becca.

»Tränenreiche Schwüre am Totenbett gelten nicht.«

»Wenn nicht die, welche sonst?«, konterte Becca.

Syl zählte eine lange Liste auf, von Friedensverträgen über Heiratsschwüre bis hin zu guten Vorsätzen am Neujahrstag. »Und alle davon werden regelmäßig gebrochen«, schloss sie.

»Aber hier geht es um ein Versprechen an Gemma«, sagte Becca und legte auf. Sie fühlte sich durch die Mangel gedreht und – wie meistens nach einem Streit mit einer ihrer Schwestern – auf moralisch wackeligem Boden.

Kurz darauf rief Shana an, und Becca hütete sich, ihr Versprechen an Gemma als Argument zu benutzen. Stattdessen erklärte sie: »Ich habe letztes Jahr wegen Gemma keinen Urlaub gemacht und mir stehen noch zwei Wochen zu. Wenn ich eine dritte unbezahlt dranhänge, kann ich eine Menge von Osteuropa sehen.«

»Aber Dad hat gesagt, du willst ein Konzentrationslager besuchen. Was für ein Urlaub soll denn das sein?«

»Genau genommen war es ein Vernichtungslager, aber ich werde mir auch Kirchen und Kathedralen anschauen und jede Menge historische Bauten.« Hastig blätterte sie in ihren Notizen, bis sie das Blatt mit den Hakenkreuzen fand. »Die Reise führt durch viele alte Städte im Weichselgebiet. Einer der Experten, mit denen ich gesprochen habe, hat mir sogar erzählt, dass es dort eine Kathedrale aus dem dreizehnten Jahrhundert gibt, die zum Weltkulturerbe der UNESCO gehört.«

»Ein Experte für Tourismus?«, fragte Shana misstrauisch.

»Natürlich, was sonst?« Becca mochte keine Lügen, aber Streit mochte sie noch weniger.

Shana legte auf und wirkte halbwegs beruhigt. Keine halbe Stunde später rief sie erneut an. »Du willst wegen Gemma nach Polen«, sagte sie, »nicht wegen einer Kathedrale!«

»Aha, du hast mit Syl geredet.«

»Ganz egal, auf jeden Fall lasse ich nicht zu, dass du hinfährst. Denk doch an die politische Situation da drüben. Jeden Moment kann im Ostblock alles in die Luft fliegen!«

»Du meinst die Sowjetrepubliken«, erklärte Becca

geduldig, »oder den Bürgerkrieg in Jugoslawien. Nicht Polen. Das Land ist im Moment stabil.«

»Im Moment vielleicht …«

Becca brauchte weitere zehn Minuten, bevor Shana bereit war, sie ziehen zu lassen. Erschöpft ging sie anschließend ins Bett und griff nach Robin McKinleys Märchenroman *Die Schöne und das Ungeheuer*, der sie immer beruhigte. Aber sie kam nur ein paar Seiten weit, bevor sie einschlief.

Obwohl sie eigentlich den ersten Juni als Abreisedatum vorgesehen hatte, musste sie sich schließlich mit dem fünfzehnten zufriedengeben.

»Es klappt nicht immer alles, wie man wünscht«, sagte sie mit einem Seufzer zu Stan. »Verzögerung beim Pass, Verzögerung beim Visum, und Baroness Bronski hat auch nicht immer Zeit.«

»Eine echte Baroness?«

»War meine Großmutter eine echte Prinzessin?«

»Keine Ahnung. War sie?«

»In ein paar Wochen werde ich das vielleicht wissen.« Sie lächelte, aber er reagierte nicht darauf. »Bitte sag niemandem, was ich in Polen mache.«

»Natürlich nicht. Die Geschichte gehört dir ganz allein«, sagte er. »Nur du kannst den Zauberbann brechen.«

»Zauberbann?«

»Zu diesem Ergebnis bin ich schließlich gekommen. Du hast mich gefragt, warum ich unbedingt nach meiner leiblichen Mutter suchen musste, und ich habe dich mit oberflächlichen Antworten abgespeist. Aber am Ende schien mir die einzige Erklärung – und ich habe lange darüber nachgegrübelt, das kannst du mir glauben –, dass ich den Bann brechen wollte. Mir war es gar nicht so wichtig, sie zu finden, sondern überhaupt nach ihr zu suchen. Weil das meine Aufgabe war, meine ganz allein.« Diesmal lächelte er, grinste sogar und hielt ihr die Hand hin.

Becca drückte sie zum Abschied und fühlte einen Moment echte Freude.

»Was die Redaktion angeht, lasse ich alle wissen, dass du auf Urlaub bist und vielleicht ein bisschen Reporterarbeit nebenbei erledigst. Wenn du zurückkommst, kannst du entscheiden, wem du wie viel erzählen willst. Aber ich bestehe darauf …«, begann er mit einem schiefen, lausbubenhaften Grinsen.

»… die ganze Story zu erfahren. Schon klar.«

»Schriftlich, schwarz auf weiß.«

»Sie beginnt: ›Es war einmal …‹«

Sein Grinsen verblasste. »Rechne nur nicht mit einem Happy End. Die gibt's nur im Märchen.«

»Ich weiß. Wie glücklich kann das Ende schon sein? Gemma ist tot.« Sie wandte sich ab und ging zurück zu ihrem Schreibtisch, wo sie alles zusammenpackte, was sie für die Reise brauchen würde. Stan schaute ihr durch die Tür nach.

Sie winkte den anderen in der Redaktion zum Abschied zu. Jim kam aus der Layout-Abteilung hoch und schloss sie fest in die Arme. Als sie am Empfang vorbeikam, beugte sich Merelle gerade hinter den Tresen und suchte nach ihrer Handtasche.

»Oh, Wiedersehen, Becca. Ich habe gehört, du fliegst nach Polen. Da gibt es diese Scherenschnitte, die du dir unbedingt anschauen solltest. Eine Freundin von mir, Jannie, ist letztes Jahr drüben gewesen. Hat bei ihrer Tante und ihrem Onkel gewohnt, obwohl sie die beiden noch nie vorher getroffen hatte. Ihre Verwandten haben sie zu einem Markt mitgenommen, und da gab es alle möglichen Kunstwerke aus Papier.«

»Ich bin ehrlich gesagt einer Geschichte auf der Spur«, sagte Becca.

»Ach ja? Wovon soll sie handeln?«

»Es wird eine Art ... Homestory.«

»Homo-Story? Du schreibst über schwule Menschenrechte?« Merelle schaute fragend.

»Nein, Hoooomestory«, betonte Becca. »Es geht um Dornröschen und ihr Schloss.«

»Klar, mach dich nur lustig«, sagte Merelle. »Gute Reise! Hals- und Beinbruch!«

Becca nickte ihr lächelnd zu und verließ die alte Mühle. Als sie die Straße hinunterging, murmelte sie: »Hals- und Bannbruch wäre wohl angebrachter.«

KAPITEL 17

»Der Prinz fiel in das Lied mit ein. Sobald sich seine Stimme mit den anderen vermischte, sah er all die früheren Prinzen in den Dornen sterben, und es war, als würde er ihr ganzes Leben kennen, ihre Vergangenheit, ihre Gegenwart, ihre Zukunft.«

»Wie kann er ihr Leben in der Zukunft sehen, wenn sie tot sind?«, hatte Syl schließlich gefragt. Darüber hatten die Mädchen lange gerätselt, während sie im Wohnzimmer mit ihrem Puppenhaus spielten. Shana hatte mit dem Thema angefangen, und dann hatten die beiden älteren Schwestern Becca überreden wollen, ihre Großmutter zu fragen. Aber Becca hatte sich geweigert. So war Syl schließlich diejenige, die sich am mutigsten zeigte und tat, was sich alle heimlich wünschten.

»Wie?«, fragte sie noch einmal.

Gemma schaute über ihre Lesebrille hinweg und sagte: »Eine Zukunft gibt es, wenn die Menschen über die Vergangenheit reden. Also reicht es, dass der Prinz die Lebensgeschichte der anderen kennt und davon erzählt. Dann leben die Opfer in den kommenden Generationen weiter, für alle Zukunft.«

»Oh«, sagte Syl, als hätte sie verstanden, aber in Wirklichkeit begriff sie gar nichts. Das ließ sie ihre Schwestern

später wissen, als Gemma mit der Geschichte zu Ende war und die Mädchen wieder mit ihrem Puppenhaus spielten. »Ich habe kein Wort verstanden«, sagte sie.

»Ich auch nicht«, stimmte Shana zu und ließ die Puppenmutter vom Wohnzimmer in die Küche wandern.

»Ich auch nicht«, fiel Becca mit ein. Das war geschwindelt, aber sie hatte schon früh gelernt, dass es am besten war, ihren Schwestern nicht zu widersprechen. Sonst wurden die beiden nur wütend. Becca legte das Puppenbaby in seine Wiege und ging hinaus in die Küche, wo Gemma einen Kuchen buk.

»Ich habe verstanden«, sagte sie zu Gemma.

»Ja, du verstehst mich immer«, sagte Gemma und reichte ihr den Napf mit dem Zuckerguss, damit sie die Reste auslecken konnte. Becca mochte die Teigreste lieber, aber von denen war nichts mehr übrig, die Schüssel stand schon voller Seifenwasser in der Spüle.

»Immer«, stimmte Becca zu. Aber vielleicht war das auch geschwindelt.

KAPITEL 18

Der Flug hatte bereits eine Stunde Verspätung, und Becca war zu übernächtigt, um einzuschlafen. Der Pilot hatte zweimal beteuert, sie würden die verlorene Zeit einholen, zuerst, als sie in Milan einstiegen, und dann irgendwo über der italienischen Grenze. Seitdem hatte er sich nicht wieder gemeldet.

Becca löste den Sicherheitsgurt und beugte sich behutsam vor, um ihre Sitznachbarin nicht zu stören. Sie griff nach ihrer Handtasche auf dem Boden, öffnete den Reißverschluss und holte ihren Pass sowie einen Umschlag mit den Fotos von Gemma heraus. Dann klappte sie den kleinen Esstisch herunter, verteilte die Bilder darauf und legte ihren eigenen aufgeschlagenen Pass daneben. Das hatte sie wohl hundert Mal getan, seit sie sich für den Ausweis hatte ablichten lassen. Gemmas Fotos waren in körnigem Schwarz-Weiß gehalten, verblichene Zeugnisse einer vergangenen Zeit, während ihr eigenes Bild in knalligen (missglückten) Farben strahlte, aber davon abgesehen, hätte es sich um dieselbe junge Frau handeln können. Die gleichen weiten, überrascht schauenden Augen, der gleiche entschlossene Mund und ein herzförmiges Gesicht mit breiter Stirn und schmalem

Kinn, das durch ein Grübchen davor bewahrt wurde, spitz zu wirken. Niemand hatte je bemerkt, wie sehr sie einander ähnelten, bis auf das rote Haar natürlich. Eigentlich kein Wunder, denn schließlich hatte auch nie jemand die Fotos von Gemma als junge Frau gesehen. Die verblüffende Ähnlichkeit ließ Becca aufs Neue den Kopf schütteln.

»Wie viele Überraschungen erwarten mich noch, Gemma?«, flüsterte sie. Sie hatte sehr leise gesprochen, aber trotzdem weckte das Geräusch ihre Sitznachbarin, eine redselige Frau mit polnischen Cousins, die schon mit ihren langweiligen Anekdoten loslegte, bevor sie sich ganz den Schlaf aus den Augen gewischt hatte.

Becca hörte nur mit halbem Ohr hin, denn die Frau neigte dazu, sich endlos zu wiederholen. Gerade erzählte sie zum dritten Mal dieselbe Geschichte. Währenddessen steckte Becca die Fotos weg, ließ den Pass aber noch ein bisschen länger auf dem Tisch liegen, blätterte ihn auf und wieder zu. Er war so frisch und neu. Bald würden sich die ersten Stempel darin befinden. Polnische Stempel. Grenzstempel. Fast eine Entweihung, wenn auch eine willkommene. In Gemmas Nachlass, erinnerte sie sich plötzlich, war kein Pass gefunden worden. Nicht in ihrem Banksafe, nicht in der Rosentruhe. Tatsächlich hatte Gemma oft genug verkündet, dass sie in den USA sehr glücklich sei und kein Bedürfnis hätte, je wieder eine Grenze zu überqueren. Sehr wahrscheinlich hatte sie nie einen Reisepass besessen, dachte Becca. Die Frau vom polnisch-jüdischen Institut hatte gesagt, dass die meisten Flüchtlinge als »Heimatlose« eingestuft worden waren und ihre Visa von US-Konsulaten bekommen hatten. »Wenn man im Krieg um sein Leben flieht«, hatte sie gesagt, »nimmt man sich selten die Zeit, den ganzen Papierkram zu erledigen.«

Becca dachte an ihre Großmutter und den Krieg, vor dem sie geflohen war. Damals war Gemma kaum älter gewesen als ihre Enkelin jetzt. Becca schob den Pass zurück in die Handtasche und zog den Reißverschluss zu, der dabei ein ulkiges, ziemlich lautes Geräusch von sich gab. Becca musste kichern und wandte sich mit einem Lächeln ihrer Sitznachbarin zu.

»Ich war noch nie in Polen«, unterbrach sie den endlosen Monolog.

»Aber ich schon, meine Liebe«, antwortete die Frau. »Zwei Mal. Und meine Cousins …«

»Ich bin eigentlich noch nirgendwo gewesen.«

»Eine echte Spätzünderin, was?«, schmunzelte die Frau. »Worauf haben Sie gewartet? Auf einen Prinzen, der vorbeikommt und Sie wachküsst?«

Becca begann zu lachen und konnte nicht wieder aufhören. Die Frau schaute ganz entgeistert und drückte nach einem Moment den Klingelknopf, um das Personal herbeizurufen. Eine Stewardess kam mit einem Glas Wasser angerannt. Sie hielt Becca offenbar für hysterisch.

Am Zoll hatte Becca nichts weiter vorzuweisen als die Jeans für Magda. (Nicht mal einen Satz polnischer

Cousins, dachte sie, hütete sich aber, ihren Humor an den Zollbeamten auszuprobieren.) Die Schlange war lang, trotzdem kam sie recht zügig in die Eingangshalle. Nirgendwo war eine Studentin der Größe M zu sehen, die auf sie wartete. Becca schaute sich um. Der Flughafen wirkte altertümlich, nicht zu vergleichen mit amerikanischen Hightech-Airports. Den einzigen Farbfleck bildeten drei junge Frauen in bestickten Röcken und bunten Blusen. Sie hielten ein Schild hoch, auf dem stand »Welkom Aunt Anna and Uncle Stosh«. Becca bekämpfte den Impuls, mit Rotstift auf die Rechtschreibfehler loszugehen.

Als niemand kam und ihr auf die Schulter tippte, setzte sie sich auf ihren Koffer und wartete. Das Gesumm der Stimmen wirkte einschläfernd. Ihr wurde bewusst, dass sie ohne Magda Größe M echte Probleme haben würde, sich zu verständigen, trotz des Reisewörterbuchs in ihrer Manteltasche. Aber nach fünf Minuten – sehr langen fünf Minuten – stand plötzlich ein blondes Mädchen mit hohen Wangenknochen vor ihr, das entschieden zierlicher aussah als Größe M, und fragte: »Miss Berlin?«

»Magda?«

»Ich bin sehr erfreut, Ihre Bekanntschaft zu machen.« Magda hielt ihr die Hand entgegen. Ihr Händedruck war angenehm fest. »Es waren leider viele Autos.«

»Dichter Verkehr?«

»Ja, genau. Ich glaube, mein Englisch wird in den drei Wochen viel guter werden.«

Becca musste lächeln. »Besser.«

Magda schaute verwirrt. »Besser?«

»Es heißt: ›Mein Englisch wird *besser* werden.‹« Sie griff nach ihrem Koffer. »Vielleicht kann ich auch ein bisschen Polnisch von dir lernen.«

»Alles ist möglich«, sagte Magda. Sie hatte ein offenes, freundliches Gesicht, dem jede Art von Argwohn fremd zu sein schien. Ihre Augenbrauen bewegten sich unabhängig voneinander, was ihr das Aussehen eines leicht übergeschnappten Käuzchens gab. Becca fand das sympathisch.

»Was machen wir als Erstes?«, fragte sie.

»Wir müssen Geld tauschen. Dann gehen wir zur Wohnung meiner Tante, wo wir die Nacht schlafen werden. Jetzt ist es zu spät, um zu fahren, und ohne gute Pläne. Morgen holen wir das Automobil ab.«

»Wir sagen einfach ›Auto‹.«

»Ja, das Auto. Und heute zeige ich dir etwas von Warschau, wenn du nicht müde bist? Es ist eine wundervolle Stadt für Touristen und wurde nach dem Krieg sehr wieder aufgebaut.« Während dieser kurzen Ansprache hatte Magda sie zu einer Wechselstube geführt. »Wie viel willst du tauschen?«

Becca holte ihr Bündel mit Travellerschecks hervor. »Reichen zweihundert Dollar?«

Magda grinste und ihre beiden Augenbrauen vollführten ihren kleinen unabhängigen Tanz. »Oh, das reicht. Bestimmt. Aber du nimmst besser auch Dollar mit. Die Leute hier mögen Dollar sehr. Verrate nicht, dass ich das gesagt habe.« Sie wandte sich der Frau hinter dem Schalter zu und ratterte einige polnische Sätze herunter.

Die Frau lehnte sich vor und sagte mit stark gebrochenem Englisch: »Machen keine Mühe. Ich sprechen Ihre Sprache, okay? Bitte unterschreiben Scheck, und ich Ihnen geben Zloty. Sein verboten, Zloty bei Abflug mitzunehmen. Alles hier ausgeben, bitte.«

»Hast du gehört ...? In Polen sprechen viele Menschen Englisch«, sagte Magda gut gelaunt. »Vielleicht wirst du mich nicht brauchen.«

»Ich dich brauchen *sehrrr*«, ahmte Becca lachend die polnische Sprachmelodie nach. »Besonders wenn wir durch die Dörfer kommen.«

»Besonders dort«, stimmte Magda fröhlich zu.

Sie verließen den Flughafen und nahmen sich ein Taxi. »Gib ihm Dollar«, empfahl Magda. »So machst du die Fahrt sehr ... preislos ... nein. Wie sagt man noch? Sehr billig.«

Eine Stunde später, nachdem Magda ihr die wichtigsten Sehenswürdigkeiten gezeigt hatte (»Das ist der Fluss Weichsel und dort ist die Altstadt, wir werden sie vielleicht anschauen, und der Turm wie eine Zwiebel ist die Kathedrale St. Johannes, daneben die Jesuiten... – ist das richtig, Jesuiten? – die Jesuitenkirche. Und ...«), erreichten sie schließlich ihr Ziel.

Becca bezahlte den Taxifahrer mit Eindollarscheinen, die sie ihm in die offene Hand zählte, während sein rundes, rotwangiges Gesicht vor Freude strahlte.

»Zu viel, zu viel«, sagte Magda laut, aber Becca

zählte weiter. Schließlich, bei sieben Dollar, hielt Magda ihre Hand über die des Fahrers. »*Wystarczy!* Genug!«, fauchte sie ihn an. Er schnitt eine Grimasse in ihre Richtung.

Sie stiegen aus, und Becca stellte erfreut fest, dass sie in einem alten Teil der Stadt wohnen würden.

»Mein Tantchen lebt hier.« Magda zeigte auf eine Reihe niedriger Häuser.

»Kann ich ihr vielleicht ein Geschenk kaufen?«, fragte Becca. »Das ist in Amerika so üblich. Wenn man bei jemandem eingeladen ist ...«

»Sie wird sich über eine schöne Flasche Slibowitz freuen. Da drüben ist ein Laden.« Sie zeigte auf die andere Straßenseite. »Sie trinkt es selten, weil es so teuer ist.«

Becca kaufte eine Flasche, für die sie ein ganzes Bündel Zloty hinblättern musste, und dann gingen sie zusammen zu dem Haus, auf das Magda als Erstes gezeigt hatte. Tantchen wohnte im vierten Stock, der über eine enge, steile Treppe mit abgetretenen Holzstufen zu erreichen war. Den Koffer brachten sie nur hinauf, indem sie beide mit anpackten.

»Warum hast du ein so schweres Gepäck mitgenommen?«, fragte Magda, als sie sich im dritten Stock um die Ecke manövrierten.

»Immerhin bleibe ich drei Wochen«, sagte Becca leicht gereizt, denn die Treppe hatte ihrer Laune einen Dämpfer versetzt. Aber dann war es ihr plötzlich peinlich, wie viel Kleidung sie eingepackt hatte. Eine Sporttasche mit dem Allernötigsten hätte gereicht.

Tantchen Wanda stellte sich als eine mollige, grauhaarige Version von Magda heraus, genauso lebhaft und herzlich. Der Slibowitz war ein großer Erfolg, allerdings bestand Tantchen darauf, dass sie alle einen Willkommensschluck nahmen. Da Becca selten trank, rief der scharfe Schnaps einen Hustenanfall hervor, worüber Magda und Wanda sich sehr amüsierten.

In dem winzigen Zimmer, das sie mit Magda teilte, packte Becca nur ihre Röcke und ein Kleid aus, um sie ordentlich aufzuhängen. Sie holte die Jeans aus dem Koffer und brachte sie in den Hauptraum der Wohnung, der gleichzeitig als Wohnzimmer, Esszimmer und Küche diente und in dem Tantchen vermutlich auch schlief. »Hier, die habe ich für dich mitgebracht«, sagte sie und reichte sie Magda. »Allerdings hat man mir gesagt, ich soll Größe M kaufen, also dürften sie viel zu groß sein. Du siehst eher nach XS aus.«

»Oh, ich bin sehr dankvoll«, sagte Magda.

»Dankbar«, verbesserte Becca.

»Ja, das auch. Ich kann die Hosen auf dem Schwarzmarkt verkaufen. Tantchen und ich werden mit dem Geld schöne Ferien machen.« Sie sagte das ganz offen und zeigte nicht die geringsten Skrupel. »Ich bin bei ihr aufgewachsen, seit ich keine Eltern habe. Darum kann ich gar nicht genug aus Dankbarkeit tun.«

Becca nickte.

»Und jetzt werde ich dir meine Stadt zeigen. Du bist nicht zu müde, ja?«

Becca konnte dem Enthusiasmus auf ihrem Gesicht

unmöglich widerstehen. »Ich bin nicht zu müde«, sagte sie. »Ins Bett kann ich später und schlafe heute Nacht bestimmt sehr gut.«

»O ja, sehr gut«, warf Tantchen Wanda ein. »Meine Magda tut nie schnarchen.«

Magdas Stadt war eine Mischung aus hohen neuen Wolkenkratzern, einigen Kriegsruinen und einem lebendigen Altstadtviertel entlang der Prachtstraßen des Königstrakts. Magda bestand darauf, das alte Schloss zu besichtigen, das nun als Schatzkammer für Kunst und Reliquien diente. König Sigismund III. schaute von seiner hohen Säule auf den Platz herunter. Alles war so fremd und europäisch, so ganz anders als in den USA, dass Becca ihre Müdigkeit vergaß und den Tag genoss.

Zu ihrem Lieblingsplatz erkor sie den Sommerpalast des letzten polnischen Königs. Das Prunkgebäude stand auf einer Anhöhe mit Blick auf die Weichsel, umgeben von klassizistischen Parks, und schien geradewegs einem Märchen entsprungen zu sein.

»Ich frage mich«, murmelte sie, »ob Großmutters Schloss so ausgesehen hat.«

»Deine Großmutter hatte ein Schloss?«, fragte Magda.

»Etwas in der Richtung hat sie jedenfalls gesagt. Nicht unbedingt, dass es ihr gehörte, aber dass sie darin gelebt hat. Ich habe ihr versprochen, hierherzukommen und es zu finden.«

»Zusammen werden wir es finden«, versicherte Magda. Ihre rechte Augenbraue hob sich zu einem Bogen, während die linke kurz flatterte. Sie hielt Becca ihre Hand entgegen.

Becca schlug ein und sagte: »Ja, das werden wir.« Zum ersten Mal glaubte sie wirklich daran.

KAPITEL 19

»Da taten sich die Dornen vor ihm auf.« Diesem schlichten Satz folgte immer, wenn Gemma das Märchen erzählte, ein Moment ehrfürchtiger Stille von den Zuhörern.

Nur einmal hatte Becca das Schweigen vorzeitig gebrochen. Da musste sie aufs Klo, äußerst dringend, wollte aber nicht, dass Gemma die Geschichte ohne sie zu Ende erzählte. Zwar kannte sie das Märchen in- und auswendig, doch das änderte nichts daran, dass sie kein Wort verpassen wollte. Schließlich bestand immer die Möglichkeit, dass dieses Mal etwas Neues geschah.

»Da taten sich die Dornen vor ihm auf«, sagte Gemma.

Die drei Mädchen auf dem Sofa schnappten gleichzeitig gespannt nach Luft.

»Erzähl schneller, Gemma«, sagte Becca.

Ihre Großmutter schaute überrascht hoch, die blassblauen Augen weit geöffnet. Eine solche Unterbrechung war ganz untypisch für Becca, die von den dreien am meisten Verständnis für den Rhythmus einer Geschichte besaß.

»Sei still«, sagte Syl und stieß Becca den Ellenbogen in die Seite.

Becca fühlte, wie es feucht aus ihr herausfloss, durch den Slip und in das goldfarbene samtige Sofakissen. Sie begann zu weinen, hauptsächlich, weil das Märchen kaputt war, aber auch, weil die anderen bald den nassen Fleck entdecken würden.

»Guckt mal, was der Zwerg angestellt hat!« Shana bemerkte das Unglück als Erste.

»Becca ist ein Windelbaby, Windelbaby!«, rief Syl. »Gemma, ist das nicht eklig?«

»Sie ist eben ein kleines Mädchen und ihr beiden seid schon groß.« Gemma hob Becca hoch und nahm sie in die Arme, ohne sich um die Nässe zu scheren, die ihr die Beine hinunterlief.

Becca wand sich vor Scham, Wut und Enttäuschung. »Ich will den Rest der Geschichte!«, heulte sie. »Ich will den ganzen Rest, den Ballsaal und den Nebel und den Kuss und …«

»Du kennst das Märchen schon Wort für Wort«, sagte Gemma, trug Becca die Treppe hinauf und ließ ein Bad für sie ein. Erst als Becca in der Wanne saß, umhüllt von Bergen aus ihrem Lieblingsschaum, erzählte Gemma die Geschichte zu Ende. Ganz allein für sie. Syl und Shana weigerten sich, ins Bad zu kommen und zuzuhören.

KAPITEL 20

»Wir hätten einen Zug benutzen können«, erklärte Magda, als sie von der Autovermietung losfuhren. »Das ist viel preislo … billiger. Einmal umsteigen in Lublin.«

»Ich habe mir die Route angeschaut«, sagte Becca. »Nach Chelmno fahren nur zwei Züge pro Tag, und wie würden wir von da weiterkommen?« Sie steuerte den grauen Fiat vorsichtig zur Straße 81, während Magda mit fuchtelnden Händen die Richtung angab. Im Stillen hatte sie das Auto bereits *Speedy Gonzales* getauft. Nicht unbedingt, weil es so schnell war, sondern weil es sie mehr Mäuse gekostet hatte als ursprünglich abgemacht.

»Zu Fuß«, sagte Magda. »Aber ich bin glücklich über das Auto.«

»Außerdem«, fuhr Becca mit einem Lächeln fort, »will ich mich wie eine Touristin benehmen. Ich will schöne Orte anschauen, Fotos schießen und in guten Restaurants essen.«

»Dann bin ich sehr glücklich über das Auto«, sagte Magda. »Außerdem hatte deine Großmutter ein Schloss, ja? Also passt es nicht, zu Fuß zu gehen. Wir müssen mit allem … Pomp reisen. Das wird erwartet, schließlich bist du die Enkelin einer … was? Gräfin? Prinzessin?«

»Księżniczka«, sagte Becca.

»Du sprichst Polnisch!« Magda klatschte in die Hände. »Das hast du mir nicht gesagt.« Dann schnitt sie eine Grimasse. »Aber eine gruselige Aussprache!«

»So wurde meine Großmutter genannt, bevor sie nach Amerika kam. Wir wissen nicht, ob es ein Titel oder nur ein Spitzname war.«

»Entschuldigung, was ist ein Spitzname?«, fragte Magda.

»So nennt man Freunde oder Verwandte«, erklärte Becca.

»Ah, ich verstehe. Mich ruft man *Kotek*, das bedeutet *Kleine Katze*«, sagte Magda. »Zuerst meine Mutter und mein Vater, heute nennt mich Tantchen so.«

Becca wollte gerade nach dem Grund fragen, als die Straße eine Biegung machte und ein Schild auftauchte, auf dem »PLOCK« stand. Rundherum breitete sich flach und grün die Landschaft aus und schien von Menschen völlig unberührt.

»Das ist doch eine Stadt auf unserer Liste, oder?«, fragte Becca.

»Wir sind nicht interessiert«, sagte Magda.

»Warum nicht?«

»Weil es nicht interessant ist. Da gibt es eine Kathedrale und sonst hohe Schornsteine, die immer nur …« Ihre Hände beschrieben einen Vulkanausbruch.

»Feuer und Rauch spucken?«, fragte Becca.

»Ja, genau. Einer am Anfang der Stadt, einer am

Ende. Sie klemmen die Stadt ein wie … womit man Bücher festhält.«

»Wie zwei Buchstützen?«

Magda nickte und fuhr fort: »Also. Wir halten in Toruń. Dort wird es dir gefallen. Es ist berühmt für seine … oh, ich kenne das Wort nicht. Du wirst es schon sehen, wenn wir ankommen.«

»Kann ich raten?«, fragte Becca.

»Es ist eine Art Keks mit wundervollen Gewürzen. Gebacken in der Form von adligen Ladys und Gentlemen. Vielleicht«, sagte sie mit einem Blinzeln, »gibt es sogar eine Księżniczka!« Sie sprach das Wort mit Beccas Akzent aus und kicherte.

»Lebkuchen?«, riet Becca.

Magda schüttelte unsicher den Kopf. »Ich bin nicht sicher.«

Die Straße nach Toruń war eben, und sie konnten die Weichsel sehen, die sich manchmal nah, manchmal fern neben ihnen entlangzog. Sie war breit und so grau wie ungebrannter Ton.

»Roll dein Fenster herunter«, schlug Magda vor, obwohl die Luft draußen kalt und frisch war. »Manchmal riecht man den Kuchen, der in der Fabrik gemacht wird.«

Aber obwohl Becca die ganze Zeit tief einatmete, während sie an Reihen um Reihen roter Backsteingebäude vorbeikam, stieg ihr bis zum Schluss nichts weiter in die Nase als der Geruch von altertümlicher Stadt.

Sie parkten und Magda sagte: »Von hier werden

wir spazieren. In polnischen Städten ist es am besten, zu Fuß zu gehen, ja?«

»Ja!«, stimmte Becca aus vollem Herzen zu.

Also schlenderten sie herum und bewunderten die historischen Gebäude, bis sie schließlich bei einem Café Pause machten. Sie setzten sich unter einen schlichten Schirm, der sie vor der gelegentlich hervorblinzelnden Sonne schützte.

Magda sagte: »Ich werde den Kuchen bestellen, aber du musst mir sagen, ob du Kaffee oder Tee vorziehst.«

»Einen Tee, bitte«, sagte Becca.

Ein paar Minuten später hatten sie einen Teller voller Lebkuchenadeliger vor sich liegen und in zwei einfachen weißen Keramikbechern dampfte sehr dunkler Tee.

»Lebkuchen«, bestätigte Becca.

»Leeebkuchen. Komisches Wort. Als wenn er lebt. Warum heißt er so?«, fragte Magda.

»Keine Ahnung«, musste Becca zugeben.

»Wir sollten das herausfinden«, sagte Magda. »Du bist Journalistin. Also kannst du nachforschen und mir schreiben, wenn du den Grund kennst. Magst du Leeebkuchen?«

»O ja.«

»Gut«, sagte Magda und biss mit einem breiten Grinsen den Kopf einer Gräfin ab.

»Du«, murmelte Becca, während sie an ihrem eigenen Lebkuchen knabberte, »bist die fidelste Person, die mir je begegnet ist.«

»Fidel. Ist das gut?«

»Klar.«

»Was bedeutet es?« Magdas Akzent war seltsamerweise viel weniger stark, wenn sie den Mund voller Kuchen hatte.

»Fröhlich. Übersprudelnd. Lebensfroh.«

»Ah, ja. Kein Wunder, schließlich bin ich Polin.«

»Sind alle Polen lebensfroh?«

»Wenn man das nicht ist, gibt es zu viel zum Weinen«, sagte Magda schlicht. »Die noch sehr nahe Vergangenheit ist voller Tragödien. Jede Familie kann sie aufzählen. Das Blut so vieler Märtyrer befeuchtet unsere Felder. Früher …« Ihr Gesicht nahm einen abwesenden Ausdruck an, und der Lebkuchen lag vergessen auf ihrem Teller, »früher war ich nicht so lebensfroh. Aber ich war jung und wusste nichts von solchen Dingen, also habe ich eine Entschuldigung. Meine Mutter war jüdisch, mein Vater katholisch. Keiner von ihnen hat seine Religion … benutzt.«

»Ausgeübt«, soufflierte Becca. »Wir sagen, dass man eine Religion ausübt.«

»Komisches Wort. Wenn man etwas *aus-geübt* hat, ist man dann damit zu Ende? Man übt es wie das Geigespielen, und wenn man es kann, ist es aus? Ihr habt eine seltsame Sprache.« Sie kicherte und ihre Augenbrauen tanzten rechts-links-rechts. »Ich bin in keiner Religion erzogen worden.«

Becca nickte und nippte an ihrem Tee.

»Aber eines Tages sah eine unserer Lehrerinnen, wie wenig wir über Polens echte Geschichte wissen.

Nicht Helden und Generäle, sondern die ganz normalen Leute. Und dass wir sogar unsere sehr nahe Vergangenheit als etwas sehen, das man in Büchern liest – staubige Geschichte. Als ob es nichts mit uns zu tun hat. Ich erkläre das schlecht.«

»Nein, es ist ganz klar. Aber trink deinen Tee. Er wird sonst kalt.«

Wie ein gehorsames kleines Mädchen stürzte Magda den Tee in einem Schluck hinunter, bevor sie sagte: »Gut. Ich bin gern ganz klar. Unsere Lehrerin hat uns auf einen Ausflug genommen. Tut man das an amerikanischen Schulen?«

»Studienausflüge? Die ganze Zeit. Zu Orten von ›historischer Bedeutung‹.« Becca lächelte. »Um Geschichte anzuschauen.«

»Sie brachte uns nach Lublin. In der Nähe von Lublin liegt Majdanek. Das war im Krieg ein Lager, und nun ist dort ein Denkmal aus grauen Steinen, ein riesiges Mausoleum – sagt man so?«

»Ja«, flüsterte Becca mit belegter Stimme.

»Ein Mausoleum für 360 000 Männer, Frauen und – das hat unsere Lehrerin erklärt – sogar Kinder, die ermordet und weggeworfen wurden, als ob sie nur tote Tiere wären. Das alles so nah bei unserer Stadt, hat sie gesagt. Sie hat uns erzählt, dass Kinder wie wir damals und Alte wie unsere Großeltern und Kranke wie Mr Mleczko, der bei uns in der Schule putzte und schlechte Lungen hatte … dass sie alle in Öfen gesteckt wurden. Als ob man Fleisch brät oder Brot bäckt.« Sie schob den Teller voll Lebkuchen mit einer plötzlichen, wütenden Bewegung von sich fort. »Sie hat gesagt, die Kinder wurden mit Peitschen für Vieh geschlagen und wie Abfall auf Lastwagen geworfen, wo sie übereinanderlagen, um in den *Rosengarten* gefahren zu werden. So nannten die Soldaten den Weg in die Gaskammer. Ich erinnere mich an jedes Wort meiner Lehrerin. Die meisten von uns hatten Tränen im Gesicht und sogar ein paar ältere Jungen haben laut geweint. Sie sagte: ›Schaut, wie grün und schön die Wiesen um das Denkmal sind. Denkt daran, was hier vor vierzig Jahren direkt unter unseren Füßen begraben wurde. Stellt euch vor, warum die Erde hier so fruchtbar ist.‹ Sie hat uns lange auf die grauen Steine schauen lassen, dann sind wir mit dem Bus zurückgefahren.« Magda schwieg einen Moment. »Im nächsten Schuljahr war sie nicht mehr da, um zu unterrichten.«

»Nein?«, hauchte Becca.

»Nein.« Magda seufzte. »Ich liebte sie sehr. Sie war meine erste … oh, Liebe ist das falsche Wort. Ich war elf Jahre alt. Sie hat mich nie mit Händen berührt.«

»Wir würden sagen, du hast sie angehimmelt.«

»Angehimmelt?« Magda schaute nach oben in die Wolken.

Becca nickte.

»Wie seltsam. Aber wahr. Als sie nicht zurückkam, fühlte sich mein Herz, als würde es aus dem Himmel auf die Erde stürzen. Sie war eine sehr gute Lehrerin.«

»Und dann …?«, wollte Becca wissen.

»Ah, du brauchst ein Ende für die Geschichte. Aber manchmal haben Geschichten kein Ende, Freundin Becca.«

»Mag sein, Freundin Magda. Doch ich nehme stark an, diese hat eins.«

Magda lachte amüsiert und zog den Teller mit dem Kuchen wieder zu sich heran. Sie brach ein Stück ab, steckte es in den Mund und verdrehte die Augen, als wolle sie betonen, wie köstlich es schmeckte. Anschließend tupfte sie sich übertrieben elegant den Mund mit der Stoffserviette ab und sagte seufzend: »Okay, ein Ende. Von diesem Tag an begann ich meine Religion auszuüben. Ausüben, ja? Ich schloss mich mit anderen Juden der Schule zusammen und verbrachte die Feiertage bei ihnen. Nicht alle ehrten die Feiertage, musst du wissen. Meine Mutter war dagegen.«

»Und dein Vater?«

»Ihm war es egal. Solange ich nur nicht katholisch wurde.«

»Und bist du heute noch praktizierende Jüdin?«, fragte Becca.

»Mir ist es nicht mehr wichtig, die Feste auszuüben«, sagte Magda.

»Zu feiern.«

»Ja … die Feste zu feiern. Ich kann kein Hebräisch sprechen oder lesen. Aber ich studiere Geschichte an der Universität, besonders den Holocaust. Ich bin Mitglied der polnisch-jüdischen Studentenvereinigung.«

»So habe ich Kontakt zu dir bekommen«, rief Becca ihr ins Gedächtnis, »über das Krakauer Institut.«

»Ja. Da siehst du. Wenn meine Lehrerin mich nicht zu diesem schrecklichen Ort gebracht hätte, wären wir beide keine Freunde geworden.«

»Und ich hätte nie diesen köstlichen Lebkuchen bekommen«, fügte Becca lächelnd hinzu.

Sie bezahlten, verließen das Café und spazierten Arm in Arm die Promenade entlang. Zuerst fühlte Becca sich verlegen, aber nachdem sie viele Frauen gesehen hatte, die das Gleiche taten, entspannte sie sich.

»Als Nächstes nach Chelmno?«, fragte sie.

»Ich denke, wir machen einen Umweg und fahren westlich nach Bydgoszcz. Die Häuser und Gassen werden dir gefallen. Außerdem ist bald Zeit für eine Mittagspause.«

»Wir haben doch gerade erst gegessen«, sagte Becca.

»Ah, aber wenn du erst einmal den Duft von Pirogen und *Bigos*-Suppe riechst, wenn sich ein Bissen gefüllte *Nalesniki* in deinem Mund befindet, wirst du nicht länger widerstehen.«

»Ich kenne das alles schon. Okay, vielleicht nicht *Bigos,* aber immerhin leben in unserer Gegend viele polnische Bauern.«

Magda hielt an, befreite ihren Arm aus Beccas und betrachtete sie mit gespieltem Ernst. »In Polen hast du es noch nicht gegessen. Kein Vergleich! Doch zuerst muss ich dir das Denkmal von Niklas Koppernigk zeigen. Ihr nennt ihn Nikolaus Kopernikus. Du hast von ihm gehört?«

»Natürlich weiß ich, wer Kopernikus ist.«

»Nun ja.« Ihre Augen glitzerten wieder einmal schelmisch. »Ich habe gelesen, wie schlecht Bildung in Amerika ist. Nikolaus Kopernikus wurde hier in Toruń geboren. In der Altstadt gibt es viele wundervolle Häuser. Ich würde glücklich sein, hier eines Tages zu leben, glaube ich.«

Becca lächelte und entschied, dass sie sich den Rest des Tages wie eine Touristin benehmen durfte. Sie würde sich von Magda herumführen lassen und anschließend ihre Suche wieder aufnehmen. Gemma, da war sie sicher, hätte das für richtig befunden.

Sie aßen in einem Restaurant zu Mittag, und Becca probierte brav alles, was Magda ihr vorsetzen ließ: *Bigos* war ein dicker Eintopf aus Rindfleisch und Kohl, *Nalesniki* waren gerollte Pfannkuchen, gefüllt mit Käse und bedeckt mit einer sättigenden süßsauren Rahmsoße.

»Wenn ich jeden Tag so essen würde«, meinte Becca, »dann würde ich nicht mal in die Jeans Größe M passen, die ich dir mitgebracht habe.« Sie bezahlte für beide und war überrascht, wie niedrig die Rechnung war.

Anschließend fuhren sie weiter nach Bydgoszcz, an Feldern voller gelber Lupinen vorbei, die sich schläfrig im Sommerwind wiegten. Die weißen Wolken am Himmel sahen aus wie frisch gewaschen. An kleinen Flusswindungen standen Weiden wurzeltief im Wasser. Becca kannte Trauerweiden, aber diese Sorte hatte massige Stämme, von denen aus sich dünne Äste schnurgerade in die Luft streckten.

Becca wunderte sich darüber, und Magda erklärte: »So wachsen sie nicht in der Natur. Sie werden in diese Form geschnitten, um Äste zum Korbweben zu bekommen. Du weißt, was ich meine?«

»Weidenkörbe!«, rief Becca. »Ich hätte nie gedacht, dass sie tatsächlich aus Weiden gemacht werden!«

»Amerikaner«, seufzte Magda. »Ihr wundert mich immer wieder.«

»Wir verblüffen dich«, verbesserte Becca.

»Genau.«

Becca fuhr auf den Grasstreifen am Straßenrand und parkte das Auto.

»Eine Fotografie?«, fragte Magda.

»Ja – du und die Weiden.«

»Aber ich werde nicht im Wasser stehen. Mir hilft das nicht beim Wachsen«, kicherte Magda, und Becca wurde davon angesteckt. Sie drückte ab, während sie beide gerade lachten, dann machte sie vorsichtshalber noch ein zweites Foto.

Wieder im Auto kamen sie an weiten Feldern und Gruppen weißer Birken vorbei, die in der Nachmittagssonne schimmerten.

»Ich liebe Birken«, bemerkte Becca. »Vor unserem Haus steht eine, die sich in drei Stämme aufgabelt.«

»Ja, der Baum gehört auch zu meinen Lieblingen«,

sagte Magda. »Weißt du, was Birken in Polen bedeuten?«

»Nein.« Sie schaute zu Magda hinüber.

»Mein Professor hat es mir erklärt. Früher glaubte man, dass in Birken die Seelen der Toten wohnen. Sogar heute werden am Pfingsttag, der bei uns *Zielone Świątki* oder Grünes Fest heißt, Birkenzweige abgeschnitten und nach Hause mitgenommen. Man tut sie um die Fenster. Hier ist es noch ein bisschen heidnisch, ja?«

Becca schaute wieder auf die Straße. »Dann muss es bei Majdanek unglaublich viele Birken geben.«

Magda stieß ein seltsames Geräusch aus, das zwischen einem Hüsteln und einem Seufzer lag. »Freundin Becca, ganz Polen steht voller Birken.«

Eine Stunde später erreichten sie Bydgoszcz und mieteten sich in einem Hotel ein, dem *Brda*.

»Ich habe noch nie an einem Ort ohne Vokale übernachtet«, scherzte Becca, während sie beide ihr Gepäck auspackten.

»Hier gibt es viele Lokale«, protestierte Magda kopfschüttelnd. »Wir Polen haben wenig Geld, aber wir sind keine Hinterwalder.«

»Hinterwäldler«, sagte Becca und versuchte, ihren Scherz zu erklären. Als sie feststellte, dass der Name doch einen Vokal besaß, gab sie auf.

Sie gingen für einen Spaziergang nach unten, doch der Abend begann schon, kühl zu werden. Becca hatte glücklicherweise einen Pulli mitgenommen, während Magda noch immer in kurzärmeliger Bluse herumlief. Als Becca sah, wie ihre neue Freundin fröstelte, sagte sie: »Mir ist kalt. Lass uns zurück ins Hotel gehen.«

Magda hatte nichts dagegen einzuwenden. Während sie durch die Straßen wanderten, planten sie die Weiterreise für den nächsten Tag.

»Wir brauchen nur eine halbe Stunde, wenn du fährst«, sagte Magda.

»Und wie lange, wenn du fährst?«

»Dann kommen wir gar nicht ans Ende, fürchte ich. Weil ich nämlich nicht weiß, wie man ein Auto bedient. Ich kann mir keines leisten. Und ich lebe in Warschau. Dort gibt es Bahnen und Busse, die mich überall hinbringen. Stimmt es, dass in Amerika jeder ein Auto oder mehr hat?«

»Nicht gerade jeder«, sagte Becca.

»Du hast eines?«

»Natürlich. Aber ich lebe auf dem Land«, sagte Becca schnell. »In der Nähe von meinem Haus gibt es keine Busse und Bahnen.«

»Gar keine?« Magda schien das kaum fassen zu können.

Als sie beim Hotel ankamen, waren sie noch immer in eine Diskussion über öffentlichen Nahverkehr verwickelt. Sie gingen direkt in den Speisesaal. Obwohl Becca schwor, dass sie vom Mittagessen mehr als satt war und keinen Bissen hinunterbekommen würde, ließ der Ober sich nicht erweichen. Er sprach Englisch, noch besser als Magda, und stellte mithilfe der

Dolmetscherin ein Menü zusammen. Als das Essen kam, sahen die Kalbsmedaillons und schmalen, zarten Pommes frites zu appetitlich aus, um zu widerstehen. Becca verputzte alles, inklusive der jungen Erbsen und eines Stücks Sahnetorte.

»Morgen wirst du *Borschtsch* probieren«, bestimmte Magda.

»Meine Großmutter hat *Borschtsch* gekocht«, sagte Becca. »Roter Rübenmatsch … nein danke!« Sie rümpfte die Nase.

»Aber du hast es noch nie in Polen gegessen!«, sagte Magda.

Sie schliefen in zwei schmalen Doppelbetten. Tantchen hatte Unrecht: Magda schnarchte doch, allerdings nur leise. Vermutlich wegen der ungewohnten Matratze, dachte Becca. Als sie selbst endlich einschlief, waren diese sanften Schnarchtöne bereits der einzige Laut im ganzen Hotel.

KAPITEL 21

»Der Prinz schritt durch den von Dornen überwucherten Wald und die Rosenranken öffneten einen Pfad für ihn. Auf beiden Seiten des Pfades schimmerten weiße Birken wie die Seelen der kürzlich Verstorbenen.«

»Ich wünschte, du würdest diesen Teil weglassen«, flüsterte Sylvia. »Heute ist Halloween.«

»An Halloween ist es genauso wahr wie an jedem anderen Tag«, sagte Gemma.

»Es ist überhaupt nie *wahr!«, meldete sich Shana zu Wort.*

»Ist es doch«, murmelte Becca. Sie war als Prinzessin verkleidet, mit Krone und Zepter, obwohl Shana steif und fest behauptet hatte, dass nur Könige so etwas trugen.

»Ist es nicht!« Shana war ein Pirat. Auf ihrem schneidigen schwarzen Schuhcreme-Schnurrbart glitzerten Schweißperlen. Sie trug warme Strumpfhosen, weil sie nachher noch von Haus zu Haus ziehen wollten.

»Ist es doch!« Becca wandte sich hilfesuchend an ihre Großmutter. Gemma fuhr einfach mit dem Märchen fort:

»Dann schließlich kam er zum Schloss. Ein Nebel lag noch immer über den Mauern, den Böden und Wänden der Zimmer, schwebte über den Lippen all der Schlafenden wie

ein letzter Atemzug.« Sie legte eine Pause ein und holte tief Luft.

»Nicht zu Halloween, Gemma«, sagte Sylvia und stand auf. Das handgenähte Tüllröckchen ihres Ballerinakostüms stand komisch ab, sodass ihr Abgang weniger dramatisch aussah als erhofft.

Shana folgte Sylvia hinaus, wobei das Piratenschwert hinter ihr herschleifte. Im Jahr zuvor hatte das Schwert zu Sylvias Königskostüm gehört und Shana hatte sich ganze 364 Tage danach verzehrt. Nun war sie gereizt, weil es ihr gegen die Knöchel schlug, wenn sie ging. Das und die warme Strumpfhose waren schuld an ihrer schlechten Laune, nicht eigentlich das Märchen. Aber Becca war erst acht Jahre alt und verstand so etwas nicht.

»Mach weiter, Gemma, bitte, bitte«, bettelte sie.

Gemma gehorchte. Sie ließ sich immer leicht überreden, wenn es um Dornröschen ging.

KAPITEL 22

Magda stand früh auf und verließ das Zimmer. Becca hörte sie hinausgehen, drehte sich im Bett um und schlief sofort wieder ein. Der Jetlag war stärker als der Wunsch, den Tag zu beginnen. Als sie das nächste Mal erwachte, strömte Sonnenlicht durchs Fenster, und Magda saß lesend auf dem einen Stuhl, der zum Zimmer gehörte.

»Ich habe verschlafen«, entschuldigte sich Becca.

»Du hast das Frühstück verpasst.« Ausnahmsweise lächelte Magda kein bisschen.

»Ja, schon okay.«

Plötzlich grinste Magda und zeigte auf den Nachttisch. »Ich habe ein Brötchen mitgebracht.«

Becca setzte sich im Bett auf. »Das wäre nicht nötig gewesen.«

»Du wirst deine Kräfte brauchen. Wir kommen heute nach Chelmno und ich habe darüber nachgelesen. Willst du hören?«

»Ich habe genug Bücher zu dem Thema gewälzt, bevor ich hergekommen bin. Es war …«, Becca zögerte, »kein guter Ort.«

»Chelmno war schlimmer als Majdanek. Dort konnten wenigstens die Stärksten überleben. Es gab eine Spur Hoffnung.«

Becca verzog das Gesicht. »Ja, ich weiß.«

»Aber warum ...« Magda stand auf, setzte sich auf ihr Bett und musterte Becca. »Warum bist du dann hier?«

»Ich verfolge die Spuren, die meine Großmutter hinterlassen hat. Hier scheint alles anzufangen. Aber warum, weiß ich auch nicht.«

»Vielleicht hat sie in einer Stadt in der Nähe gelebt oder im Ghetto von Lodz«, sagte Magda. »Hier steht etwas über das jüdische Ghetto. Das Buch sagt, die Nazis haben Tausende aus Lodz und den kleinen jüdischen Orten zusammengetrieben – so heißt es doch? –, ja, zusammengetrieben, um sie mit Karren oder der Eisenbahn nach Chelmno zu schaffen. Vielleicht ist die Familie deiner Großmutter dort gestorben, aber sie selbst wurde irgendwie versteckt und nicht gefunden. Solche Dinge sind passiert.«

»Ja, möglich«, überlegte Becca. »Keine Frau ist lebend aus Chelmno herausgekommen. So hat man mir jedenfalls gesagt.« Sie fröstelte.

»Wir brauchen dort nicht hinzufahren. Stattdessen können wir den Urwald von Białowieża besuchen. Das ist nicht weit. Die polnischen Könige gingen dort zur Jagd. Es gibt noch immer Wisentbüffel. Kennst du Wisentbüffel? Und ...« Sie unterbrach sich, als Becca abrupt aufstand. »Du bist nicht interessiert an Wäldern und Büffeln.«

Becca drehte sich um. »Nein.«

»Und auch nicht am Jagdgebiet von Königen?«

»Tut mir leid, nein.«

»Ich genauso wenig. Aber ...« Magda zuckte mit den Schultern. »Manchmal ist es wichtig für Freunde, so etwas zu fragen.«

Becca nickte. »Ich bin gleich so weit.«

Sie fuhren nordöstlich auf der Straße 83, kamen durch einige kleinere Ortschaften, bis sie Świecie erreichten. Dort bogen sie nach Süden ab und überquerten den Fluss Narew, der sich breit und behäbig unter ihnen hindurchwand. Ein paar Kilometer weiter tauchte in der flachen Landschaft ein Ortsschild auf, das den Namen »CHELMNO« trug. Dahinter war ein weißer Kirchturm zu sehen.

Der trübe, verhangene Tag suchte sich diesen Moment aus, um den grauen Umhang abzustreifen. Die Sonne strahlte plötzlich mit solcher Wucht durch die aufgerissene Wolkendecke, dass Becca bei der Einfahrt in das Dorf kurz geblendet wurde. Als sie wieder sehen konnte, befand sich ihr Auto direkt hinter einem großen Leiterwagen mit hohen Seitenwänden. Sie trat hart auf die Bremse, sodass sie beide in die Sicherheitsgurte geschleudert wurden.

»Uff«, sagte Magda, gefolgt von ein paar scharfen polnischen Worten.

»Ein Pferdewagen!«, staunte Becca. »Ihr lebt hier wirklich in einem anderen Jahrhundert.«

Magda lachte und strich ihr Haar glatt. »Das habe

ich in einem Hollywoodfilm gesehen: Reisen in die vergangene Zeit.«

Für die Fahrt durch den Ort brauchten sie, nachdem sie den Pferdewagen überholt hatten, kaum fünf Minuten. Alles in Chelmno hatte die Farbe von grauem Matsch, bis auf die Kirche, die weiß und solide mitten zwischen den düsteren Gebäuden stand und völlig fehl am Platze wirkte. Die Häuser entlang der Straße waren klein und ziemlich heruntergekommen, zum Teil richtig verfallen. Als sich die Wolkendecke wieder zuzog und der Tag zu seinem bleiernen Grau zurückkehrte, schien die Luft die gleiche Farbe anzunehmen wie die Gebäude.

Am Ende des Dorfes wendete Becca und fuhr zurück, bis sie neben der Kirche anhielt. Sie stellte den Motor aus und fragte Magda: »Was hältst du davon?«

»Das ist ein sehr seltsamer Ort.«

»Ungewöhnlich für ein polnisches Dorf?«

»Nein. Alles ist sehr polnisch. Aber seltsam, weil ich gelesen habe, dass es in Chelmno so viel Grausamkeit gab. Wo ist hier Platz für 300 000 Menschen … oder Tote?«

Ihr sachlicher Tonfall ließ Becca schaudern.

»Und alles ist so normal. So ruhig.«

Becca öffnete die Tür und stieg aus. Sie atmete tief ein, als erwarte sie in der Luft den Geruch des Bösen. Aber alles, was ihr in die Nase stieg, war Pferdeschweiß. Gerade hatte der Karren den Kirchplatz erreicht und zockelte an ihr vorbei. Magda stieg ebenfalls aus und stellte sich schweigend neben sie.

Eine Frau in einem graubraunen, knielangen Mantel ging auf der anderen Straßenseite entlang.

»Frag sie«, sagte Becca drängend zu Magda. »Frag sie!«

»Wonach?«

»Frag sie … wo das KZ war. Was hier geschehen ist. Gibt es im Dorf jemanden, der sich an damals erinnert? Würde sie vielleicht einen Blick auf Gemmas Fotos werfen? Ganz egal, was …«

Magda nickte und rannte über die matschige Straße. Als sie die alte Frau erreicht hatte, begann sie eifrig zu sprechen und mit den Händen zu fuchteln. Die Frau wandte kurz den Kopf, um Magda zu mustern, dann drehte sie sich um und ging davon, den Blick auf den Boden geheftet. Magda lief ihr ein paar Schritte hinterher, gab aber schnell auf und kam über die Straße zurück.

»Und?«

»Du hast es gesehen. Sie wollte nicht mit mir sprechen.«

Sie schauten die Straße auf und ab. »Da drüben!«, sagte Becca. »Da stehen ein paar Männer. Die können wir fragen.« Sie zog Magda hinter sich her.

Die Männer standen in einer kleinen Gruppe zusammen, alle in dunkler Arbeitskleidung, und schauten den näher kommenden Fremden mit mürrischen Blicken entgegen. Sie waren zu fünft, und drei hielten Zigaretten in den Händen, an denen sie mit solcher Verbissenheit sogen, dass Becca jeden Moment erwartete, ihre Schnurrbärte würden Feuer fangen.

Magda begann zu sprechen, schon bevor sie die Gruppe erreicht hatten. Einer der Männer knurrte etwas, das wie »Braaaah« klang, und wandte ihnen mit einer schroffen, abweisenden Handbewegung den Rücken zu. Ein zweiter war plötzlich ganz fasziniert vom Inhalt seiner Hosentasche, aus der er nach längerem Suchen eine Zigarette und ein Streichholz hervorholte. Der dritte und vierte starrten sie nur düster an, aber der fünfte – ein Mann in den späten Vierzigern, der eine schwarze Stoffmütze trug – redete in rasantem Polnisch auf Magda ein. Seine Gesten sprachen Bände. Becca war froh, dass sie die Worte nicht verstand.

Magda hielt die eigenen Hände abwehrend hoch, als könne sie damit den Wasserfall der Worte eindämmen. Schließlich griff sie stumm nach Beccas Arm, zog sie mit sich und ging zurück zum Auto – fort von dem Mann, dessen Stimme lauter wurde, je weiter sie sich entfernten.

»Was hat er gesagt?«, fragte Becca, als sie den rettenden Fiat fast erreicht hatten.

»Nichts, das man wiederholen muss.«

»Aber er hatte eine Menge zu sagen.«

»Nur Schmutz. Besser, du hörst es nicht.«

»Ich muss es wissen.« Becca legte ihr die Hände auf die Schultern und schaute ihr in die Augen. »Ich muss.«

»Er hat gesagt, hier ist nichts passiert. Wir sollen uns mit unseren Judenfragen fortscheren, oder das Nichts wird wieder passieren.«

»*Przepraszam!*« Die Stimme gehörte zu der alten Frau, die sich zuvor geweigert hatte, Magdas Fragen zu beantworten. »*Przepraszam!*«

Magda wandte sich ihr zu, und die Frau sagte schnell einige Sätze, wobei sie auf die Kirche deutete. Soeben trat ein Priester mit rundlichem Gesicht und schwarzer Soutane aus der Tür. Die Frau duckte den Kopf, als müsse sie einem Schlag ausweichen, und hastete davon.

»Was hat sie gesagt?«, fragte Becca. »Warum hat sie auf die Kirche gezeigt?«

»Sie hat gesagt, nur einer im Dorf kann uns helfen, nämlich der Priester. Er ist der Einzige, der mit uns über diese Dinge sprechen wird. Sie hat mich gewarnt, im Dorf nicht weiter zu fragen. Besonders nicht die Männer. Aber der Priester, hat sie gesagt, wird uns Antworten geben.«

»Und schon steht er vor der Tür«, sagte Becca. »Wie aufs Stichwort. Glaubst du, er weiß etwas? Er sieht nicht alt genug aus, um schon zur Nazizeit hier gelebt zu haben.«

»In solchen kleinen Dörfern kennen die Priester alle Geheimnisse«, sagte Magda. »Schließlich hören sie die Beichten.«

»Aber ich dachte immer«, murmelte Becca, »dass ein Pfarrer das Beichtgeheimnis nicht brechen darf.«

»Ja. Aber hier geht es um alte Geschichte«, sagte Magda. Sie ging den Pfad zur Kirche hinauf, stellte sich dem Priester in den Weg und begann, schnell mit leiser Stimme auf ihn einzureden.

»Es ist in Ordnung«, sagte der Pfarrer laut genug, dass Becca ihn hören konnte. »Ich war ein Jahr in Amerika, am Boston College. Ich spreche Englisch. Mein Name ist Vater Stashu.«

»Ich bin Rebecca Berlin, und das hier ist meine Übersetzerin und Freundin Magda Bronski«, stellte Becca sie beide vor.

»Entschuldigen Sie meine Frage, aber Chelmno ist kein typisches Ziel für Touristen. Nicht einmal«, er schaute Becca durchdringend an, »wenn sie auf Holocaust-Tour sind.«

Irritiert fragte Becca schärfer als beabsichtigt: »Sieht man mir vielleicht an der Nase an, dass ich jüdisch bin?«

Vater Stashu lächelte. »Nein. Aber wenn Amerikaner bis in diese Gegend kommen, dann suchen sie nach Mahnmalen. In Chelmno gibt es keine. Und die Menschen hier mögen nicht über das sprechen, was passiert ist.«

»Vater Stashu«, sagte Magda, »ich will niemanden beleidigen, aber ich lasse mich auch nicht für dumm verkaufen. Hier sind 300 000 Menschen gestorben … und Sie wollen nicht darüber sprechen?«

Seine roten Wangen färbten sich noch ein wenig dunkler, als hätten sich ihre Worte eingebrannt. »Mein Kind, ich habe nicht gesagt, dass *ich* schweigen werde. Ich habe das Böse studiert, das in Chelmno geschehen ist. Aber die Menschen, die damals gelebt haben, wollen nicht darüber reden. Besonders nicht mit Fremden. Es ist ihnen unangenehm.«

»Unangenehm?«, stieß Becca hervor.

»Als ich vor zwanzig Jahren hierherkam, wollte ich einen Aufstieg ... eine Karriere in der Kirche. Man bleibt ein paar Jahre in einem Dorf wie diesem, bekommt dann eine größere Stadt, wird vielleicht Bischof. Ein polnischer Priester kann es weit bringen, wie Sie wissen. Zu Ruhm und Ehre und zum Vatikan.« Er lachte leise. Als niemand auf seinen kleinen Scherz reagierte, fuhr er fort: »Aber nachdem ich erfahren hatte, was hier vor fünfzig Jahren geschehen ist – damals waren es erst dreißig Jahre –, da wusste ich, dass ich bleiben muss. Um diesen armen Menschen zu helfen, ihre Seelen zu reinigen. Das ist die Arbeit meines Lebens geworden.«

»Wie können sie ihre Seelen reinigen ...«, begann Magda.

»... wenn niemand auch nur darüber reden will?«, vervollständigte Becca die Frage.

»Kommt, meine Töchter, lasst uns ein wenig spazieren, und ich werde es euch erklären.« Er hakte sich bei ihnen unter und führte sie auf die andere Straßenseite, an einer matschigen Wasserpfütze vorbei. »In dieser Villa hier haben der Nazi-Lehrer und seine Frau gelebt. Ihr müsst wissen, dass damals Nazis nach Polen ... importiert wurden. Ein Ansiedlungsprogramm. Man brachte treue Parteimitglieder als ... hm ... Kolonisten nach Chelmno, um den Ort deutsch zu machen. Das Dorf hat sogar einen neuen Namen bekommen.«

»Kulmhof«, flüsterte Becca.

»Ja, genau. Ich sehe, Sie haben sich gut informiert. Heute gibt es hier keine Deutschen mehr, nur noch Polen. Aber das alles spricht mein Volk nicht frei und hilft meinen armen Kindern nicht. Wenn man sie fragt, werden sie sagen, dass sie genauso Opfer waren wie die Juden. Aber in der Tiefe ihrer Herzen wissen sie, das ist nicht wahr. Nur manchmal in der Beichte weinen sie Tränen. Nur manchmal auf dem Totenbett gestehen sie mir, dass sie Gottes Gericht fürchten, weil sie den Seelen der Ermordeten gegenüberstehen werden. All den toten Juden. Und Zigeunern. Und anderen Polen – Kommunisten, Dissidenten, Priester waren auch darunter.«

Sie gingen die Straße entlang, entfernten sich immer weiter von der Kirche. Vater Stashu führte sie an einer morschen Abzäunung vorbei, dahinter lagen einige verfallene Gebäude, die denselben Farbton hatten wie die schlammige Straße.

»Dann sage ich zu ihnen, wenn sie wirklich bereuen, wird Gott ihnen vergeben. Und wenn Gott ihnen vergibt, werden das die Seelen der Juden und Zigeuner, der Kommunisten und Priester auch tun.« Er lächelte, aber seine Augen lachten nicht mit.

»Sie klingen – verzeihen Sie, Vater – nicht sehr überzeugt«, sagte Magda.

Becca biss sich auf die Unterlippe. Genau das hatte sie auch gedacht.

»Als ich dreiundzwanzig war und neu hierherkam, habe ich an die Wahrheit der Worte geglaubt, die ich eben sagte. Jetzt lebe ich zwanzig Jahre in

Chelmno, und jedes Jahr erfahre ich mehr darüber, was geschehen ist. Es ist schwer, seinen Glauben zu behalten, wenn man das weiß. Aber ich versuche es.« Er hielt an und ließ sie los. »Das hier zum Beispiel. *Zamek*.«

»*Zamek?*«, rief Magda. »*Zamek?* Wir sind bei einem *Zamek?*« Ihre Stimme wurde lauter.

»Magda, was ist los?«, fragte Becca und fröstelte plötzlich. Die Sonne war vollständig hinter den Wolken verschwunden, und von Norden her ertönte ein bedrohliches Grollen, das natürlich nur Donner war, aber wie Lastwagenräder auf Kopfsteinpflaster klang.

»*Zamek* bedeutet Schloss, Becca. Ein Schloss!«

Becca drehte sich hastig um. Die Gebäude erinnerten eher an Gutshofscheunen. Das Wegpflaster war uneben, viele Steine fehlten. »Ein Schloss?«

»Ja, früher, in alten Zeiten. Der Erste Weltkrieg hat es zerstört«, erklärte der Pfarrer. »Aber hier war es, wo die Gefangenen hingebracht wurden. Die Nazis sagten, zum Waschen gegen den Schmutz, gegen die Läuse. Aber es war nur zum Sterben.«

Becca streckte eine Hand aus, und Magda ergriff sie, um sie zu stützen. »Ein Schloss«, wiederholte Becca.

»Kein sehr sehenswertes«, sagte Vater Stashu. »Selbst vor dem Ersten Weltkrieg.«

Aber Becca hörte ihn nicht. Sie bekam kaum Luft und zitterte am ganzen Körper. Magda legte ihr den Arm um die Schulter und sie atmete mehrmals tief ein.

Vater Stashu betrachtete sie alarmiert. »Mein Kind …«

Magda schaute auf. »Es geht schon. Vielleicht sollten wir jetzt zurück zum Auto.«

»Kommt mit zur Kirche. Ich werde uns Kaffee kochen, und ein paar Kekse gibt es auch noch, das wird euch guttun. Jetzt versteht ihr, warum ich Chelmno nicht verlassen kann. Hier gibt es viel zu sühnen, viel gutzumachen. Ihr spürt es auch.«

Sie saßen im Arbeitszimmer des Pfarrers, das sich in der Kirche befand, aßen Teegebäck und tranken sehr starken Kaffee aus weißen Keramikbechern wie im Café von Toruń. Vater Stashu sprach vom Frühling und Sommer im Hochland von Lublin, wo er geboren war, mit seinen schmalen Feldern, sanften Hügeln, unberührten Wäldern und Flusswindungen in tiefen Schluchten.

»Jetzt komme ich dort selten hin«, sagte er, »aber jedes Mal erneuert es meine Seele.«

»So geht es mir mit diesem Kaffee und den Keksen«, sagte Becca, die nicht länger zitterte. »Danke.«

»Also hatten Sie Familie, die in Chelmno gestorben ist?«, fragte Vater Stashu. Er nahm ihnen die leeren Becher ab und stellte sie auf ein Tablett. »Oder sind Sie übersinnlich begabt … so heißt es wohl … und spüren zu viel?«

»Ich weiß nicht«, antwortete Becca. »Ich bin hergekommen, um das herauszufinden. Meine Familiengeschichte.«

Vater Stashu lehnte sich im Stuhl zurück, verschränkte die Hände und stützte das Kinn darauf. Das graue Licht im Zimmer ließ seine roten Wangen fahl wirken. »Wo übernachten Sie?«

»In Bydgoszcz. Im Brda-Hotel«, sagte Magda.

»Das ist gut. Ich habe einen Freund in Bydgoszcz. Sein Name ist Josef Potocki und er hat im Krieg als Partisan gekämpft. Jetzt wohnt er dort, obwohl er überall auf der Welt leben könnte. Genau wie ich wird er von den Seelen der Toten festgehalten. Ich weiß, was heute in Chelmno passiert; er weiß, was damals passiert ist. Aber anders als meine arme Herde wird er Ihnen sagen, was immer Sie wissen wollen. Lassen Sie mich ihn anrufen.«

Becca und Magda wechselten einen schnellen Blick.

Magda entschied: »Sagen Sie ihm, dass wir heute Abend im Hotel sind. Nach dem Essen. Wir können zusammen Kaffee trinken.«

Vater Stashu stand mit einem Lächeln auf und ging zu dem altmodischen Telefon, das an der Wand hing. Er wählte die Nummer, wandte sich Becca zu und sagte: »Manchmal ist er nicht zu Hause, aber … ah, gut … Josef!« Darauf folgte ein Schwall polnischer Worte, die Becca nicht verstand, aber denen Magda aufmerksam zuhörte. Sie nickte immer wieder zustimmend, während der Priester redete.

Als sich das Ende des Gesprächs – mit vielen herzlichen Beteuerungen und Abschiedsfloskeln – ankündigte, flüsterte Magda: »Alles klar. Er wird kommen.«

»Josef freut sich, Sie heute Abend zu treffen«, sagte Vater Stashu, nachdem er aufgelegt hatte. »Aber er ist ein alter Mann, der schnell ermüdet, also strengen Sie ihn bitte nicht zu sehr an.«

»Werden wir nicht«, versprach Becca.

»Und wenn Sie jetzt den Weg gehen, den ich Ihnen zeige, werden Sie zu einem wunderschönen Stück des Narew-Flusses kommen. Sogar an einem grauen Tag wie heute hat er seinen eigenen Lichtglanz und seinen eigenen Frieden. Dieser Frieden ist fast ein Wunder, wenn man bedenkt …« Einen Moment lang schwieg er. Dann wandte er die Augen zur Decke und sagte: »Nein, ich kann den Menschen hier nicht vergeben. Zwar kann ich sie lieben, aber vergeben nicht. Andererseits – das ist auch nicht nötig. Ich bin nicht Gott.«

Sie folgten seiner Wegbeschreibung, bis sie an eine Stelle kamen, wo der klar schimmernde Fluss sich in sanften Biegungen zwischen Bäumen hindurchwand, die ihre dunklen Stämme über das Wasser beugten. Auf der anderen Seite des Flusses lagen Felder und der Turm der Dorfkirche ragte über die Baumwipfel hinaus. Das große Feld zu ihrer Rechten war auf drei Seiten von Bäumen umschlossen und grenzte an den Fluss. Vereinzelte Mauersteine ließen die Grundrisse lang gestreckter, viereckiger Gebäude erahnen, doch die Häuser selbst waren verschwunden.

»Hör doch«, sagte Becca.

Magda lauschte. »Was denn? Ich höre nichts.«

»Genau«, sagte Becca. »Ist das nicht seltsam?«

Gemeinsam horchten sie eine Weile auf die Stille. Dann gingen sie wortlos zurück zum Auto und fuhren davon.

KAPITEL 23

»Während er durch das Schloss wanderte, sah er voll Staunen, wie viele Menschen hier schlafend lagen: gute Leute und weniger gute, junge Leute und weniger junge, doch keiner regte sich. Nicht einer.«

»Was heißt ›regte‹, Gemma?«, fragte Becca, während sie zusammen über den Jahrmarkt gingen. Sie fühlte sich sehr erwachsen, weil sie zum ersten Mal am Abend mitdurfte. Es gab so viel zu sehen, dass sie den Anfang des Märchens kaum beachtet hatte. Aber während sie beide in der Schlange vor dem Riesenrad warteten – Shana und Syl fuhren schon zum zweiten Mal –, hatte Gemma begonnen, Becca mit Dornröschen von ihren flatternden Nerven abzulenken.

»Was heißt ›regte‹? Kommt das von ›regnete‹? Aber drinnen im Schloss kann es nicht regnen, oder? Das verstehe ich nicht. Jetzt sag schon, Gemma …« Mit wachsender Aufregung war ihre Stimme immer lauter geworden.

»Sich ›regen‹ heißt, dass man sich bewegt, dass man aufwacht«, erklärte Gemma und hielt ihre Hand ganz fest.

»Aber warum sagst du das dann nicht? Warum sagst du nicht: ›Keiner davon bewegte sich. Keiner wachte auf.‹ Warum ›regen‹? Das klingt wie Regen, Gemma, und das ist doch total albern. Dabei ist Dornröschen kein albernes Märchen.«

»Nein«, sagte Gemma, deren Stimme plötzlich still und nachdenklich geworden war und deren Blick weit weg schien, während sie auf das Riesenrad schaute. »Kein bisschen albern.«

»Warum sagst du dann ›regen‹?«, wiederholte Becca.

Dieses Mal antwortete Gemma nicht, sondern zog sie stumm in die wartende Gondel, wo sich Herzklopfen und Vorfreude mit dem sausenden Wind mischten, als die Gondel schaukelnd abhob, sodass Becca das Märchen ganz vergaß und atemlos rief: »Oh, Gemma, schau nur, der Himmel!«

KAPITEL 24

Sie saßen in der Hotellounge, frischen Kaffee in den Tassen, und warteten stumm auf Josef Potocki.

Becca dachte an die Rückfahrt von Chelmno, während es langsam dunkel wurde: Erst war ein grauer Nebel vom Narew aufgestiegen, dann hatte die Wolkendecke sich vollständig geschlossen, und schließlich hatte ein stetiger Nieselregen sie den Rest des Weges begleitet. Bei diesem Wetter hatten beide keine Lust, die Stadt zu erkunden, waren auf dem Zimmer geblieben und hatten gelesen. Becca arbeitete sich durch ein Geschichtsbuch über Polen und war überrascht, den Namen *Potocki* darin zu finden. Es handelte sich um eine einflussreiche Adelsfamilie aus dem Süden des Landes, deren Ahnenreihe bis ins dreizehnte Jahrhundert reichte.

»Glaubst du, unser Josef Potocki ist von königlichem Blut?«, fragte sie und durchbrach damit unvermittelt die Stille im Zimmer.

»In Polen haben wir kein Königshaus mehr«, sagte Magda kurz. Dann lachte sie und fügte hinzu: »Jeder kann seinen Namen ändern oder eine Silbe dranhängen. Du siehst überall Prinzen und Schlösser.«

»Das *Zamek* …«, setzte Becca an.

»Wenn deine Großmutter aus diesem Schloss kam, bist du von einer wirklich armen Familie«, sagte Magda.

Sie schwiegen beide eine ganze Weile, bis Becca plötzlich fragte: »Denkst du, dass ich mir bei dieser Suche etwas vormache? Meine Schwestern halten mich für verrückt.«

»Du bist nicht verrückt, wenn du die Vergangenheit kennen willst. Es ist nur verrückt, darin zu leben, wie viele von unserem Adel.« Magda lächelte. »Komm mit, jetzt ist Zeit zum Dinner.«

Keine von ihnen hatte großes Interesse am Essen und sie stocherten auf ihren Tellern herum. Nur hinterher bei Kaffee und Kuchen entwickelte Becca ein wenig Appetit. Die Wartezeit in der Lounge, mit frisch gefüllten Tassen, schien endlos.

»Wie spät ist es?«, fragte Becca zum wiederholten Mal.

»Er hat gesagt, acht Uhr. Jetzt ist es nur halb acht«, antwortete Magda. »Die Vergangenheit, die du suchst, hat über fünfzig Jahre gewartet. Was ist schon eine Stunde mehr oder weniger?« Sie musste lachen. »Ich klinge wie Tantchen, dabei bist du älter als ich.«

Becca fiel in das Lachen mit ein. »Aber du hast recht. Ich benehme mich wie ein dummes Huhn.«

»Ein Huhn? Wie, bist du ein Huhn?«

»Das sagt man so. Schafskopf, Trottel, Idiot …«

»Ah, ich kenne Idiot. Ich war mit einem Amerikaner zusammen. Manchmal schlug er sich die Hand an die Stirn …« Sie demonstrierte die Geste. »… ›*So* ein

Idiot!‹, sagte er dann. Also ein Idiot ist ein dummes Huhn. Gut, ich lerne neue Worte. Schaf …?«

»Schafskopf.«

»Nein, ich bleibe bei dem Huhn«, entschied Magda. Sie schlug sich die Hand an die Stirn. »*So* ein dummes Huhn!«

Sie brachen beide in Kichern aus.

»Wie angenehm, den Klang von Gelächter zu hören. Gerade in einer Nacht wie dieser«, sagte eine elegante, kultivierte Männerstimme mit britischem Akzent. »Sind Sie die beiden jungen Damen, die nach Josef Potocki verlangen?« Die Worte hatten einen selbstironischen Unterton. Ein großer, schlanker Mann trat in den dämmrigen Lichtschein der Tischlampe. Er besaß auffallend hohe Wangenknochen, die seinem Aussehen etwas Orientalisches gaben, dazu eine feine, gerade Nase und einen großen Mund, der energischer war, als man in seinem Alter erwartete. Er lehnte sich auf einen Gehstock mit silbernem Knauf. Die mit Leberflecken übersäte Hand war das einzige äußere Anzeichen seines hohen Alters, doch er hielt den Gehstock mit festem Griff.

»Ja«, antworteten beide gleichzeitig. Magda beeilte sich, ihre Namen zu nennen und sich vorzustellen.

Er setzte sich in den freien Sessel und rief mit einer beiläufigen Handbewegung den Ober herbei. Sofort brachte man ihm einen Kaffee. Es war offensichtlich, dass er im Brda-Hotel ein geschätzter Gast war.

»Sie wünschen also Auskünfte über Chelmno?«, fragte er. In seinem Mund klang der Name eher wie ein Fluch, der jedoch durch häufigen Gebrauch seine Kraft verloren hatte.

»Ja«, sagte Becca und lehnte sich vor. »Zumindest glaube ich das. Meine Großmutter war vielleicht dort.«

»War sie Jüdin?«, erkundigte sich Potocki. »Verstehen Sie mich bitte nicht falsch, das ist eine ganz neutrale Frage.«

»Ja«, antwortete Becca, »sie war Jüdin.«

»Dann kann sie nicht in Chelmno gewesen sein«, sagte er schlicht.

»Ich würde Ihnen gern erzählen, was ich weiß.«

»Gewiss.« Er nahm einen Schluck von seinem Kaffee, stellte die Tasse ab und lehnte sich in dem Ohrensessel zurück, dessen Lehne sein Gesicht in Schatten hüllte.

Becca erzählte kurz von Gemma, von ihrem Tod, den Dokumenten mit dem Namen Gitl Mandelstein und von Beccas einziger halbwegs verlässlicher Spur, dem Namen Kulmhof, der sie bis nach Polen geführt hatte. »Ich habe Fotos von ihr dabei, aus dem Flüchtlingslager in Fort Oswego. Und noch ein paar andere Sachen.«

»Kann ich die Fotos sehen?« Potockis Stimme klang mit einem Mal müde. Becca wurde klar, dass sie nicht die erste Fremde war, die sich von ihm Auskünfte über ein geliebtes Familienmitglied erhoffte. Die gleiche Szene musste sich schon viele Male abgespielt haben. Er hielt ihr seine Hand entgegen, die zitterig geworden war.

Becca holte eines der Fotos aus ihrer Mappe und reichte es ihm. »Das Kind ist meine Mutter. Wie Sie sehen können, stammt das Bild aus dem Jahr 1945. Mehr weiß ich eigentlich nicht.«

Er nahm das Foto entgegen und lehnte sich wieder im Sessel zurück. Sie konnte sein Gesicht nicht sehen, nur die Hand mit dem Bild, und wartete auf eine Reaktion. Was dann geschah, war unerwartet: Sie hörte einen seltsamen Laut, ein leises Keuchen, und plötzlich wurde ihr klar, dass er unterdrückt weinte.

Magda sprang von ihrem Sessel auf, lehnte sich über Potocki und sprach einige hastige polnische Sätze. Dann rief sie nach dem Ober und bestellte etwas – ein Glas Wasser vielleicht oder eine Serviette.

Potocki holte ein Stofftaschentuch hervor, das mit verschlungenen Initialen in Dunkelblau bestickt war. Er beugte sich vor und tupfte sich die Augen. »Die Toten«, sagte er, »die Toten können so unerwartet wieder zum Leben erwachen.« Er schaute zu Becca hoch und schien ihr Gesicht zu studieren. »Natürlich, ich hätte es sofort sehen sollen. Schließlich sind Sie ihr Ebenbild. Księżniczka.«

Becca fühlte, wie ihre Hände zu zittern begannen. Plötzlich wurde ihr alles klar. Die Initialen auf dem Taschentuch waren JMP, genau wie auf dem Ring. Sie holte das Passfoto des unbekannten Mannes aus ihrer Mappe und starrte darauf. Wieso hatte *sie* die Ähnlichkeit nicht sofort gesehen? Der Mann war Potocki, sehr jung und sehr attraktiv. Sie fragte sich, warum niemand in ihrer Familie – weder ihre Mutter noch ihre Schwestern noch sie selbst – ihm ähnlich sahen. Sie holte tief Atem, zwang ihre zitternden Hände zur Ruhe und brachte schließlich hervor: »Also sind Sie … Sie sind mein Großvater.« Wie überwältigend einfach die Lösung des Rätsels gewesen war! Sie holte den Ring aus ihrer Handtasche und hielt ihn Potocki entgegen.

Da begann er leise zu lachen, dann lauter, wenn auch mit taktvoller Zurückhaltung und altersschwacher Stimme. Er drückte sich das Taschentuch auf den Mund, wischte sich erneut die Augen und schüttelte den Kopf. »Nein, nein, mein Kind, das ist völlig unmöglich.« Er warf Magda ein paar schnelle Sätze in Polnisch zu, woraufhin sie ebenfalls zu lachen begann und sich wieder in ihren Sessel setzte.

»Er sagt, Becca, dass der Ring ihm gehört, aber …« Sie musste noch einmal kichern. »Aber er kann auf keinen Fall dein Großvater sein. Er ist … er war schon immer … ich weiß das Wort nicht auf Englisch.« Sie wandte sich Potocki zu und zuckte hilfesuchend mit den Schultern.

»Ich liebe nur Männer«, sagte er schlicht. »Auch wenn viele Frauen mir zu geliebten Freundinnen geworden sind.«

»Sie sind schwul?«, fragte Becca überrumpelt. *»Gay?«*

»Dieser amerikanische Ausdruck ist so …« Er zuckte mit einem ironischen Lächeln die Schultern. »Gay heißt übersetzt ›heiter‹, oder nicht? Ich kann Ihnen versichern, in meinem Leben hat Heiterkeit keine herausragende Rolle gespielt. Aber ich bin in der Tat homosexuell. Deshalb haben mich die Nazis ins Lager gesteckt. Trotz meiner Beziehungen und meiner adligen Familie. Ich kann unmöglich Ihr Großvater sein, doch Ihre Großmutter habe ich in der Tat gekannt.«

»Und meinen Großvater auch?«

»O ja, Ihren Großvater auch. Das Schicksal hatte uns alle drei zusammengeführt.«

Becca holte tief Luft. »In Chelmno? Im KZ?«

»In den Wäldern. Wir waren Partisanen. Das ist eine lange Geschichte, die ich heute nicht mehr erzählen kann. Von Księżniczka zu hören war ein Schock, der mich erschöpft hat. Besuchen Sie mich morgen in meinem Haus, und ich werde Ihnen alles sagen, was Sie wissen wollen.« Er stand auf.

Becca konnte sehen, wie unstet seine Hände waren.

»Vergeben Sie mir meine Schwäche. Ich sehe dem morgigen Tag mit Ungeduld entgegen.« Er verbeugte sich leicht, griff in seine Brusttasche und holte ein silbernes Visitenkartenetui heraus, das er ihr entgegenhielt. »Bitte öffnen Sie es, meine Liebe. Meine eigenen Hände sind zu steif. Auf der Karte finden Sie meine Adresse. Ich erwarte Sie um elf und wir werden zusammen Mittag essen.« Er verbeugte sich auch in Magdas Richtung. »Ich hoffe, Sie werden mir beide die Ehre erweisen. Gewiss sind Sie nicht wie die meisten jungen Leute, die Unpünktlichkeit für eine Tugend halten.«

Becca nahm eine Karte heraus und er steckte das Etui zurück in die Tasche. Dann ging er auf seinen Stock gestützt davon und die Türen schienen sich magisch vor ihm zu öffnen. Natürlich wusste Becca, dass dafür Türsteher und Personal verantwortlich waren, aber ihr gefiel die Vorstellung, dass sich der Weg wie von Zauberhand auftat – wie die Dornenhecke in Gemmas Geschichte –, weil Josef Potocki die Seele eines wahren Prinzen besaß.

»Unglaublich«, sagte Magda, als er verschwunden war. »Dein Märchen hat tatsächlich ein Ende!«

»Oder zumindest einen Mittelteil«, meinte Becca. Dann fügte sie hinzu: »Ich hoffe nur, er stirbt nicht ausgerechnet heute Nacht.«

»Ich glaube«, sagte Magda und wurde plötzlich ganz ernst, »dass dieser Mann dem Tod nicht die Hand reichen würde, solange ihm noch etwas Wichtiges zu tun bleibt.«

»Damit hast du sicher recht«, sagte Becca genauso ernst zurück.

Josef Potockis Haus stammte aus der Mitte des vorigen Jahrhunderts, ein herrschaftliches Gebäude aus Ziegel und Stein. Als sie an der Tür klingelten, öffnete eine dickliche, sympathisch wirkende Dame, die ein konservatives schwarzes Kleid mit weißem Trachtenkragen trug. Sie sprach nur Polnisch, also erklärte Magda ihr Anliegen.

»Er wartet auf uns im Salon … heißt es so? Salon?«

Der Raum war eine Mischung aus Wohnzimmer

und Bibliothek. In einem Kamin loderte ein Feuer, das knisternde Funken versprühte und dann allmählich zur Ruhe kam. Davor standen ein Tisch und drei Polstersessel, die in einem Halbkreis um den Kamin versammelt waren. Potocki hatte bereits den Platz eingenommen, der dem Feuer am nächsten war.

»Kommt herein, meine Lieben. Die Geschichte ist lang, also macht es euch bequem. Wir werden hier unsere Mahlzeiten einnehmen: etwas Leichtes zum Mittag, Tee um vier und schließlich das Abendessen, falls ich bis dahin nicht bis zum Ende gekommen bin. Sonst im Speisezimmer, wie es sich gehört. Doch macht euch keine Sorgen, das Zuhören wird euch nicht lang werden. Manches wird von Księżniczka handeln, aber nicht alles. Sie ist Teil einer verzweigten Geschichte, wie ihr feststellen werdet. Ich werde mich bemühen, so nah an ihrem Schicksal zu bleiben wie möglich. Księżniczka. Księżniczka ... Wie ähnlich Sie ihr sehen. Sagen Sie mir doch, hatte sie ein gutes Leben?«

Becca setzte sich zu seiner Rechten in einen Sessel mit rot-goldenem Blumenmuster. »Ich glaube schon. Sie hatte eine Tochter und drei Enkeltöchter und hat immer hart gearbeitet. Ich ... wir ... haben sie alle sehr geliebt. Wir haben zusammengelebt, die ganze Familie in einem Haus.«

»In einem großen Haus?«

»O ja, einem sehr großen, Sir.«

»Gut ... das dürfte ihr gefallen haben. Und hat sie nie wieder geheiratet?«

»Wieder?«

Er lächelte. »Also hat sie Ihnen nichts erzählt.«

»Nichts außer dem Märchen von Dornröschen.«

Potocki schaute fragend zu Magda hinüber, die in rasantem Polnisch eine Erklärung lieferte. Dann wandte er sich mit einem erneuten Lächeln Becca zu. »Ah, *La Belle au Bois Dormant*.« Sein Französisch war tadellos. »Ich verstehe.«

»Nun, ich verstehe es nicht«, sagte Becca.

»Aber das werden Sie. Ich verspreche es Ihnen.« Und ohne weitere Einleitung begann er mit der Geschichte, sprach mit erprobter Sicherheit, als sei er nur ein neutraler Erzähler und nicht selbst eine der Hauptpersonen.

SCHLOSS

»Die dreizehnte Fee,
ihre Finger waren so lang und dünn wie Strohhalme,
ihre Augen waren von Zigaretten verbrannt,
ihr Uterus war eine leere Teetasse,
mit einem bösen Geschenk.«

Anne Sexton
»Dornröschen« (aus »Verwandlungen«)

»Wenn wir die Märchenwirklichkeit akzeptiert haben, können wir dem vorgezeichneten Ende nicht entgehen.«

P. L. Travers
»About the Sleeping Beauty«

KAPITEL 25

Vor allem müssen Sie verstehen (sagte er), dass die Menschen in dieser Geschichte keine Helden sind, sondern … Überlebenskünstler. Der Krieg brachte viele davon hervor. Ein Mann ist kein Held, bloß weil er um sein Leben kämpft, um eine Kruste Brot, um einen weiteren rasselnden Atemzug. Wir alle waren Helden des Alltags, erzwungenermaßen. Das gilt für niemanden so sehr wie für Josef P.

Er war das letzte, spätgeborene Kind einer vielköpfigen Familie, deren adlige Wurzeln weit zurückreichten. Man besaß Beziehungen, aber wenig Geld. Als der Vater starb, war Josefs Mutter noch immer jung und schön. Sie heiratete sofort zum zweiten Mal, was in wohlinformierten Kreisen die Gerüchte bestätigte, dass sie schon lange eine außereheliche Affäre mit dem Erben der Potocki-Familie gehabt hatte. Josef wurde viel zu jung fortgeschickt, um in einem britischen Internat erzogen zu werden. Als Kind war er hässlich, doch als Jugendlicher entwickelte er eine androgyne Schönheit, die dem romantischen Ideal der Zeit entsprach, denn Geschichten von Feenkindern und Wechselbälgern waren in bestimmten Zirkeln sehr in Mode. So wandelte er sich an der Schule vom Außenseiter zum Favoriten, wurde zuerst erbarmungslos schikaniert und misshandelt – eine Spezialität britischer Internate – und später sowohl von Lehrern als auch älteren Schülern umschmeichelt. Dass er seine Unschuld bis zur Universitätszeit behielt, lässt sich nur durch pure Begriffsstutzigkeit erklären. Erst in Cambridge gelang es einem besonders hartnäckigen Tutor, ihn sowohl in Dantes literarische Werke als auch in den Akt der Liebe einzuführen. Zu diesem Zeitpunkt glaubte er, dass er niemals nach Polen zurückkehren würde. Da er sich in England zu einem Snob entwickelt hatte, nahm er den Namen und Titel seines Stiefvaters an.

Er irrte sich in vielen Dingen, doch auf seine Gefühle konnte er sich stets verlassen. So fand er bald heraus, wo seine Interessen lagen. Er kultivierte sein Talent für das Theater, für politische Ignoranz und für die Liebe.

An der Universität brachte er es immerhin zu einem Bachelor-Abschluss, eher durch Zufall als durch intensives Studium, und ließ sich anschließend in Paris nieder. Dort entdeckte er ein viertes Interesse, für das Demimonde-Leben der Boheme, und überstand auch diese Zeit unbeschadet, ohne selbst zu begreifen, wieso. Ihm das nötige Maß an kritischem Verstand zuzutrauen wäre zu viel der Ehre gewesen. Gedankenlos driftete er von Paris nach Wien, von Wien nach Berlin, schrieb Stücke für kleinere Theater und entflammte für seine jeweiligen Hauptdarsteller.

Im Berlin des Jahres 1936 stand er kurz vor seinem

dreißigsten Geburtstag und war entschlossen, jede Minute seines Lebens zu genießen. Er war verliebt in einen wunderbar arisch aussehenden Jüngling von zweiundzwanzig Jahren mit einem Schopf aus weißblondem Haar, perfekten Zähnen, einer klassisch griechischen Nase und Augen so blau wie Kornblumen. Sein Name war Adam Gottlieb. Er war jüdisch. Aber unter der Protektion von Potocki – Prinz Potocki, wie man ihn damals in der Theaterwelt nannte – war Adam in Sicherheit. Er legte sich den Künstlernamen Alan Berg zu, und jedermann vergaß geflissentlich, dass er Jude war. Ganz besonders Josef P.

Die glücklichsten Stunden verbrachte Josef, wenn er mit seinem Alan zum Urlaub in die bayerischen Alpen reiste. Sie übernachteten in kleinen Berghütten und unternahmen mehrtägige Wanderungen. Dann flocht Josef Kränze voller Edelweiß für seinen Geliebten, sie blickten gemeinsam auf die hohen Gipfel und sangen die neuesten Cabaret-Schlager. Josef fühlte sich dem Himmel näher als jemals zuvor oder danach.

Natürlich befanden sie sich in der Höhle des Löwen, aber keiner von ihnen glaubte, dass sie gefressen werden könnten. Sie waren unpolitisch, hatten nur Augen füreinander, zitierten Goethe und Schiller, genossen die dunkle Sinnlichkeit von Rimbaud und Baudelaire (»O kämen doch bald die verzauberten Tage«, sang Alan immer wieder) und waren überrascht, als die Wirklichkeit sie einholte. Den ersten brutalen Schock erlebten sie, als sie mit ihrem Auto den kleinen Ort erreichten, in dem sie ihr Ferienhaus gemietet hatten. Dort war ein Banner über die Straße gespannt: JUDEN BETRETEN UNSER DORF AUF EIGENE GEFAHR.

Einen Moment lang verstand Josef nicht, warum Alan einen unterdrückten Schrei ausstieß. Dann legte er ihm die Hand auf die Schulter, ganz behutsam, um ihn nicht von der Straße abzulenken, aber ihn doch wissen zu lassen, dass er das Banner empörend fand.

»Niemand weiß über dich Bescheid«, flüsterte Josef.

»Aber ich weiß Bescheid«, sagte Alan. »Das ist genug.« Seine Schulter bebte unter Josefs Hand.

»Selbst hier in Bayern …«, murmelte Josef, der gehofft hatte, dass Politik in einem solch abgelegenen Dorf keine Rolle spielen würde. Doch als sie an dem Hotel vorfuhren, das die Chalets vermietete, sahen sie an der Tür ein Schild: »Für Hunde und Juden verboten«.

»Ich bleibe nicht hier«, sagte Alan. »Auf keinen Fall!« Er krallte seine Hände am Lenkrad fest, bis seine Arme vor Anspannung zitterten.

»Niemand weiß Bescheid«, wiederholte Josef, ohne zu begreifen, dass er genau das Falsche sagte, ohne den tiefen Graben zu erkennen, der sich zwischen ihnen auftat. »Wie sollten sie es merken?«

Alan versuchte nicht einmal, eine Antwort darauf zu finden. Und so sagte Josef in seiner Torheit die Worte, die sie für immer trennen würden – obwohl ihm erst Jahre später klar wurde, was er getan hatte.

»Wir haben uns so darauf gefreut, zusammen zu reisen. Sollen wir uns durch ein dummes Schild davon abbringen lassen? Wie kann es uns schon schaden? Schau, wir brauchen nicht einmal den Speisesaal des Hotels zu betreten, ich koche im Chalet für uns. Lass mich allein hineingehen und den Schlüssel besorgen. Du brauchst dich um all das nicht zu kümmern.«

Alan zuckte zusammen, sagte aber nichts.

Sie blieben nur eine Nacht und schliefen in getrennten Betten. Am nächsten Morgen kehrten sie nach Berlin zurück, wobei sie die ganze Strecke hindurch erbittert stritten, ohne ein Wort über Politik zu verlieren. Josef sah ihn nie wieder. Wie er später erfuhr, war Alan nach Paris und kurz darauf nach Palästina geflohen, wo er bei einem lächerlichen Grenzgefecht umkam. Was für eine Verschwendung, dachte Josef damals, rasend vor enttäuschter Liebe. Wie konnte Alan sein perfektes Leben so sinnlos wegwerfen? Aber Jahre später, als er in einem dunklen Wald bei Kulmhof kauerte, wurde ihm klar, dass Alan sich wenigstens nicht kampflos ergeben hatte. Das war ohne Frage eine gute Sache. In Erinnerung an Alan zitierte er sogar die berühmten Abschiedsworte aus »Eine Geschichte zweier Städte« mit so viel theatralischem Pathos, wie eine Viertelflasche Cognac eben verleihen konnte.

»Ich glaube, dass es Gottes Wille war, von hier – Österreich – einen Knaben in das Reich zu schicken, ihn groß werden zu lassen, ihn zum Führer der Nation zu erheben …«

Diese Rede hörte er im Wiener Radio, während er in den Armen seines Liebhabers lag. Es war das Jahr des Anschlusses 1938, und Josef glaubte seinem Geliebten, der immerhin ein bedeutender Mann in der Regierung von Schuschnigg war und sagte, Hitler sei ein Lügner und Scharlatan, den die geeinte Stärke des österreichischen Volkes hinwegfegen würde.

»Wir sind eine Nation«, hatte er Josef erklärt, »die mehr Kultur im kleinen Finger hat als dieser Malermeister in seinem Allerwertesten.«

Eine so drastische Bemerkung hatte Josef noch nie von seinem Geliebten gehört und kicherte nervös. Er weigerte sich, die tiefe Furcht hinter der Prahlerei zu erkennen und den Mut der Verzweiflung, der aus diesen Worten sprach. Wie hätte es auch anders sein sollen? Die beiden redeten fast nie über Politik. Sie redeten überhaupt sehr wenig. Vor allem aßen sie zusammen, ausgedehnte, genüssliche Dinner, und sie schliefen zusammen. Das war ihnen genug.

Während Hitlers Siegesrede liebten sie sich, doch es war ein brutales, wütendes, frenetisches Gestoße, das Josef wund und fassungslos zurückließ. Er plante, seinem Liebhaber am nächsten Morgen eine längere Rede über Rücksichtnahme und Zärtlichkeit zu halten. Aber nach dem Aufwachen fand er ihn tot in der Marmorbadewanne. Aus seinen Handgelenken flossen immer noch dünne Blutrinnsale ins Wasser. Es gab keinen Abschiedsbrief, doch das Blut sprach seine eigene deutliche Sprache, die selbst Josef nicht mehr missverstehen konnte. Er floh aus der

Wohnung, nahm nur einen kleinen Koffer mit, und kehrte zurück nach Deutschland. Die Grenze zwischen den beiden Ländern war zu diesem Zeitpunkt schon eine reine Formalität.

Warum blieb er in Deutschland? Warum blieben all die anderen? In den Cafés und Nachtclubs spielten noch immer dieselben Lieder: »… keiner unterscheiden kann, ob du Weib bist oder Mann.« Die Theater blieben geöffnet, der Alkohol war billig – und Josef war schließlich nicht jüdisch. Er ignorierte die gelben Sterne auf den Mänteln, die Misshandlungen auf offener Straße. Im Internat war er selbst oft genug verprügelt und beschimpft worden. Er hatte es überlebt. Und die Lieder spielten weiter in den Cafés.

Warum blieb er in Deutschland? Warum blieben all die anderen? Patriotischer Stolz lag in der Luft, in den Schenken rann Wein dick wie Blut aus den Flaschen, politische Slogans bedeckten die Häuserwände. Und gleichzeitig gab es den typischen Humor jener Zeit, den Galgenhumor, der sie alle verband. Nie zuvor war so viel und so laut gelacht worden. Ein typischer Witz jener Tage lautete: »Die Deutschen halten es diesen Herbst wie die Blätter an den Bäumen: Erst sind sie rot, dann werden sie braun.« Ihm fiel nicht auf, dass die Kommunisten zu verschwinden begannen, dann auch die Zigeuner. Josef hatte einen Beschützer in der Berliner Regierung. Zusammen lachten sie über den Führer, diesen hässlichen kleinen Mann. Aber das wagten sie nur nachts in ihrem Bett, wenn sie einander in den Armen hielten und die Welt ausschließen konnten. Und die Lieder spielten weiter in den Cafés.

Warum blieb er in Deutschland? Warum blieben all die anderen? Die Kinder auf den Straßen übten Seilspringen zu einem neuen Abzählreim: »Händchen falten, Köpfchen senken und an Adolf Hitler denken.« Die Flugblätter über das *Judenproblem* nahmen zu. Er hörte Gerüchte über Gefangenenlager für *asoziale Elemente* wie Jehovas Zeugen, Sozialisten … und Schwule. Solche, die in Frauenkleidern herumliefen und mit ihrem weibischen Gehabe auffielen. Solche, die in den Cabarets mit Falsettstimme sangen und Männer auf der Straße ansprachen. Solche, die in Schwulenbars gingen. Solche, die den rosa Winkel an der Kleidung tragen mussten. Die 175er, wie man sie nach dem verschärften Gesetz nannte. Josef verzichtete ein Jahr lang auf einen Geliebten. Und die Lieder spielten weiter in den Cafés.

Die Verfolgung von Homosexuellen – systematisch und erbarmungslos – hatte bereits 1933 begonnen. Tief im Inneren muss Josef darüber Bescheid gewusst haben. Aber man hörte nur Gerüchte, und er hatte Talent darin, Gerüchte zu ignorieren. Außerdem waren die Männer, die verschwanden, nicht einfach nur Homosexuelle, sondern hatten als politische Agitatoren oder durch ihre grelle Kleidung auf sich aufmerksam gemacht. Man vergriff sich nicht an Doktoren, an Juristen oder an bekannten Theaterschriftstellern. Josef mit seinem männlichen Charme, seiner dunklen Schönheit, seiner einflussreichen Familie, seinen mächtigen Beschützern, die auch sich selbst schützen mussten ... Josef dachte nie, dass der Paragraf 175 ihn betreffen könnte.

Aber er ging nicht länger ins Theater, in Bars und Cafés. Er besuchte keine Partys, auf denen Männer die einzigen Gäste waren. Er verbarg seine sexuellen Neigungen sogar vor sich selbst, traf sich mit Frauen zweifelhafter Moral und verbrachte sogar eine – ebenso zweifelhafte – Liebesnacht mit einer der Damen. Nur mit einer.

Am Ende wurde er natürlich doch gefasst. Nach dem Röhm-Putsch von 1934 war das nur eine Frage der Zeit gewesen. Man könnte es ein kleines Wunder nennen, dass Josef erst Ende 1940 in die Fänge der Gestapo geriet.

Der Grund für seine Enttarnung war so banal, dass es ihm fast peinlich war. Er war von seiner Hauswirtin angezeigt worden, die – wie sie es nannte – *unnatürliche Literatur* in seiner Wohnung gefunden hatte. Was sie überhaupt in seinen Räumen getan hatte, außer zu schnüffeln, erklärte sie nicht. Das half Josef jedoch wenig. Der von ihr entdeckte Beweis war ein zerblättertes Exemplar von Krafft-Ebings *Psychopathia Sexualis*, ein Fachbuch aus Josefs Studententagen. Er hatte es nicht mehr aufgeschlagen, seit er die Universität verlassen hatte. Für Erotika hatte er sich nie interessiert. Aber das Buch reichte aus, um die Gestapo auf ihn aufmerksam zu machen, deren Methoden geeignet waren, jeden Mann zu brechen. Schließlich gestand Josef nicht nur, homosexuell zu sein, sondern nannte auch die Namen all seiner früheren Liebhaber. Da zwei von ihnen – Alan und der Wiener Politiker – sich außer Reichweite der Gestapo-Schlagstöcke befanden, konzentrierten sie sich auf die anderen. Sie erwähnten nicht, dass sich alle Genannten bereits in Lagerhaft befanden. Davon erfuhr Josef erst viel später und es hätte seine Schuldgefühle auch kaum vermindert. Man schickte ihn ohne Gerichtsverhandlung ins Lager Sachsenhausen.

Sachsenhausen. Der Name hat nicht den gleichen tödlichen Klang wie Dachau, Bergen-Belsen oder Auschwitz. Aber für die Gefangenen war das ein geringer Trost. Das Lager befand sich dreißig Kilometer nördlich von Berlin, sehr praktisch gelegen, am Rand der Stadt Oranienburg. Man konnte es kaum als geheim bezeichnen. Nur Josef schien noch nie davon gehört zu haben. Die Gefangenen wurden ganz offen mit Güterzügen dorthin geschafft, am Bahnhof abgeladen und mit Waffengewalt gezwungen, drei Kilometer durch Industrie- und Wohnstraßen zu marschieren. In den ortsansässigen Fabriken nutzte man die Gefangenen als Zwangsarbeiter. Alle wussten davon. Außer Josef. Zu gut hatte er seine Augen vor den Tatsachen verschlossen.

Sachsenhausen war ein Arbeitslager, kein Vernichtungslager, auch wenn dieser feine Unterschied den 100 000 Menschen wenig half, die darin umkamen. So vegetierte Josef fast ein Jahr lang an jenem Ort dahin, den der Präsident des Volksgerichtshofs, Roland Freisler, ein »Ferienlager« nannte.

Der Güterzug, in dem man Josef transportiert hatte, kam zur Mittagszeit am Bahnhof an. Die Türen des Viehwaggons wurden aufgerissen und die Gefangenen herausgezerrt, aber Josef gelang es, aus eigener Kraft vom Waggon zu springen. In seinem Kopf dröhnte es noch immer von den Schlägen, die ihm ein zugeschwollenes Auge beschert hatten, sodass er einen grausigen Chor zu hören glaubte. Als er den Kopf schüttelte, um das Geräusch zu vertreiben, wurde es nur noch lauter. Erst da bemerkte er, dass die Gefangenen von einem Mob höhnischer Oranienburger umgeben waren, die im Sprechgesang schrien: »Tod den Brombergmördern! Rache für unsere Brüder aus Polen! Blut für Blut!«

Er wandte sich langsam und theatralisch zu ihnen um, hob die Hände und rief: »Aber ich bin euer Bruder aus Polen!«

Das hätte er nicht sagen sollen. Eine Frau in mittlerem Alter sah das rosa Dreieck auf seinem Mantelärmel – ein Abschiedsgeschenk der Gestapo – und warf einen Stein nach ihm. »Schwuchtel!«, kreischte sie. Da sie schlecht gezielt hatte, traf sie den Mann neben ihm.

Ein kleiner Junge an ihrer Seite, kaum zehn Jahre alt, konnte besser werfen, und sein Stein traf Josef am Arm. »Darmschuster!«, johlte das Kind.

»Nicht hochschauen! Nicht sprechen! Lauft!« Das war kein panischer Ruf, sondern ein Befehl der Wachen. Während die Menge ungehindert fortfuhr, sie mit Pflastersteinen, Ästen und Straßendreck zu bewerfen, begannen die erschöpften Gefangenen in stolperndem Laufschritt ihren Weg durch die Straßen.

Später erfuhr Josef, dass dies eine normale Begrüßung durch die Bildungsbürger des feinen Oranienburg war. Kriege machen die wenigsten Menschen zu Helden.

Das große Holztor am Eingang war das Erste, was Josef vom Lager sah. Mit einem zugeschwollenen Auge vom Verhör und vermutlich einer leichten Gehirnerschütterung sah er nur verschwommen und die Tore wirkten gleich doppelt so groß. Zu diesem Zeitpunkt rannte er nicht länger, sondern schleppte sich nur noch, so schnell er eben konnte. Er ging neben einem Mann, der offenbar zu den Zeugen Jehovas gehörte, denn er murmelte unaufhörlich seltsame Gebete.

»Halt endlich die Klappe«, fuhr Josef ihn an, was die Litanei nur lauter werden ließ und ihnen beiden einige brutale Schläge mit einem Gewehrkolben einbrachte. Danach betete der Mann geräuschlos, und Josef war so vorsichtig, sich immer einen halben Schritt vor und zwei Schritt links von ihm zu halten, um keine weiteren Misshandlungen zu riskieren. Sie wurden auf einen großen Versammlungsplatz getrieben. Die Nachmittagssonne brannte heiß auf sie herunter. Josef dachte, dass der Himmel hätte weinen sollen … Dann musste er fast über diese naive Idee lachen, nur ließen sein dröhnender Kopf und seine schmerzenden Rippen das nicht zu. Er wagte einen schnellen Blick auf seine Umgebung. Mit dem heilen Auge sah er überall Schilder, deren Inschriften eine perverse Art von Sinn ergaben:

Es gibt einen Weg zur Freiheit.
Seine Meilensteine heißen:
Gehorsam, Fleiß, Ehrlichkeit, Ordnung,
Sauberkeit, Nüchternheit, Wahrhaftigkeit,
Opfersinn und Liebe zum Vaterland.

Ein ironisches Lächeln umspielte seine Lippen. Wer würde nicht gehorsam und nüchtern sein, wenn man ihm eine Waffe an den Kopf hielt? Wer würde nicht ehrlich sein, wenn man ihm eine Stiefelsohle auf die Kehle drückte? Und wer konnte umhin, ein Opfer zu sein, solange andere Gewalt über ihn besaßen?

»Aber ich will verdammt sein, wenn ich das Vaterland liebe, das mich so behandelt.« Anscheinend hatte er laut gesprochen, denn mehrere Gefangene schauten hastig zu ihm herüber und schlurften ebenso hastig von ihm fort. Da er zum Glück polnisch statt deutsch geredet hatte, bekam er nur einen Gewehrkolben in den Magen. Der Schmerz ließ ihn zusammenklappen, aber übergeben musste er sich nicht. Er hatte schon seit Tagen nichts mehr gegessen.

KAPITEL 26

Versuchen Sie, sich einen enormen Halbkreis vorzustellen (sagte er), der von einer Steinmauer umschlossen wird. Auf der anderen Seite der Mauer stehen komfortable Kasernen mit einem Clubhaus, einem Theater und einem Verwaltungssitz, allesamt für die Gestapo und SS bestimmt. Blumenbeete umgeben diese Gebäude in hübschen Mustern.

Der Halbkreis selbst umschließt einen Appellplatz, der so riesig ist, dass die 20 000 Menschen, die dort dreimal täglich ohne Rücksicht auf ihre körperliche Verfassung antreten müssen, auf der weiten Fläche fast verloren wirken.

In der Nähe des Appellplatzes befindet sich ein Haus, das von allen anderen isoliert steht. Gott hätte es auf seiner Landkarte gewiss blutrot markiert. Ein Schild über dem Eingang verkündet »Pathologie«, also könnte man es für ein Krankenhaus halten. Aber das ist es nicht. Der alltägliche Horror hinter seinen Türen hat dazu geführt, dass zur Zeit von Josefs Einlieferung niemand mehr den Namen dieses Ortes ausspricht. Geht man hinein, sieht man als Erstes die Abflussrinnen für das in Strömen fließende Blut. Im Keller ist ein Zwischenlager für bis zu 5000 Leichen.

Josef wollte die Zahl zuerst nicht glauben, als sie ihm in der ersten Nacht von seinem Nebenmann auf der harten Pritsche genannt wurde.

»Das ist unmöglich«, sagte er.

»Alles, was hier passiert, sollte unmöglich sein«, erwiderte der Mann, und die Dunkelheit schien seine tonlose Stimme zu verschlucken. »Aber es geschieht trotzdem.«

»5000 Leichen?«, murmelte Josef noch immer ungläubig. Am Ende seiner ersten Woche kannte er viele der Toten beim Namen.

Die Gefangenen waren auf der anderen Seite der Steinmauer untergebracht, weit genug weg, damit die Gestapo nicht ständig auf die sechs mal acht Baracken zu schauen brauchte. Die Gebäude wären schon mit hundert Menschen überfüllt gewesen, aber man hatte drei- bis vierhundert hineingepfercht. In der Nacht lagen sie Kopf an Kopf wie Sardinen in einer Büchse.

Und am Rand des Lagers befanden sich die Gewächshäuser voller Blumen und Gemüse sowie ein Stall mit gut genährten Schweinen.

Josef hatte sich vorher nie besonders mit Blumen beschäftigt, abgesehen von Edelweißkränzen für Alan und Rosensträußen an Theatertüren. Wie seltsam, dass er an diesem Ort – wo man Männer als Routineeingriff kastrierte, Leichen mit Skalpellen zerfledderte, zu »experimentellen Zwecken« Schrumpfköpfe herstellte und nackte Gefangene zwang, stundenlang im Schnee herumzurollen –, dass er ausgerechnet hier alles über Blumen lernte. Später konnte er den betäubenden Duft von Nelken oder den süßen Geruch von Lilien nicht mehr einatmen, ohne gleichzeitig den Gestank von Blut in der Nase zu haben.

Josef hatte schnell gelernt, dass er seine Herkunft verbergen musste, denn Polen litten besonders unter der deutschen Grausamkeit. Monatelang ließen die Wachen keine Frischluft in die polnischen Baracken, hielten die Türen und Fenster zu jeder Jahreszeit geschlossen, sodass viele in der Nacht erstickten.

Er lernte auch, keinen Kontakt zu Juden zu haben, denn sie wurden im Lager ebenso grausam verfolgt. Sie bekamen nur halbe Essensrationen und keine medizinische Versorgung, bis sie krepierten. Dann hatten die Ärzte in der Pathologie neue Köpfe zum Schrumpfen.

Er lernte, sich von den Zigeunern fernzuhalten, denn sie waren die bevorzugten lebenden Opfer für Experimente der Pathologie. Dr. Mrugowsky benutzte sie für seine Aconitinnitrat-Versuche, bei denen er ihnen vergiftete Munition in die Oberschenkel schoss und so bewies, dass sie daran garantiert innerhalb von zwei Stunden zugrunde gingen. Die Wachen scherzten über Zigeunerschnitzel und schlossen Wetten über den genauen Zeitpunkt des Todes ab.

Josef gehörte zu den Schwuchteln, den Rosa Winkeln. Auch sie wurden schlimm misshandelt.

Hätte man Josef Potocki vor seiner Zeit in Sachsenhausen gefragt, wie er sich selbst beschreiben würde, dann hätte er geantwortet: »Ich bin polnischer Staatsbürger mit Ausbildung in Cambridge, ein Dichter und Theaterschriftsteller, Mitglied des Adels, ein kultivierter Mann mit Faible für Literatur, der fünf Sprachen beherrscht (Polnisch, Deutsch, Englisch, Französisch, Italienisch) und in seiner Freizeit Gourmetspeisen kocht.« Er hätte nichts über sexuelle Präferenzen gesagt. Das ging niemanden etwas an, außer ihn selbst. Im Übrigen war er sich durchaus seiner Familienpflichten bewusst, die einen männlichen Erben verlangten, aber das war ein abstrakter Gedanke, mit dem er sich in der Zukunft auseinandergesetzt hätte.

Nach Sachsenhausen lautete die Antwort: »Ich bin schwul.« In den zwanziger Jahren nannte man Leute wie ihn »homophil«, gleichgeschlechtlich liebend, aber die Liebe war den Gefangenen in Sachsenhausen vergangen. Ihre Triebe hatten sich auf den Überlebenstrieb reduziert. Es gab die Möglichkeit der »Rehabilitation«, was jedoch eine riskante Angelegenheit war. Falls eine Nacht im Bordell bewies, dass man bei den Damen versagte, wurde man kastriert. Josef entschied sich, lieber die Schläge und Folterungen in Kauf zu nehmen.

Was war Josef denn schon? Treibholz. Er driftete durchs Leben, verfolgte keine Pläne, traf keine Entscheidungen. Während seiner Cambridgezeit hatte er sich in seine erste Liebesaffäre treiben lassen, war dann ziellos weitergedriftet nach London, Paris, Berlin … Da er die Entscheidung gescheut hatte, Deutschland den Rücken zu kehren, war er der Gestapo in die Hände gedriftet. Und genauso passiv geriet er nun in einen Ausbruchsversuch.

Es war im November 1941 und draußen bedeckte eine frische, unberührte Schneeschicht den Boden. Josef lag auf seiner Pritsche und konnte nicht schlafen. Von draußen erklang das betrunkene Gelächter deutscher Wachen, die zwischen den Barackenreihen herumtaumelten. Aus ihren Worten war erkennbar, dass sie sich bei den jüdischen Unterkünften befanden, denn sie schrien: »Judenschweine, kommt her! Alle raus! Sofort!« Josef konnte hören, wie die Menschen in der betreffenden Baracke panisch hinaus in die Kälte hasteten, wo sie dann in ihren dünnen gestreiften Pyjamas warteten.

»Ausziehen und hinlegen!«, befahl eine Stimme.

Josef erschauerte. Er wusste, was das bedeutete. Die Menschen würden sich so lange im Schnee wälzen müssen, bis es den SS-Leuten selbst zu kalt wurde, um das Schauspiel zu genießen. Dann würde man den Juden erlauben, zurück in ihre ungeheizte Baracke zu kriechen, wo sie versuchen konnten, unter den dünnen Laken warm zu werden. In den nächsten Tagen würden viele von ihnen an Fieber und Verzweiflung sterben.

Obwohl er von dieser Tortur gehört hatte, war er selbst nie Augenzeuge geworden. Nun schien ihn etwas zu zwingen, von der Pritsche aufzustehen, zur

Tür seiner Baracke zu gehen und sie einen Spaltbreit zu öffnen.

»Josef!« Jemand flüsterte seinen Namen und berührte seinen Arm. »Das spielt keine Rolle. Wir können nichts tun. Mach uns keinen Ärger.«

Er drehte sich abrupt um und wollte laut protestieren, etwas über Ehre sagen, über Widerstand bis in den Tod, etwas Theatralisches. Da wurde ihm brutal eine Hand auf den Mund gepresst und seine Arme nach hinten verdreht.

»Du wirst gar nichts tun! Sobald sie weg sind, verschwinden wir auch. Wir haben einen Plan, und wenn du ihn ruinierst, bringen wir dich um!«, zischte die Stimme ihm ins Ohr.

Er nickte, und die Hand gab seinen Mund frei. Josef flüsterte zurück: »Nehmt mich mit.« Er wusste nicht, wie der Plan aussah, wer ihn erdacht hatte … es war ihm egal. »Nehmt mich mit.« Vielleicht würde er trotzdem getötet werden, oder gerade deshalb. Das war ihm egal. Er war Treibholz.

Irgendwann hatten die betrunkenen Soldaten genug von ihrem Spiel. »Herrjesses, es ist zu kalt für so was! Ich will noch einen Schnaps«, beschwerte sich einer. Die Juden krochen zurück in ihre Baracke und jemand klopfte Josef in der Dunkelheit auf die Schulter.

»Komm mit«, forderte ihn eine gedämpfte Stimme auf. »Du bist unser Wachposten. Karol hat Angst bekommen und einen Rückzieher gemacht. Sachsenhausen ist die Hölle, aber wenigstens eine, die er kennt …«

Also kam Josef mit, ohne zu wissen, wohin oder warum, und ohne zu wissen, dass Karol ihren Plan bereits verraten hatte. Denn Karol war ein Spion in ihrer Mitte, weder polnisch noch schwul, sondern ein Tscheche, den man wegen Schiebereien eingesperrt hatte. Die Gruppe entkam durch eine Falltür, die sich beim Kamin im Dach befand und eigentlich immer verschlossen war. Wer sie geöffnet hatte, wusste Josef nicht. Die anderen kletterten an der Seite des Gebäudes hinunter. Sie ließen Josef als Letzten zurück, um Wache zu halten und sie notfalls zu warnen.

Unten warteten die deutschen Soldaten, zählten alle durch und hakten die Namen, die Karol verraten hatte, auf einer Liste ab. Doch Josef, der sich noch immer auf dem Dach befand und hinter dem Schornstein kauerte, stand nicht auf der Liste. Und während die anderen zur Pathologie gebracht wurden, um als willkommene Ergänzung für Dr. Mrugowskys schwindenden Vorrat an Versuchsopfern zu dienen, saß Josef zitternd in seinem dünnen gestreiften Pyjama hinter dem Kamin und plante seinen Rückzug. Aber die Falltür war verschlossen, entweder in der Kälte festgefroren oder von dem Spion Karol verriegelt. So ließ sich Josef wieder einmal treiben.

Um den erfolgreichen Fang zu feiern, begannen die Wachen, sich in ihrer warmen Stube unter großem Hallo zu betrinken. Josef konnte ungehindert zum Zaun spazieren und sich – ohne Rücksicht auf den Stacheldraht, der seine Hände und Füße zerschnitt – hinauf- und hinüberziehen.

Als der Morgen anbrach, befand er sich irgendwo in einem Waldgebiet bei Oranienburg. Er hatte die Orientierung verloren und fror schlimmer als jemals im Lager. Seine Hände waren steif vor Kälte, seine Nase lief unaufhörlich, und der Inhalt seines Darms, der sich in Todesangst entleert hatte, rann an der Innenseite seines rechten Schenkels entlang. Aber er war frei.

Er wäre in seinem Schmutz erfroren, hätte ihn nicht ein Holzfäller entdeckt, gerade als die Sonne aufging.

Der Name des Mannes war Henrik R., auch bekannt als »die Ratte«. Er war ein Widerstandskämpfer.

KAPITEL 27

Am besten vergessen Sie alle romantischen Vorstellungen, die Sie vom Widerstand haben (sagte er), denn nichts davon ist wahr. Es gab keine heldenhaften Frauen und Männer, die mit brillanten Strategien den schwerfälligen Feind übertölpelten. Auch keine im Untergrund verborgenen Taktikgenies, deren Schachzüge das Dritte Reich irreführten. Was es gab, waren Bauern, Holzfäller und entflohene Lagerhäftlinge. Studenten, Hausfrauen und Gauner. Ein zusammengewürfelter Haufen, Treibholz des Schicksals wie Josef. Ihre Siege waren oft genug katastrophal und ihre Niederlagen wurden zu Legenden.

Einige waren Helden.

Einige waren Narren.

Alle waren Lügner. Aus Angst oder übertriebenem Mut, aus Abgestumpftheit oder brennendem Eifer.

Nachdem Josef nun nicht länger hungerte, fror oder vor der Sachsenhausener Gestapo floh, schloss er sich der Widerstandsgruppe an, die sich um die Ratte geschart hatte. Zwar hatte er wenig für den Holzfäller übrig, der ein grober, ungebildeter Klotz war. Aber Henrik gab ihm ein Gefühl von Sicherheit, das er seit Jahren nicht mehr gekannt hatte. So wurde Josef nicht aus Überzeugung zum Partisanen, sondern aus Dankbarkeit, aus Angst und weil er mit dem Strom schwamm, wie Treibholz es eben tut. Henrik hätte ihn zum Liebhaber fordern können, und Josef wäre willig gewesen; Henrik hätte ihn verprügeln können, und Josef hätte die Hand gesegnet, die ihn schlug.

In den Nächten tief im Wald, zusammengekauert unter einem Schrägdach aus Knüppelholz, das sie mit Henriks Hilfe gebaut hatten (doch ohne Feuer, das vielleicht ihre Position verraten hätte), erzählten sich die fünf Männer und drei Frauen der Gruppe Geschichten aus dem Widerstand und sprachen sich so Mut zu.

Einer war ein jüdischer Student, der beim Transport nach Dachau hatte fliehen können, als ein schlimmes Unwetter ausbrach. Er erzählte von den Chronisten in Warschau, dem »Freude am Sabbat«-Kreis, der das Ghettoleben dokumentierte und die Taten von allen aufzeichnete, die sich gegen die Deutschen wehrten. »Eine Mutter«, erinnerte er sich, »hat gekämpft wie eine Löwin.« Das wiederholte er mehrmals, bis die Frauen nickten und mit einstimmten.

»Wie eine Löwin«, sagten sie.

»Die Mörder befahlen ihr, ihr Baby auszuliefern, aber sie weigerte sich.«

»Wie eine Löwin«, sagte eine Frau, die alle ihre Kinder bei einem tagelangen Gewaltmarsch verloren hatte. Sie nannte sich Mutter Holle.

»Und was ist dann passiert?«, fragte Josef.

Der Student schüttelte den Kopf. »Sie rissen ihr das Baby aus den Armen und warfen es aus dem Fenster. Aber …« Er wandte Josef sein von Leid gezeichnetes Gesicht zu, auf dem ein Strahlen lag, als hätte der Todesmut jener Mutter auf ihn abgefärbt, »sie hat ihr Kind nicht freiwillig hergegeben.«

Josef antwortete nicht, schnalzte nur geringschätzig mit der Zunge.

Mutter Holle legte ihm die Hand auf den Arm. »Du glaubst, dann spielt es keine Rolle. Weil es am Ende nichts geändert hat. Aber da irrst du dich, Prinz.« Die Gruppe nannte ihn Prinz wegen seiner vornehmen Manieren. Außerdem kam der Student ebenfalls aus Polen und wusste von den Potockis. »Der Mut einer solchen Frau macht uns alle stärker«, behauptete Mutter Holle.

Was sollte man darauf antworten? Josef dachte: Ein totes Kind ist ein totes Kind. Wenn jemand ein Baby ermordet, ist das kein Grund zur Hoffnung. Aber er hatte während seines Jahres in Sachsenhausen so viel Entsetzliches gesehen … Nachts träumte er davon, dass Abflussrinnen durch seinen Körper liefen, die sich ständig mit Blut füllten (obwohl seine Träume im Lager selbst immer nur von Essen gehandelt hatten). So schwieg er, und die Frau betrachtete das als Zustimmung.

»Josef versteht mich«, sagte Mutter Holle. »Er ist ein Prinz.«

Nur ein einziges Mal sprach Henrik von den Widerstandskämpfern als Teil einer Bewegung. »Wir sind nicht hier, um unsere Haut zu retten«, sagte er und deutete auf den schützenden Wald um sie herum. »Wir sind nicht hier, um zu überleben, sondern um unsere heilige Pflicht zu erfüllen. Deshalb werden wir kämpfen, wenn möglich, und sterben, wenn nötig, um Rache dafür zu üben, was sie aus unserem geliebten Deutschland gemacht haben.« Nach dieser flammenden Rede – vermutlich der einzigen, die er jemals hervorgebracht hatte – endete er in seinem üblichen Jargon: »Die Scheißkerle. Wir werden sie alle umbringen.«

Josef mochte ihn nicht daran erinnern, dass nur die Hälfte ihrer achtköpfigen Gruppe tatsächlich aus Deutschland stammte: Henrik, Mutter Holle sowie zwei fahnenflüchtige Brüder namens Fritz und Franz, die von allen nur Donner und Blitz genannt wurden.

Vier Monate hauste Josef mit den Oranienburger Partisanen im Wald, solange der Winter dauerte: November, Dezember, Januar und Februar. In dieser ganzen Zeit taten sie nichts, außer einmal einen Lebensmittelladen am Stadtrand zu überfallen, weil sie dringend Vorräte brauchten, und in drei Nächten verschiedene Teile der Eisenbahnstrecke zu zerstören, die jeweils am nächsten Tag von den Gefangenen des KZs repariert werden mussten. Ansonsten erzählten sie sich nur Geschichten.

Im März plante der kleine Trupp zum ersten Mal einen richtigen Anschlag. Henrik berichtete von einem Militärdepot am anderen Ende von Berlin und zeichnete sogar eine Karte, um ihnen zu zeigen, wie sie ausschwärmen und sich hinterher im sicheren Wald wieder zusammenfinden sollten.

»Wir haben nur vier Gewehre«, bemerkte Josef.

»Und unseren Mut!«, sagte Mutter Holle.

»Das sind alles Scheißkerle«, knurrte Henrik. »Wenn nötig, werden wir sie mit bloßen Händen erwürgen.« Aber Josef dachte ungerührt, dass Henrik trotzdem keine Anstalten machte, sein Gewehr an jemand anderen abzugeben.

So war der Plan beschlossen. Die Waffen wurden an diejenigen verteilt, die damit umgehen konnten – Henrik, Donner, Blitz und Josef selbst, denn er war als Knabe auf dem Landsitz seines Stiefvaters jagen gegangen. Er verschwieg, dass er bei diesen Ausflügen nie etwas erlegt hatte, abgesehen von einer Wildtaube, die ihm aus Versehen vor die Mündung geraten war. Das Blut auf seinen Händen, als er versuchte, dem kleinen grauen Körper neues Leben einzuatmen, hatte seinen Stiefvater und die Wildhüter in brüllendes Gelächter ausbrechen lassen.

Der unbewaffnete Rest, also die drei Frauen und der Jude, der schließlich ein junger Student und dazu noch Rabbi war, fertigten sich Speere aus Baumästen und spitzten sie an, bis sie so brauchbar waren wie Henriks Messerklinge.

Gehüllt in Schichten zerlumpter Kleidung, mit ihren improvisierten Waffen in den Händen, ähnelten sie weniger einer Widerstandsgruppe als Höhlenmenschen aus dem Pleistozän auf der Jagd nach Säbelzahntigern. Aber unter Henriks grimmiger Führung schritten sie beherzt voran. »Alles Scheißkerle!« war ihr Schlachtruf.

Das Ergebnis des Anschlags war vorauszusehen. Sie alle erwarteten, dabei zu sterben, obwohl niemand diese Tatsache laut aussprach. Stattdessen wurden die alten Widerstandsgeschichten hervorgekramt: die Mutter, die ihr Baby nicht den Nazis überließ, die Rabbis, die sich, Glaubensbekenntnisse schreiend, auf Bajonettspitzen warfen, der Partisan, der sich als Ablenkung von einem Bus überfahren ließ, um seinen Kameraden die Flucht zu ermöglichen. Sie berauschten sich an diesen Geschichten, ohne je zu erwähnen, dass jede davon mit dem Tod endete.

Josef war der Einzige, der es aussprach. »Wir werden alle sterben.«

Danach wurde er von den anderen geschnitten. Sie kehrten ihm buchstäblich den Rücken zu, nur weil er die schlichte Wahrheit gesagt hatte, die allen in der Gruppe bekannt war. Von dem Moment an, als er ihre geheime Furcht ans Licht gebracht hatte, war er für sie Luft geworden. Henrik nahm ihm das Gewehr ab und gab es einer der Frauen. Sie behielt ihren Speer trotzdem. So kam es, dass nur Josef gänzlich unbewaffnet dem Verzweiflungskampf um das Militärdepot entgegenging.

Genau aus diesem Grund – wer kann behaupten, Gott habe keinen Humor? – war er der Einzige, der überlebte.

Das Depot bestand aus mehreren Gebäuden, insgesamt drei großen Lagerhäusern. Henriks Plan war einfach, immerhin hatte er ihn mit einem Stock in den Schlamm zeichnen können. Wer ein Gewehr hatte, würde vorausstürmen, die anderen hinterdrein. Sie würden das kleine Holzhaus überfallen, in dem der Depotvorsteher wohnte, ihn gefangen nehmen, sich im Depot Sprengstoff besorgen, die Lagerhäuser in die Luft jagen und entkommen.

»Wieder im Wald verschwinden«, sagte Henrik.

Als Josef fragte, wie sie den Sprengstoff finden wollten, um das Depot zu zerstören, wurde er von allen ignoriert. Er war zu einer Unperson geworden, seine Fragen bedurften keiner Antwort. In diesem Moment verstand Josef, dass es bei dem Überfall gar nicht darum ging, etwas in die Luft zu sprengen. Der einzige Sinn des Anschlags bestand darin, heldenhaft zu sterben und ihrerseits zu Legenden zu werden, die sich andere Partisanen am Lagerfeuer erzählen konnten (nur dass es aus Sicherheitsgründen kein Lagerfeuer gab).

So kam es, wie es kommen musste. Als Henrik, Donner, Blitz und eine Frau namens Nadia mit den Gewehren voranstürmten, dicht gefolgt von dem Rabbi, Mutter Holle und der dritten Frau, die wegen ihrer schiefen Hasenzähne »Hexe« genannt wurde, blieb Josef allein zurück. Nicht aus Furcht. Nachdem er ein Jahr in Sachsenhausen überlebt und vier Wintermonate im Wald verbracht hatte, war sein Vorrat an Angst restlos aufgebraucht. Aber er weigerte sich zu sterben, um anderen Leuten eine Geschichte zu liefern. Wenn er schon in den Tod gehen musste, dann um seiner eigenen Geschichte willen.

Er schaute zu, wie die Gruppe von Maschinengewehrfeuer niedergemäht wurde. Henrik hatte nicht erwähnt – vielleicht tatsächlich nicht gewusst –, dass auf den Dächern der Lagerhäuser Wachen postiert waren. Josef schaute zu und konnte nicht einmal eine Träne vergießen. Irgendwann in der Zukunft würde er ihre Geschichte erzählen, vielleicht in einer Woche, einem Monat, einem Jahr, und dann würde er um sie weinen.

Josef kehrte zurück in den Wald, fand den letzten Rest ihrer mageren Vorräte, brach sich als Wanderstab einen Baumast ab, den er ohne Henriks Messer nicht zu einer Waffe anspitzen konnte, und begann in Richtung Osten zu gehen: der aufgehenden Sonne entgegen, auf die Grenze zu, die nicht länger eine Grenze war, nach Polen, nach Hause.

KAPITEL 28

Im Nachhinein scheint es unglaublich (sagte er), dass Josef P. lebend und wohlbehalten beim Herrenhaus seines Stiefvaters ankam. Aber im Krieg gab es viele solcher seltsamen Geschichten. Da versteckte sich ein Mann die gesamten Kriegsjahre über im Kleiderschrank seines Nachbarn … ein anderer wurde erschossen, als er seinen Hund spazieren führte. Eine Frau verpasste den Zug, der kurz darauf in die Luft gesprengt wurde … eine andere erbettelte sich eine Fahrkarte und wurde getötet. Ein Kind überlebte drei Jahre sicher im Wald … ein anderes bekam an einer KZ-Mauer den Schädel eingeschlagen, sodass sein Gehirn herausspritzte. Was ist schon wirklich unglaublich in dieser Welt? Josef P. erreichte sein Zuhause.

Als er in das Herrenhaus kam, war Potocki tot, hingerichtet als Verräter. Man hatte ihn in der Hütte des Jagdaufsehers erschossen, wo er so oft Hasen ausgeweidet und Rehe gehäutet hatte. Josefs noch immer schöne Mutter war die Geliebte des Militärkommandanten, der in Potockis Haus sein Hauptquartier eingerichtet hatte. Josef blieb nur lange genug, um sich mit dem Notwendigsten zu versorgen (frischer Kleidung, einem Rucksack voller Lebensmittel, einem Pass mit zusätzlicher Fotografie, einem Messer, dem besten Jagdgewehr seines Stiefvaters sowie einer Schachtel Patronen), schließlich war er nicht lebensmüde. Seine alte Amme versorgte ihn mit allem, schnitt ihm das Haar und die Fingernägel, ließ ihn bis Einbruch der Dunkelheit in ihrem Bett schlafen. Er legte den Kopf an ihre Brust, als sei er noch ein Knabe und kein erwachsener Mann. Seine Mutter sah er nicht.

»Hier, nimm den Ring deines Vaters«, sagte seine Amme und drückte ihm das Schmuckstück in die Hand.

»Dieser Ring hat Potocki gehört«, protestierte Josef beim Anblick des Wappens und der verschlungenen Buchstaben.

»Er war dein richtiger Vater«, erklärte sie. »Du warst sein leiblicher Sohn.«

»Meine Mutter …?«

»Ach, das arme Lamm, sie war keine gute Ehefrau, aber was soll man erwarten? Das alte Scheusal …«, damit meinte sie den ersten Mann, den Josef immer für seinen Vater gehalten hatte, »war wie ein wildes Tier. Unmenschlich. Ihre wahre Liebe ist immer Potocki gewesen. Und du bist aus dieser Vereinigung entstanden.« Sie küsste ihn zum Abschied und schickte ihn hinaus in die Nacht. Er fand niemals heraus, ob diese Geschichte den vielen anderen glich, die sie ihm des Nachts erzählt hatte – nur ein Märchen –, oder ob es der Wahrheit entsprach. Seine Mutter starb kurz vor Ende des Krieges. Man hatte ihr das schöne goldene Haar geschoren und sie als Verräterin gehängt – nicht die Deutschen, sondern die Partisanen. Er sah sie nie wieder.

Die Wälder rund um das Land seines Stiefvaters kannte er gut genug, um dort den Rest des Krieges versteckt zu bleiben. Zumindest sahen so seine Pläne aus, denn alle im Land waren sich einig, dass die Besatzung nicht lange dauern würde. Die Deutschen konnten der vereinten Macht der freien Welt niemals standhalten und dann würde die Rache der Polen sie treffen. So hatte seine alte Amme gesagt und er wollte ihr glauben. Lieber vergaß er Sachsenhausen und die Geschichten, die er dort gehört hatte, vergaß all die Toten, die er gesehen hatte. Frische Kleidung, ein neuer Haarschnitt und eine Mahlzeit im Magen können sehr überzeugend wirken. Josef war es leid, immer nur an Tod zu denken. Er träumte von Frieden. Er träumte von Schlaf.

Als er aufwachte, war er von Männern umstellt.

Die Sonne stand bereits hoch am Himmel, fiel in hellen Strahlen durch die Baumwipfel. Zuerst sah er im Gegenlicht nur Schatten, die sich über ihn beugten, schwarz und verzerrt, übergroß, drohend. Dann kam einer der Männer so nah, dass er die Sonne verdeckte und Josef sein Gesicht sehen konnte: das Gesicht eines Engels, umrahmt von einem Heiligenschein aus goldenen Locken. Kurz glaubte Josef, er sei gestorben und im Himmel, wo Alan ihn gesucht und gefunden habe. Dann zerrte der Engel ihn grob in eine Sitzposition, und Josef erkannte, dass der junge Mann in Wahrheit kaum Ähnlichkeit mit Alan besaß. Die Haarfarbe war nur eine optische Täuschung vom durchfallenden Sonnenlicht gewesen. Der Junge hatte braune Locken mit blonden Strähnen und dazu eine leichte Adlernase. Seine Augen besaßen die Farbe der Weichsel bei Hochwasser, dunkel und erdig.

»Wer bist du?«, fragte er Josef zuerst auf Polnisch, dann auf Deutsch.

Vorsicht war eine neue Angewohnheit für Josef, die ihn ausweichend auf Polnisch antworten ließ: »Man nennt mich … Prinz.«

»So sieht er auch aus«, bemerkte ein Mann. »Schaut euch die Kleidung an.«

»Red kein dummes Zeug. Was würde ein Adliger …«

»Den Alten haben sie erschossen.«

»Vielleicht ist er der Sohn?«

»Seine Mutter ist eine Kollaborateurin.«

»Wir sollten ihn töten.«

»Wartet!« Die Stimme gehörte zu dem Jungen. Er kniete bei Josef nieder und schob seinen linken Ärmel hoch.

»Was tust du da?«, fragte Josef.

»Ich schaue, ob du eine Nummer hast«, erklärte der Junge. »Dann wissen wir, ob du ein Flüchtling bist oder ein Spion.«

»In Sachsenhausen gab es keine Nummern.«

Der Junge hockte sich auf die Füße. »Also ... ein Jude?« Er sagte ein paar schnelle Worte in einer Sprache, die Josef nicht verstand, aber für Hebräisch hielt.

Er schüttelte den Kopf.

»Du siehst nicht aus wie einer der Roma.«

Er schüttelte wieder den Kopf. »Polnisch. Ich bin schwul. Ein 175er. Ein ...«

Der Junge stand auf. »Wenn er ein Deutscher wäre, würde er das nie zugeben.«

»Warum nicht?«, knurrte ein Mann mit grobem Gesicht, dunklem Haar und verfilztem, grausträhnigem Vollbart. »Die Deutschen sind alle verkappte Schwuchteln. Wenn er einer von der Sorte ist, beweist das nur, dass er deutsch sein muss. Und du weißt doch, wie Schwule sind: krankhafte Lügner mit losem Mundwerk, auf die sich kein Mensch verlassen kann.«

»Genau das Gleiche hat Himmler auch gesagt.« Josef stand auf und schaute dem Mann direkt in die Augen. »Vielleicht bist du der verkappte deutsche Spion.«

Der Mann verpasste ihm einen Fausthieb und Josef stürzte um wie ein gefällter Baum.

Der Junge kniete erneut neben ihm nieder, aber diesmal lachte er, ein helles, unschuldiges Lachen, wie es Josef seit Jahren nicht mehr gehört hatte. In der Stimme lag keinerlei Zynismus. Nicht der geringste. »Ein deutscher Spion würde sich nie so ungeschickt benehmen«, sagte der Junge und half Josef zurück auf die Füße. »Ich bin dafür, dass wir ihn behalten.«

»Er wird uns allen den Tod bringen«, warnte der bärtige Mann.

Im Stillen gab Josef ihm recht, wenn man seine nähere Vergangenheit zum Maßstab nahm.

Und auf diese Weise wurde Josef zum Mitglied des jüdischen Widerstands.

Die Gruppe bestand aus insgesamt dreizehn Personen. Der Junge – der in Wahrheit schon dreiundzwanzig war, auch wenn er nicht danach aussah – hieß bei allen nur der Bluträcher, weil seine ganze Familie in einer Synagoge lebend verbrannt worden war. Er selbst war als Medizinstudent an der Universität gewesen und deshalb als Einziger verschont geblieben.

Den Bärtigen nannte man Rebbe, obwohl er in Josefs Augen der unheiligste Mann war, den er je getroffen hatte, in Gossensprache fluchte und voller Vorurteile steckte.

Dann gab es noch drei schweigsame Brüder mit den Spitznamen Stahl, Hammer und Amboss, die fast nur miteinander sprachen, sowie einen schmalen russischen Ästheten mit dunklem Haar und dunklen Augen, den man Iwan den Schrecklichen nannte. Er hatte sich aus Waldholz ein kleines Schachbrett geschnitzt, benutzte Eicheln als Figuren und spielte aus Mangel an Gegnern gegen sich selbst, bis Josef auftauchte. Nachdem Josef ihn das dritte Mal hintereinander geschlagen hatte, rührte er sein Schachbrett nie wieder an. Auch zwei Frauen gab es in der Gruppe, Spindel und Spule, die Josef in all den Wochen nicht zu unterscheiden lernte. Sie blieben für sich selbst und schliefen immer getrennt von den Männern, die Arme umeinandergeschlungen. Die beiden hätten Schwestern sein können, besaßen das gleiche kräftige Kinn, grüne Augen, kurz geschnittenes blauschwarzes Lockenhaar und derbe Bauernhände. Vielleicht waren sie auch Mutter und Tochter, allerdings konnte Josef nie mit Sicherheit sagen, welche die Ältere war.

Dann gab es noch fünf Männer mit grauen Haaren und grauen Bärten, die bereits über sechzig waren und aus demselben Dorf stammten. Da sie Holzfäller von Beruf waren, hatten sie sich im tiefen Wald aufgehalten, als die Deutschen gekommen waren. Bei ihrer Rückkehr hatten sie ihre Familien ermordet vorgefunden, ihre Häuser geplündert und niedergebrannt. »Sogar den goldenen Ehering meiner Frau haben sie mitgenommen«, sagte einer. »Zusammen mit dem Finger.« In seiner Stimme lag weder Wut noch Trauer noch sonst ein Gefühl. Er hörte sich an, als würde er eine uralte Familienanekdote erzählen, die zu lange her war, um schmerzhaft oder schockierend zu wirken. Vier der Männer hatten sich die Namen von Bäumen gegeben: Eiche, Esche, Vogelbeere, Birke. Der fünfte, ihr Anführer, nannte sich Holzwädel, was in ihrem Berufsstand der Ausdruck für die Vollmondzeit war, bei der die Arbeit am besten vonstattenging. »Jetzt fälle ich nur noch Deutsche«, sagte er mit genauso wenig Gefühl in der Stimme.

Im Moment befanden sie sich auf dem Weg in die Nähe von Lublin, wo ein neues KZ fast in Sichtweite der Stadtbewohner stand. Es hieß Majdanek. Letzten Dezember hatte man begonnen, es zu bauen, und nun war es mit russischen Kriegsgefangenen gefüllt. Holzwädel hatte einen Plan entwickelt, der von den anderen Partisanengruppen der Gegend unterstützt wurde. Sie wollten versuchen, einen Teil der russischen Soldaten zu befreien, und dadurch erfahrene Kämpfer für den Widerstand gewinnen.

Josef hatte genickt. Wenigstens klang das nach einer Strategie, anders als die Heldenlegenden und lächerlichen Träume, an denen Henrik und seine Leute sich festgeklammert hatten. »Nehmt mich mit«, sagte er.

Sie alle waren geübte Waldläufer, sogar die Frauen, vorsichtig, leise und ausdauernd. Wo sie sich durchs Unterholz bewegten, hinterließen sie so wenig Spuren, dass man daraus kaum auf eine Person schließen konnte, geschweige denn auf vierzehn. Josef war mehr als froh, dass er sich in ihrer Gesellschaft befand. Die Geschichten, die sie sich bei Nacht erzählten, handelten nicht von Widerstandsopfern und Unmenschlichkeit, nicht von den vielen grausamen Arten zu sterben. Stattdessen griffen sie auf überlieferte Erzählungen zurück: die Holzfäller auf alte Volkssagen, der Bluträcher als Jüngster auf Wiegenmärchen seiner Mutter, Rebbe mehr seinem Namen als seiner Natur entsprechend auf das Alte Testament. Der russische Ästhet deklamierte Gedichtepen aus seiner Heimat, die er mit ergriffener Stimme übersetzte.

Wenn Josef an der Reihe war, trug er englische Balladen wie »Sir Patrick Spens« und »The Wife of Usher's Well« vor. Er verzichtete auf seine Lieblingsdichter (Schiller und Goethe), weil er fürchten musste, dass sein Publikum mehr aus seiner Literaturwahl herauslesen würde als schlichte Bewunderung für zwei deutsche Klassiker. Die anderen trauten ihm noch immer nicht ganz über den Weg, schließlich war er der einzige Nichtjude unter ihnen. Doch dank seiner Theatererfahrung wurde er bald zum beliebtesten Alleinunterhalter der Gruppe. Nach den englischen Balladendichtern rief er sich Verse von Dante ins Gedächtnis, doch die Passagen aus dem Inferno der »Göttlichen Komödie« erwiesen sich als zu düster und zu nah an der Wirklichkeit. Als er übersetzte: »Wer hier eintritt, lasse alle Hoffnung fahren ...«, pressten sich die beiden Frauen die Hände auf die Ohren und begannen lautlos zu weinen. Josef beendete seinen Vortrag und betrachtete sie fasziniert, denn er hatte noch nie jemanden in Tränen ausbrechen sehen, der dabei nicht den geringsten Laut von sich gab. Als er am nächsten Morgen eine entsprechende Bemerkung zum Bluträcher machte, erfuhr er, dass die beiden im KZ gelernt hatten, unter allen Umständen still zu sein, um keine Aufmerksamkeit zu erregen. Der Junge sagte nicht, welches KZ, und Josef stellte keine Fragen.

Nun näherten sie sich langsam und vorsichtig dem Stadtrand von Lublin, wo sie auf eine größere Gruppe von Partisanen trafen. Von ihnen erfuhren sie, dass

Majdanek für eine Befreiungsaktion zu gut bewacht wurde, sie würden gar nicht hereinkommen. Die Legenden von heldenhaftem Tod machten erneut die Runde, wurden heruntergebetet wie Perlen auf einem Rosenkranz. Spindel und Spule verließen Josefs Gruppe, da sie hier andere Frauen gefunden hatten, die sie aufnahmen. Und Iwan der Ästhet, der vom Leben in der Wildnis genug hatte, wurde mit falschen Papieren ausgestattet und vom Untergrund Richtung Westen geschleust, wobei er anfänglich dieselben Pfade nahm, auf denen sie eben erst gekommen waren. Monate später hörten sie, dass er nahe Paris gefangen genommen und ermordet worden war, doch selbst unter Folter keine Namen preisgegeben hatte.

»Wer hätte gedacht, dass der kleine Bastard so viel Rückgrat hat?«, war der knappe Kommentar von Rebbe, was ein treffender Nachruf zu sein schien, dem niemand etwas hinzuzufügen hatte.

Aber Josef dachte an Iwans Tod und bezweifelte, dass er selbst schweigend bis zum Ende durchgehalten hätte. Hatte er nicht die Namen all seiner Liebhaber verraten, den lebenden und toten? Hatte er nicht gezaudert, während Henrik, Donner, Blitz, Nadia, Hexe, der Rabbi und Mutter Holle vom Gewehrfeuer der Nazis niedergemäht worden waren? Wenn er es nicht länger ertrug, über sein Versagen nachzudenken, träumte er sich stattdessen nach Paris zurück und erinnerte sich an die kleinen Cafés, die belebten Straßen und ein einfaches Leben ohne tieferen Sinn, doch voller Hoffnung.

Er versuchte noch immer, mit sich ins Reine zu kommen, als sich die Partisanen in Kleingruppen von sechs, sieben oder acht aufteilten und einen Sabotagefeldzug gegen strategisch wichtige Bahnlinien und Vorratsdepots begannen.

»Immer nur Bahnlinien und Depots«, beschwerte er sich einmal.

»Da schießen die Hurensöhne wenigstens nicht zurück«, antwortete Rebbe.

Josef erwähnte nicht, wie seine früheren Kameraden gestorben waren. Stattdessen konzentrierte er sich auf die nächtlichen Überraschungsangriffe und das Gefühl der Brechstange in seiner Hand, wenn er die Gleise hochhebelte.

Und eines Nachts gehörten die Schienen, an denen sie zerrten, zu der Strecke, die in das kleine Örtchen Chelmno am Fluss Narew führte.

Es war Juni.

KAPITEL 29

Wie gewinnt man seine Ehre zurück (fragte er), wie löscht man Schuld aus und gibt einem Leben wieder Wert? Denken Sie nur an Oskar Schindler. Er war ein Spieler, ein Casanova, ein Trinker, ein Kriegsgewinnler, ein Nazi. Sein Leben bestand aus einer Ehrlosigkeit nach der anderen. Und doch rettete er 1200 Menschen. Die Juden, die ihm das Leben verdankten, sagten: »Wir werden nie vergessen, dass es einen Gerechten unter den Gottlosen gab.«

Auf ganz ähnliche Weise wurde Josef P., Treibholz des Schicksals, zum Helden des Widerstands.

Anders als Auschwitz, Dachau oder Bergen-Belsen wurde das KZ bei Chelmno geheim gehalten. Selbst unter den Ghettojuden von Lodz, die dort zu Tausenden hintransportiert wurden, selbst unter den Juden des Reichsgaus Wartheland, die man dort vollständig vernichtete, rief dieser Name keine Furcht hervor. Sie hatten noch nie davon gehört. Chelmno ist bis heute keine der bekannten Gedenkstätten, es gibt keine ausländische »survivor organization«, die sich darum kümmert – denn niemand überlebte. Nur zwei Männern gelang es jemals zu entkommen und zwei andere wurden bei Kriegsende gefunden und gerettet. Vier Männer. Und eine Frau. Księżniczka.

Ein Gerücht erreichte Josefs Gruppe, das aus dem Warschauer Ghetto stammte. Mehr als ein Gerücht war es nicht. Man glaubte, es gäbe ein Vernichtungslager fünfzig Kilometer von Lodz. Die Einzelheiten klangen grauenvoll, aber sie alle hatten Grauen erlebt. Unter ihnen befanden sich Männer und Frauen, die man gefoltert und mit eingebrannten Nummern versehen hatte, deren Babys abgeschlachtet und ins Feuer geworfen worden waren, die Gebäude mit Abflussrinnen voll Menschenblut gesehen hatten. Natürlich glaubten sie den Gerüchten. Sie wussten nur nicht, was sie dagegen tun sollten.

»Wir werden die Bahnstrecke nach Powiercie sprengen«, sagte Holzwädel, der für solche Probleme nur eine Lösung kannte, und strich sich durch das dichte graue Haar. Den Gerüchten zufolge wurden Gefangene in Powiercie abgesetzt, mussten dann die staubige Straße nach Zawadki entlangmarschieren und die Nacht zusammengepfercht in einer großen ungeheizten Mühle verbringen.

»Wir sollten lieber die Mühle in die Luft jagen«, meldete sich Rebbe, hustete einen Pfropfen dicken Schleims hervor und spuckte ihn absichtlich haarscharf neben Josefs Stiefel. »Die paar Nazischweine können wir überrumpeln.« Aber laut den Gerüchten gab es in Zawadki ganze Baracken voller SS-Soldaten.

»Wir könnten die SS-Baracken mit Dynamit bewerfen«, sagte der Bluträcher, »wenn wir genug Dynamit hätten. Und wenn wir uns trauen würden.« Er hatte ein Grinsen aufgesetzt, das bedeutete: »Ja, ich halte das auch für eine bescheuerte Idee« und so ansteckend war, dass ein leises Lachen durch die Runde lief.

»Das *Zamek*«, meinte Esche. Die anderen Bäume nickten zustimmend. Den Gerüchten zufolge wurden die Gefangenen in einem *Zamek*, einem Schloss, eingesperrt.

Aber Josef schüttelte wütend den Kopf und warf zur Betonung seinen Hut auf den Boden. »Wir wollen leben, nicht sterben! Wir wollen Leute retten und nicht als Märtyrer enden! Oder?« Er richtete die Frage an Rebbe, hatte aber alle von ihnen gemeint. Und er sprach mit solcher Überzeugung, dass jeder in der Runde nickte: Ja, ja, ja.

»Dann müssen wir den Weg der Gefangenentransporte verfolgen und den paar Menschen helfen, die mit dem Leben davonkommen.« Denn der letzte, rätselhafte Teil des Gerüchts besagte, dass es sich um ein Todeslager auf Rädern handelte. *Auf Rädern*. Sie hatten keine Ahnung, was das bedeuten sollte, waren aber entschlossen, es herauszufinden.

Noch in derselben Nacht machten sie sich ohne weitere Diskussionen auf den Weg. Drei Mann – Birke, Esche und der Bluträcher – sollten die Züge beobachten, die in Powiercie einfuhren. Drei andere – Vogelbeere, Rebbe und Holzwädel – nahmen die Mühle in Augenschein. Drei weitere – die Brüder Hammer,

Amboss und Stahl – suchten nach den SS-Baracken. Und einer – nämlich Josef, der kein Jude war und sowohl Polnisch als auch Deutsch wie ein echter Aristokrat sprach – ging in die Stadt Chelmno selbst, von den Nazis »Kulmhof« genannt, um so viel wie möglich in Erfahrung zu bringen.

Die Brüder kehrten nie zurück. Vielleicht wurden sie gefangen genommen, vielleicht gefoltert, jedenfalls verrieten sie die Gruppe nicht. Sie blieben einfach verschwunden, als habe es sie nie gegeben. So war das damals, in diesem Krieg.

Die anderen trafen sich drei Tage später im Wald, um zu berichten.

»Die Züge werden schwer bewacht, überall sind Soldaten«, sagte Birke.

»Bei der Mühle ist es genauso«, sagte Rebbe. »Verfluchte Nazis!« Er spuckte auf den Boden, aber diesmal nicht in Josefs Richtung.

Einen Moment lang schwiegen alle, dachten an die SS-Baracken und die drei Brüder, was wohl aus ihnen geworden war, ob sie noch lebten. Natürlich glaubte jeder in der Gruppe, dass sie tot waren, und obwohl sie weiter warteten, hofften sie auf nichts. So verhielten sich alle, die Josef im Lager und den Wäldern getroffen hatte. Heute war jemand noch da, morgen schon tot und verschwunden. Tränen hatte er keine mehr übrig.

»Was ist mit dem Dorf?«, fragte Holzwädel. Seine beherrschte Stimme verriet kein Gefühl, keine Furcht und fast keine Hoffnung. Fast.

»Das Dorf«, begann Josef und stockte. Was sollte er sagen? Das Dorf war nicht der Rede wert, ein kleiner, unbedeutender Flecken mit einer einzigen Straße zwischen schlammfarbenen Häusern. Es gab eine Kirche, eine piekfeine Lehrervilla und eine alte Schlossruine hinter einem Zaun aus Stacheldraht und hohen Brettern. Außerdem gab es Nazis. Überall.

»Ich habe einen Bauern aus der Gegend angehalten, der mit seinem Heuwagen vorbeikam, und ihn gebeten, mich mitzunehmen. Sein Gaul war vermutlich älter als er selbst und hatte genauso wenig Zähne. Er war sehr gesprächig.«

»Der Gaul?«, fragte der Bluträcher und blinzelte Josef schelmisch zu.

»Nun ja, das Pferd hatte wenig zu sagen, aber dafür redete der Bauer wie ein rechter Esel. Ein Pferd, das einen Esel zieht«, sagte Josef, und die anderen lachten.

»Ich ließ ihn wissen, dass ich ein Potocki bin, er zog den Hut und griff sich an die Stirnlocke, wie es üblich ist. Er fragte, ob ich nach Hause reise, also sagte ich ›Ja‹. Um meine Mutter zu besuchen, erzählte ich ihm. Er hatte einen Cousin, der meine Mutter einmal auf dem Weg zum Ball gesehen hatte, sagte er. Oder vielleicht meine Großmutter. Ein feines Weib jedenfalls. Eine verteufelt schöne Frau, wenn ich ihm die Bemerkung erlaubte.«

»Ah, die Aristokratie …«, seufzte Rebbe. Diesmal spuckte er nicht.

»Dann schaute der Bauer die Straße entlang und

ließ die Zügel schnalzen. ›Die Juden‹, murmelte er durch seine zahlreichen Zahnlücken, ›sind wie Blutegel auf einer Wunde. Am besten, man streut Salz drauf, bevor sie uns leer saufen.‹«

Die Holzfäller murrten.

»Das habe nicht ich gesagt, sondern der Bauer«, warf Josef ein. »Ich fragte ihn, wo man das Salz ausstreuen sollte … er antwortete, das würde bereits geschehen. Hier und jetzt. In Chelmno. Und dass er darüber verdammt froh sei. ›Hier und jetzt?‹, fragte ich nach. Da sagte er mir, dass die Juden des Warthelands mit Güterzügen zur Weichenkreuzung bei Kolo geschafft werden, wo man sie auf eine Schmalspurbahn umlädt und weiter nach Powiercie fährt.«

»Vielleicht können wir die Gleise zwischen Kolo und Powiercie sprengen«, murmelte Holzwädel, aber die anderen ignorierten ihn.

»Er sagte, die Ghettojuden kämen immer mit Sondertransporten, zwölf Waggons aus Lodz.«

»Dann haben wir einen der Transporte gesehen«, bemerkte Birke.

»Ja, zwölf Waggons«, bestätigte Esche. »Wir haben sie gezählt.«

»Und sie wurden von über hundert Bewaffneten begleitet«, sagte der Bluträcher.

»Das hat mir der alte Mann auch erzählt«, nickte Josef. »Sie gehören zu einer Spezialeinheit.«

»Für einen Esel hat er viel geblökt. War wohl eher ein Hammel.« Rebbe hustete Schleim hoch, schluckte ihn aber wieder hinunter.

»Was ist mit dem Dorf?«, fragte Holzwädel genauso nüchtern wie vorher, ohne Gefühl, ohne Zorn oder Ungeduld.

»In Chelmno werden sie mit Lastwagen zum *Zamek* gebracht«, antwortete Josef. »Davon habe ich mich selbst überzeugt. Ich habe durch die Tore geschaut, kam aber nicht näher heran.«

»Und der alte Mann? Hat er gesagt, was mit ihnen passiert, wenn sie erst beim Schloss sind?«, fragte der Junge und legte Josef eine Hand auf den Arm.

Josef schwieg einen langen Moment, während er sich erinnerte. Als er zu sprechen begann, war seine Stimme so leise, dass sie fast wie ein Flüstern klang. »Er hat gesagt: ›Man bringt sie rein und man bringt sie raus, aber da gibt es einen gewaltigen Unterschied.‹ Und dann hat er gelacht. Ich habe mit ihm gelacht. Wir hatten eine Menge Spaß auf Kosten dieser Juden.« Sein Arm zitterte unter der Hand des Jungen. »Ich sah einige Männer mit Fußketten vorbeihumpeln und zeigte auf sie. Darüber lachten wir auch.«

»Und das Dorf?«, fragte Holzwädel.

»Ist klein und voller SS-Männer. Die Lastwagen, mit denen die Juden aus dem Schloss weggeschafft werden, fahren aus dem Ort heraus in einen Wald. Da war ich nicht und habe mich auch nicht weiter erkundigt. Das wäre zu verdächtig gewesen. Der alte Mann und ich lachten den ganzen Weg durch Chelmno, über die Juden, die Zigeuner, die Ausgestoßenen, die Schwulen. Er bewunderte das Wappen auf meinem Ring. Ich lachte und verabschiedete mich. Er wollte mich in sein Haus einladen und mir seine Frau vorstellen, aber ich fürchtete, ich würde ihn in seiner eigenen Küche erschlagen. Also sagte ich, meine Mutter würde mich erwarten und auf Pünktlichkeit bestehen. Er nickte.«

»Sie fahren in einen Wald …«, überlegte Holzwädel laut, und in seiner Stimme lag ein Hauch von Gefühl.

Mit der nötigen Vorsicht durchkämmten sie den Wald hinter Chelmno. Dazu brauchten sie drei Tage, übernachteten in unauffällig geschaufelten Gruben, die sie mit Ästen tarnten. Sie gingen kein Risiko ein. Endlich kamen sie auf verschlungenen Wegen am anderen Waldrand heraus. Nur zehn Meter entfernt lag ein Luzernenfeld, dessen violette Blüten sich leicht im Wind bewegten. Am Ende des Feldes standen einige Gebäude, zwischen denen drei Männer auf und ab gingen. Ein Junge von vielleicht dreizehn Jahren fütterte die Kaninchen. Auf der rechten Seite floss der Narew in trägen Windungen dahin. Josefs Gruppe duckte sich im Gebüsch zusammen, denn auf dem Wasser wurden immer wieder flache Boote vorbeigestakt.

Die bewaffneten Männer schienen sich sicher zu fühlen und besaßen keine Hunde, wofür Josef dankbar war. Er hätte sich geschämt, auf einen Hund zu schießen, obwohl er keine Skrupel hatte, die Wachen zu töten, falls nötig. So weit war es in den zwei Jahren des Krieges mit ihm gekommen.

Sie warteten mehrere Stunden, bis Holzwädel aussprach, was sie alle dachten: »Die Lastwagen fahren noch weiter.« Er verschwand lautlos wieder im Wald und die anderen folgten.

Josef warf einen letzten Blick auf die Männer, die am Kaninchenstall ihre Runde drehten, und sah, wie sie den Jungen scharf im Auge behielten, auch wenn keiner der drei ihn anrührte. Dann wandte Josef sich ab und verschwand ebenfalls im Dickicht.

In dieser Nacht zogen sie immer weitere Kreise um Chelmno und hatten am Morgen den Platz erreicht, an dem die Wagenspuren endeten. Sie kauerten am Rand einer Lichtung. Die Sonne ging auf, und die Vögel sangen aus voller Brust, als sei die Welt so lieblich und unschuldig wie der erste Morgen in Gottes Paradies. Später würde Josef den Namen dieses Waldes erfahren: Rzuchow. Nun bei Sonnenaufgang erschien er wie ein Garten Eden.

Dann kam eine Gruppe von fünfunddreißig Männern auf einem offenen Lastwagen angefahren. Sie wurden am anderen Ende der Lichtung abgesetzt, und Josef sah ihren schwerfälligen Bewegungen an, dass es sich um Gefangene handelte. Sie standen still und schienen zu warten. Normalerweise wäre eine solche Gruppe herumgeschlendert, hätte sich unterhalten oder wenigstens nach Fliegen geschlagen, aber diese Männer standen starr wie Statuen. Im goldenen Sonnenlicht sahen sie aus wie aus Bronze gegossen. Nur der Lastwagenfahrer und der Wachsoldat unterhielten sich miteinander und klopften sich während des Gesprächs mehrmals auf die Schulter.

Dann gab es einen Moment völliger Stille. Die Soldaten und sogar die Vögel schwiegen und Josef hörte plötzlich in der Ferne ein dumpfes, donnerndes Geräusch. Im Rückblick schien es ihm wie das Heranpreschen der wilden Jagd zu klingen, doch das war nur seiner überhitzten Fantasie zuzuschreiben. Das Rätsel löste sich kurz danach, als drei Lastwagen auf die Lichtung gefahren kamen. Sie waren sehr groß, mindestens sechs mal drei Meter, also ungefähr die Ausmaße eines Möbelwagens. Ihre Seitenwände bestanden aus schmalen, überlappenden Platten, sodass Josef zuerst an eine metallische Panzerung dachte, als die Sonne glänzend darauf fiel. Dann erkannte er, dass es sich nur um dunkelgrau angestrichenes Holz handelte.

»Wozu brauchen sie solche seltsamen Fahrzeuge?«, fragte der Bluträcher flüsternd, aber Josef konnte ihm keine Antwort geben. Der alte Bauer hatte nichts dergleichen erwähnt.

Dann hielten die Wagen an und die Männer in Fußketten schlurften auf die Rückseiten zu. An jeder Ladeklappe mühte sich ein Gefangener ab, die Verriegelung zu öffnen. Plötzlich flog die Tür des am nächsten stehenden Lasters auf und eine nackte Frau fiel heraus auf den Boden.

Ein Stöhnen lief durch die Gruppe der Männer, die vom Wald aus zusahen. Josef brachte sie mit einer warnenden Handbewegung zum Schweigen. In den wenigen Sekunden vom ersten Schreckensruf bis zu völliger Stille fielen drei weitere Körper aus dem Laderaum des Großtransporters.

Alle zwei Stunden kamen die Lastwagen auf die Lichtung gefahren. Josef und seine Kameraden konnten nur hinter den Bäumen am dunklen Waldrand kauern und dem entsetzlichen Geschehen zuschauen. Ein Schwarm von SS-Fahrzeugen begleitete die Transporter, und so waren die Partisanen hoffnungslos unterlegen, was Kämpferzahl und Bewaffnung betraf.

Als der Frauenkörper aus dem Wagen gestürzt war, hatten alle in der Gruppe mit fassungsloser Wut reagiert. Doch als der ersten Leiche die nächste und nächste und nächste folgte – zweiundachtzig Menschen insgesamt, die aus dem Laderaum gezogen, geschleift und gerollt wurden –, da starb jedes Gefühl ab. Von ihrem Versteck zwischen den Bäumen aus waren nicht alle Details zu erkennen, aber sie fanden bald genug heraus, dass man den Leichen das Zahngold herausbrach und sie anschließend in ein riesiges Massengrab schaffte. Es lag in dem Luzernenfeld am grauen Narew-Fluss.

Nachdem die drei Lastwagen geleert waren, wurden sie schnellstmöglich nach Chelmno zurückgefahren und ließen nur die Zwangsarbeiter und ihre Wachen zurück. Alle zwei Stunden kam eine neue Ladung.

An diesem ersten Tag blieben Josef und seine Gefährten von Sonnenaufgang bis Sonnenuntergang am Waldrand. Sie sahen sieben Fuhren mit jeweils drei Lastwagen, insgesamt einundzwanzig. Josef rechnete für die Gruppe aus, was das bedeutete. »Jedes Mal achtzig bis hundert Tote, das heißt, sie haben allein an diesem Tag fast zweitausend Männer, Frauen und Kinder umgebracht. Das ist schlimmer als Sachsenhausen.« Er hatte gedacht, nichts könnte schlimmer sein.

Die anderen sagten nichts zu seinen Rechenkünsten, kehrten nur eilig zurück in den tiefen Wald.

In dieser Nacht sprach niemand. Sie schwiegen in stummem Einverständnis und planten nicht einmal den nächsten Tag. Doch Josef hörte noch Stunden später den ein oder anderen der Männer weinen. Kurz vor Mitternacht kam Rebbe zu ihm und reichte ihm wortlos eine Flasche Cognac. Josef fragte nicht, wie er an eine solche Kostbarkeit gekommen war, sondern stürzte nur ein Viertel des Inhalts auf einmal hinunter, bevor Rebbe ihm die Flasche wieder abnahm und ihn allein ließ. Das war der Moment, als er an Alan dachte, den er sechs Jahre lang voller Bitterkeit aus seinen Gedanken verdrängt hatte. Selbst in Sachsenhausen hatte er nie an Alan gedacht.

»Das Beste, was ich je getan, die beste Ruhe, die ich je gefunden …«, zitierte er mit großem Pathos aus »Die Geschichte zweier Städte« und meinte damit, dass es immer noch besser sei, in einem Grenzscharmützel zu sterben oder bei einem Depotüberfall von einem Kugelhagel niedergemäht zu werden, als sich in einem monströs großen Lastwagen vergasen zu lassen, während man gegen achtzig Verwandte und Freunde um den letzten Atemzug Luft kämpfte. Es war besser, eine Legende für Partisanen zu werden, als ein Bündel Lumpen in einem riesigen unmarkierten Grab!

Am nächsten Morgen kehrten sie zum Rand der Lichtung zurück, als könnten sie nicht glauben, was sie am Vortag gesehen hatten, und müssten sich überzeugen, dass es real war. So verbrachten sie einen weiteren Tag – wolkenverhangen und grau wie der Fluss –, indem sie Lastwagen zählten. Diesmal waren es acht Fahrten, trotz des drohenden Unwetters, und am Ende eine Salve Maschinengewehrfeuer.

»Sie haben die Zwangsarbeiter erschossen«, sagte Vogelbeere, der die besten Augen besaß, »um die Zeugen loszuwerden.«

Als es Nacht wurde, lag das Blumenfeld unbewacht und verlassen vor ihnen, sodass sie sich aus dem Wald herauswagten … nur ein Teil ihrer Gruppe und nicht alle gleichzeitig. Der Bluträcher, Birke und Josef zogen beim Losen mit Strohhalmen den Kürzeren und wurden als Erste hinausgeschickt. Sie rannten ängstlich geduckt, und Josef starrte immer wieder zum Fluss, der mit jeder Minute schwärzer wurde. Aber sie waren allein auf dem düsteren Feld.

Schließlich stießen sie in der zunehmenden Dunkelheit auf das offene Massengrab. Die Grube war riesig und voller Schatten: schattenhafte Arme, Beine, verrenkte Köpfe mit aufgerissenen Mündern, die stumm zu schreien schienen. Verse von Dante gingen Josef durch den Kopf, aber wie er feststellte, reichten selbst die Worte des genialen Dichters nicht an das Grauen heran, das zu ihren Füßen lag. Der Geruch hüllte ihn ein und durchdrang ihn, der anhaltende Nebel aus Abgasen, der Gestank von Tausenden entleerten Därmen, die widerliche Süße tagelang verrottender Leichen.

Josef starrte auf die Körper hinab, aber in der Masse sah er nur einen einzigen deutlich und klar: ein totes Kind, höchstens drei oder vier Jahre alt, das ganz oben auf dem Berg lag. Es hatte sich den Daumen wie einen Schnuller in den Mund gesteckt.

Er weinte.

Sie alle drei weinten laut und ohne Scham.

Da rief der Bluträcher: »Dort! Schaut, da bewegt sich jemand!«

Zuerst dachte Josef, dass die Dunkelheit, die Schatten, die Furcht seine Sinne verwirrt hätten. Dann kam ihm der noch dunklere Gedanke, dass die Leichengase, die beim Verrotten von Körpern entstehen, aus der unteren Schicht der Toten aufstiegen. Aber der Bluträcher war schließlich Medizinstudent und würde über so etwas Bescheid wissen. Da war der junge Mann bereits in die Grube gesprungen und hatte begonnen, die todesstarren Körper beiseitezuschieben. Und als er sich wieder erhob, als er mit zittrigen Beinen auf den Rücken, Brüsten, Rippen ermordeter Menschen stand, hielt er einen einzigen Körper in den Armen.

Es war eine junge Frau. Selbst in der zunehmenden Dunkelheit konnte Josef erkennen, dass sich ihr Arm leicht bewegte und dass sie ein seltsames Muster auf den Wangen hatte, das an Rosenblätter erinnerte.

Der Bluträcher reichte den Körper zu Josef hinauf, während Birke ihm half, selbst aus der Grube zu klettern. Doch als er oben ankam, hatte das Mädchen aufgehört, sich zu rühren, und atmete nicht mehr. Josef konnte sie in seinen Armen sterben fühlen. Also streckte er sie auf dem Boden aus, presste seinen Mund auf ihren, den bitteren Geschmack von Erbrochenem auf der Zunge, und versuchte, ihr Atem einzuhauchen.

Sie wechselten sich bei dem Versuch ab, sie wiederzubeleben. Der Bluträcher bewegte medizinisch korrekt ihre Arme auf und ab, und wenn er erschöpft pausierte, beatmete Josef das Mädchen. So hatte er gerade seine Lippen auf ihre gepresst, als sie endlich in seinen Mund zu husten und zu keuchen begann. Es dauerte noch eine Weile, bis sie ganz von allein Luft holte. Da war das Feld vollkommen dunkel. Es gab keinen Mond am Himmel, keine Sterne. So schwarz war es, dass sie alle tot sein und in der Grube hätten liegen können.

Das Mädchen sagte nichts. Weder nannte sie ihren Namen, noch fragte sie, wo sie sich befand oder wer ihre Retter waren. Sie presste sich nur eine Hand an die Stirn, als habe sie Kopfschmerzen. Anscheinend war ihr zu schwindelig, um aufzustehen. Also zog der Bluträcher seine Jacke aus und legte sie ihr sanft um die Schulter. Dann hob er das Mädchen hoch und trug es, als wäre es noch ein Kind. Er ging in gerader Linie auf den Wald zu, obwohl es kein Licht gab, das ihm den Weg wies. Josef und Birke folgten ihm in die undurchdringliche Dunkelheit.

Am nächsten Morgen war die junge Frau noch immer am Leben und noch immer stumm, doch das Rosenmuster auf ihren Wangen brannte nicht länger so rot. Ihr Körper war mit Exkrementen und Erbrochenem verschmiert, ihrem eigenen und dem der anderen Opfer. Ihr rotes Haar war dreckig und verfilzt. Über ihr Gesicht und ihren Hals liefen drei Kratzer von Fingernägeln, ein weiterer über ihr linkes Bein. Ab und zu hustete sie Schleim hoch, wandte sich schamhaft ab und spuckte ihn aus.

Der Bluträcher schenkte ihr seine Jacke und Birke sein Hemd. Sie versuchte, die Kleidung zurückzugeben, aber die beiden schüttelten den Kopf, und der Bluträcher sah sie mit seinem sanften Lächeln an. Da knöpfte sie die Jacke sorgfältig über dem Hemd zu, das ihr zu groß war und fast bis zu ihren Knien hing.

Siegestrunken von dem Leben, das sie gerettet hatten, kehrten sie in der nächsten Nacht zur Grube zurück, und auch in der übernächsten, wühlten sich durch die steifen Leichname, versuchten, weitere Überlebende zu finden. Das Mädchen blieb im Schutz des dunklen Waldes zurück.

Sie fanden zwei Männer und eine Frau, die noch atmeten. Doch die Männer litten unter Wahnvorstellungen und starben vor Morgengrauen im Wald. Wie der Bluträcher erklärte, war dieser Krankheitsverlauf bei Gasvergiftung nicht ungewöhnlich. Die Frau überlebte bis zum Mittag des nächsten Tages, eingehüllt in Josefs Mantel. Sie sah Sternenexplosionen und fürchtete sich vor den Schatten, die sich auf sie stürzen wollten.

Bevor sie starb, versuchte sie der Gruppe zu erzählen, wie sie nach Chelmno gekommen war. Ihre Stimme war nie lauter als ein heiseres Wispern, als würde sie bereits aus dem Jenseits sprechen. Später stückelten sich die Männer ihre Geschichte zusammen. Sie sprach von dem Schloss – dem *Zamek*, wie sie es nannte, auch wenn es eigentlich nur ein verfallener Herrenhof mit einer alten Scheune und zwei kleinen Holzgebäuden war. Sie und ihre Familie waren aus dem Ghetto in Lodz fortgeschafft worden, zuerst mit dem Zug, dann mit dem Lastwagen, bis sie sich im Innenhof des *Zamek* befanden. Dort hatte ein gut aussehender deutscher Kommandant sie in brauchbarem Polnisch beruhigt, dass sie in ein Arbeitslager kämen.

»Wo unsere Arbeit dem deutschen Vaterland helfen würde«, flüsterte sie und zeigte in die Mittagssonne. »Seht ihr die Schatten?« Aber da waren keine.

Alle sollten sich waschen, hatte der Kommandant erklärt, und währenddessen würde man ihre Kleidung desinfizieren, die von der langen, schrecklichen

Reise verschmutzt war. Genau so hatte er es ausgedrückt, solche mitfühlenden Worte: »die lange, schreckliche Reise«. Also mussten sie sich ausziehen und ihre Wertsachen, Papiere und andere Mittel der Identifikation wie Ringe oder Medaillons in spezielle Körbe legen, auf denen ihr Name stand.

»Dann gingen wir in den Keller des *Zamek*«, flüsterte sie heiser. »Ich hielt meine kleine Tochter an der Hand. Wir schämten uns beide sehr, nackt zwischen Fremden zu stehen. Selbst Familienmitgliedern zeigt man sich nicht so. Das ist furchtbar ungehörig, wissen Sie? Furchtbar ungehörig.« Ihre Augen füllten sich mit Tränen. »Ich wollte meine Tochter auf den Arm nehmen, aber sie sagte: ›Nein, Mama. Nicht Haut an Haut.‹ Also hielt ich sie an der Hand und las ihr die Schilder über den Treppenaufgängen vor, an denen wir im Korridor vorüberkamen. ›Zum Waschraum‹ stand auf einem, ›Zum Arzt‹ auf einem anderen. Ich sagte ihr, sie bräuchte keine Angst zu haben. Oh …« Sie begann leise zu weinen und flüsterte unter Tränen, »hätte ich sie doch noch einmal im Arm gehalten.«

Sie berichtete, dass alle Gefangenen zu einer ummauerten Rampe geschickt wurden, die in einen Lastwagen führte. Plötzlich begannen die Deutschen, auf sie einzuschlagen, sodass die Menge panisch losrannte. Fast hundert Menschen quetschten sich in den Wagen.

»Meine kleine Tochter wurde im Gedränge niedergetrampelt«, sagte sie. »Ich hörte sie einmal aufschreien und dann nie wieder. Mich stieß man als Letzte in den Laderaum und hinter mir wurde die Türklappe zugeschlagen. Der Boden bestand aus einem Metallgitter, das meinen nackten Füßen wehtat. Alle schrien und brüllten. Ich rief immer wieder den Namen meiner Tochter, aber sie antwortete nicht. Dann setzte sich der Lastwagen in Bewegung und an mehr kann ich mich nicht erinnern.«

Die Männer sagten ihr nicht, dass alle anderen bei der Fahrt gestorben waren, erstickt an den hineingeleiteten Gasen, erdrückt von der um Atemluft kämpfenden Menge oder schließlich auf der Lichtung durch einen Kopfschuss getötet. Das brauchte sie nicht zu wissen.

Später am Tag, direkt bevor sie starb, rief sie nach einer Rachel. Josef wusste – sie alle wussten –, dass es sich um den Namen ihrer Tochter handelte. Sie begruben die Frau dort im Wald und markierten den Platz mit einem schlichten Stein. Josef stand mit den anderen um das Grab herum.

»Wir sind nur zu acht«, sagte Holzwädel, »und einer von uns Männern ist nicht einmal Jude. Das reicht nicht für einen richtigen *Minjan*.«

»Wir sind neun«, sagte plötzlich das Mädchen. »Und Gott ist es egal.« Diese Worte waren die ersten, die sie in der ganzen Zeit gesprochen hatte. Sie stellte sich in den Kreis, die Arme schützend um sich selbst geschlungen.

Josef wusste nicht recht, ob sie meinte, dass Gott die korrekte Männerzahl für eine Andacht egal war oder dass er sich generell nicht um die Menschen scherte. Er fragte nicht nach.

Nachdem sie nun wussten, dass die junge Frau sprechen konnte, drängten sie alle auf Antworten: Wie war ihr Name, woher kam sie, war sie allein gewesen?

Sie schüttelte nur den Kopf. »Ich weiß nicht.«

Der Bluträcher nahm ihre Hand. »Du kannst dich nicht erinnern?« Er war besorgt. Eine Gasvergiftung konnte zu Psychosen führen und die Persönlichkeit stören.

Sie schüttelte wieder den Kopf. »Ich weiß nicht. In meinem Kopf sind keine Erinnerungen außer einer.«

»Nämlich?«, fragte Holzwädel.

»Ein Kindermärchen.«

»Meschugge«, sagte Rebbe und marschierte kopfschüttelnd davon.

»Welches Märchen?«, fragte Josef.

Sie zuckte mit den Schultern. »Ich kenne den Namen nicht. Aber in der Geschichte bin ich eine Prinzessin in einem Schloss, das von einem dichten Nebel eingehüllt wird. Dann werde ich wachgeküsst, als Einzige. Ich weiß, dass es ein echtes *Zamek* gibt, aber bin mir nicht sicher, ob das mein Schloss ist. Jedenfalls habe ich das Gefühl, dass die Märchengeschichte gleichzeitig auch meine Geschichte ist.«

»Sie spricht von ›Dornröschen‹«, stellte Josef fest.

Die Holzfäller nickten und der Bluträcher lächelte

das Mädchen an. Er wirkte gleichzeitig erleichtert und von ihr bezaubert.

»Dann werden wir dich ›Prinzessin‹ nennen«, entschied Josef, »wie in dem Märchen.« Aber er benutzte das polnische Wort *Księżniczka*.

KAPITEL 30

Tausend pro Tag (sagte er). Diese Zahl hatte Josef viele Jahre später von seinem Freund, dem Priester in Chelmno, gehört. Die Naziwachen sagten das zueinander und zu den Leuten des Dorfes: Tausend pro Tag. Das war die Mindestsumme der Menschen, die es zu vernichten galt, die festgesetzte Quote.

Josef und seine Kameraden hatten ein Leben gerettet. Eines von tausend. Und sie wussten, dass die Chance gering war, dieses Wunder zu wiederholen. Noch dazu war es gefährlich.

»Wir müssen Księżniczka in Sicherheit bringen«, sagte Josef zu den anderen. »Außerdem braucht sie Kleidung, Schuhe, vernünftiges Essen.«

»Reinen Sauerstoff, wenn möglich«, fügte der Bluträcher hinzu.

Kleidung, Schuhe und Essen ließen sich besorgen, aber für Sauerstoff musste sich die Prinzessin mit Waldluft begnügen, das war allen klar. Sie selbst ernährten sich gewöhnlich von Pilzen, Beeren und Kräutern, die ihnen die Holzfäller als essbar empfohlen hatten. Sie fingen Fische im Narew und aßen sie roh, weil sie nicht wagten, ein Feuer zu entzünden. Ihre Kleidung und ihre Schuhe waren zerlumpt. Josef erinnerte sich, dass er einmal ein Paar Stiefel an einen Diener verschenkt hatte, weil sie nicht perfekt saßen. Was hätte er jetzt für dieses Paar Stiefel gegeben! Nachts träumte er von Sahnetorten, die er mit Alan in Paris gegessen hatte. Oder in Wien. Oder Berlin. Daran erinnerte er sich nicht so genau. Von Alan selbst träumte er nie, nur von dem Kuchen. An einem Morgen war er aufgewacht und überzeugt gewesen, dass ihm Kaffeegeruch in die Nase stieg.

»Zuerst das Essen«, sagte er zu den anderen. »Dann die Schuhe.« Er war überrascht, dass sie zustimmten und Wert auf seine Meinung legten. Anscheinend war er durch die Tatsache, dass er dem Mädchen neues Leben eingehaucht und ihr einen Namen gegeben hatte, zu einer Person von Bedeutung geworden. Ohne es zu wollen, hatte er sich zum neuen Anführer gemacht. Er wusste kaum, ob er sich darüber freuen sollte oder nicht. »Und wir müssen unsere Informationen an den Rest des Widerstands weitergeben«, fuhr er fort. »Alles über die Lastwagen und das KZ im *Zamek*. Es ist wichtig, dass die anderen davon erfahren.«

Wie hätte er wissen sollen, dass diese Tatsachen bereits bekannt waren? Die Ghetto-Gerüchte waren von einem der Männer, denen die Flucht gelungen war, bestätigt worden, man hatte die Information an den polnischen Untergrund weitergeleitet, und dieser hatte die polnische Exilregierung benachrichtigt. Schon im Juni dieses Jahres waren sämtliche Details bis nach London gedrungen. Aber Josef wusste nur, dass die anderen Männer auf ihn hörten und sich mit eifrigem Nicken zu der Rettung gratulierten. Der Bluträcher brauchte am längsten, denn er hatte – wie Josef nicht als Einziger bemerkte – nur noch Augen für das Mädchen.

Sie wanderten ausschließlich bei Nacht, bewegten sich lautlos durch den Wald, und an den schwierigsten Stellen trug der Bluträcher die junge Frau, um ihre Füße zu schonen. Er erlaubte niemandem sonst, sie zu tragen, und das Mädchen selbst wollte auch nur seine Hand in ihrer halten, seinen Arm um ihre Taille spüren. Keinem von beiden schien es peinlich zu sein, dass ihre Beine unbekleidet waren.

Eines Nachts ließen sie Księżniczka an einer Flussbiegung baden, mit Eiche, Esche und Birke als Wachposten einen halben Kilometer stromaufwärts, Holzwädel, Rebbe und Josef einen halben Kilometer stromabwärts. Wo der Bluträcher sich postiert hatte, wusste niemand so recht. Nach Sonnenaufgang sahen alle, wie sie sich verwandelt hatte, wie sauber und voll ihr rotes Haar war und wie strahlend ihr Gesicht. Die Kratzer auf Wangen und Hals waren zu drei dünnen roten Linien verheilt, das Rosenmuster von der Gasvergiftung hatte sich in eine schüchterne Röte verwandelt.

Nach drei Nächten waren sie weit genug gewandert, um ersten Kontakt zu anderen Widerstandsgruppen zu bekommen. Josef, Holzwädel und der Bluträcher brachten die Prinzessin zu den Partisanenführern und berichteten, was sie gesehen hatten. Die anderen hielten *Księżniczka* für einen Codenamen, wie alle ihn trugen, und erklärten sich damit einverstanden. Sie gaben ihr Kleidung: einen groben Rock, eine Bluse und Stiefel, die nur eine Nummer zu groß waren und sich mit Lumpen ausstopfen ließen.

»Wir können sie über die Grenze schicken«, bot ein kleiner Mann mit runden Brillengläsern an.

Księżniczka umklammerte den Arm des Bluträchers. »Ich habe keinen Ort, wo ich hingehöre, und niemanden, der mich will.« Sie schaute den Bluträcher an, sprach aber zu ihnen allen. »Bitte, schickt mich nicht fort. Nehmt mich mit. Nehmt mich mit!«

Josef erinnerte sich, genau die gleichen Worte gebraucht zu haben, als er noch wie Treibholz mit dem Strom geschwommen war. In seinen Augen brannten ungeweinte Tränen, und er legte den Arm um die Prinzessin, wobei seine Hand ungewollt die des Jungen streifte. Mit Mühe zwang er sich, nicht vor der Berührung zurückzuschrecken. »Wir werden uns um sie kümmern«, sagte er zu den anderen. »Jetzt sind wir ihre Familie.«

Also blieb sie, bekam ein Gewehr, mit dem sie nicht umgehen konnte, und ein Messer, das in ihren Händen eher zum Tranchieren von Brathühnern getaugt hätte. Aber sie war furchtlos und fröhlich, da sie keine Vergangenheit besaß, von der sie verfolgt wurde. Oft, wenn sich die Gruppe tief in den Wäldern befand, sang sie ihnen leise vor, denn an Liedtexte konnte sie sich erinnern. Josef liebte besonders eines ihrer jiddischen Wiegenlieder. Er lernte den Text bald auswendig, da er Talent für Sprachen besaß:

Schlof, ge mir schoin, Jankele main schejner,
die eigelech, die schwarzinke, mach zu.
A jingele, wos hot schoin alle zeindelech,
mus noch die mamme singen: ai-liu-liu.

Schlaf nun ein, Jankele, mein schöner,
mach die schwarzen Äuglein zu.
Bist ein Junge, der schon alle Zähne hat,
und doch soll die Mama dir noch singen: ai-liu-liu.

»Du wirst bestimmt viele schöne schwarzäugige Söhne haben«, sagte Josef eines Abends zu ihr, nachdem sie das Lied fertig gesungen hatte.

»Ja, und du wirst deine Finger von ihnen lassen«, scherzte sie, berührte seine Hand und lächelte, damit er ihre Worte nicht falsch auffasste. Er wunderte sich, wieso sie über ihn Bescheid wusste. Aber er fragte sie nicht.

Sie hatten sich geeinigt, nicht nach Chelmno zurückzukehren, denn das wäre nutzlos und gefährlich gewesen. Stattdessen halfen sie wieder den anderen Gruppen bei ihren Anschlägen auf Bahnstrecken und Militärdepots. Über ein Jahr lang blieben sie in diesem Teil der polnischen Wälder, führten alle paar Wochen einen Überraschungsangriff auf dieses oder jenes harmlose Ziel durch – ihre eigene Form von Blitzkrieg –, um dann wieder ungreifbar zwischen den Bäumen zu verschwinden und sich tief in den weglosen Forst zurückzuziehen. Sie verloren nur wenige Partisanen bei Kämpfen, dafür aber umso mehr durch Lungenentzündung, Verzweiflung und Selbstmord. Eine noch größere Zahl wurde durch Untergrundrouten in die Freiheit geschleust.

Eines Tages, als Josef gerade allein war, kam Holzwädel zu ihm.

»Rebbe und ich«, begann er zögernd, »haben miteinander geredet.« Was natürlich bedeutete, dass Rebbe geredet und Holzwädel zugehört hatte. »Wir glauben, all das hier genügt nicht länger«, fuhr Holzwädel fort und wies auf den Wald. Es war klar, dass er nicht die Bäume meinte. »Bahnlinien und Depots, dann wieder Depots und Bahnlinien, das ist natürlich gut und wichtig. Aber nach den Dingen, die wir auf dem Feld gesehen haben, in der Grube … Was bedeuten da schon ein paar Überfälle? Nichts! Wir haben es ausgerechnet, verstehst du. Tausend pro Tag, ein Jahr lang. So viele Juden kann es doch in Polen nicht geben.«

Josef nickte, noch immer schweigend.

»Wir müssen etwas unternehmen. Also, was sollen wir tun?«

Josef hatte natürlich nichts geplant, aber jetzt mit einem Mal war sein Kopf voller Ideen. Sie konnten nach Vilna gehen und helfen, Kinder aus dem Ghetto zu schmuggeln. Sie konnten sich den Untergrundkämpfern anschließen, die Juden aus Krakau oder

Lodz herausholten. Eine Stimme in seinem Inneren sagte: »Wir retten einen, und sie töten tausend. Aber … einer ist immer noch genug.« Er erinnerte sich an den bitteren Geschmack von Księżniczkas Lippen auf seinen. Und dann, als hätte seine Seele plötzlich Feuer gefangen, verstand er, was Rebbe und Holzwädel von ihm erwarteten. Er verstand, warum Henrik und seine Anhängerschar sich geopfert hatten, warum ihnen die Legende wichtiger als das eigene Leben gewesen war. Seltsam, dass er so lange gebraucht hatte, um das zu verstehen.

Er versammelte die Gruppe unter einer großen Eiche, ein Stück entfernt von den anderen Partisanen. Der Baum war alt und knorrig, und Josef lehnte seinen Rücken daran, als könne er sich auf diese Weise Kraft borgen. Die Holzfäller standen Schulter an Schulter um Holzwädel geschart. Etwas abseits wartete Rebbe, die Arme über der massigen Brust verschränkt. Księżniczka und der Bluträcher hielten sich in den Armen. Ihr rotes Haar war zu einem Zopf geflochten, der ihr lang über die Schultern hing, und auf den Wangen des Jungen zeigte sich der erste goldene Flaum.

Josef erklärte ihnen seinen Plan. Er war einfach, direkt und selbstmörderisch. Am Ende hielt er ihnen seine Hand entgegen und fragte: »Seid ihr dabei?«

Einer nach dem anderen nickte und besiegelte den Entschluss mit Handschlag, außer dem Bluträcher, der sich auf die Lippe biss und sagte: »Zuerst gibt es noch etwas zu erledigen.«

»Was?«, fragte Josef mit ruhiger Stimme, aber die plötzliche Kälte in seiner Brust und seinem Herzen verhieß schlechte Nachrichten.

Księżniczka lächelte schüchtern, nahm die Hand des Jungen und legte sie an ihre Brust. »Wir möchten zuerst heiraten«, sagte sie, und gleichzeitig ergriffen beide Josefs Hand.

Drei Tage später wurde unter einem viereckigen Baldachin, der aus Ästen, Blättern und Efeuranken geflochten war, die Trauung vollzogen. Die Holzfäller, Rebbe und Josef standen an den vier Seiten der *Chuppa*, um die Ehe zu bezeugen. Einer der Partisanen – im Gegensatz zu Rebbe ein echter Priester, dem es irgendwie gelungen war, trotz des Waldlebens seinen weiß umrandeten *Tallit*-Schal zu retten – sprach die Worte der Zeremonie. Er musste sie aus dem Gedächtnis aufsagen, denn er hatte kein Gebetbuch. Wem von den Männern eine Kopfbedeckung fehlte, hatte sich stattdessen eine grob geschnitzte Kappe aus Holz aufgesetzt. Die wenigen Frauen hatten ihr Haar mit Tüchern bedeckt, deren Stoff von Unterröcken stammte. Es war ihnen sogar gelungen, aus den langen Fransen des Gebetsschals einen Schleier zu knüpfen.

Die Braut wurde auf den Ehenamen Eva getauft, denn wie der Rabbi sagte: »Du bist die erste Frau, die in diesen Wäldern getraut wird, und eine Jüdin heißt nicht ›Księżniczka‹.« Der Bräutigam gab seinen richtigen Namen preis: Aron Mandelstein.

Gesungen wurde nicht; das wäre zu gefährlich gewesen. Aber als der Rabbi die beiden im Angesicht Gottes zu Mann und Frau erklärte und als der Bräutigam seine Braut schüchtern, aber mit wachsender Begeisterung küsste, lief ein Murmeln durch die zerlumpte Waldgemeinde.

»*Mazel tov*«, flüsterten alle, und Holzwädel erklärte Josef, dass die Worte ein Segenswunsch waren.

»*Mazel tov*«, flüsterte Josef ebenfalls, obwohl Tränen seine Sicht verschleierten und er sich von dem Anblick dieses Glücks abwenden musste.

Dann begannen die Hochzeitsgäste durch die Lichtung zu tanzen: die Männer miteinander, die Frauen miteinander und der Bräutigam mit der Braut. Es gab keine Musik, nur das Geräusch ihrer Schritte im raschelnden Herbstlaub war zu hören.

Josef stand abseits, gegen einen Baum gelehnt, und erinnerte sich an Paris, Wien, Berlin. Erinnerte sich an Alan. Und an sein Leben, wie es einmal gewesen war und nie wieder sein konnte.

Ihre Gruppe verließ am nächsten Tag das Partisanenlager. Zu neunt suchten sie sich einen Weg zurück nach Chelmno, wandten sich vom Leben ab und dem Tod zu. Es war das Jahr 1943, spät im November.

Der Wald war vom Herbst kahl und grau, kaum ein Vogel sang in den Ästen. An einem frühen, wolkenverhangenen Morgen ließen sie schließlich die Bäume hinter sich. Da befanden sie sich kaum einen Kilometer entfernt von den Todesfeldern Chelmnos. Sie wussten nicht, was in dem Jahr ihrer Abwesenheit geschehen war, dass man das KZ geschlossen, umgebaut und wiedereröffnet hatte. In dem Jahr, seit sie Księżniczka aus der Leichengrube gerettet hatten, waren die Menschentransporte aus dem Ghetto in Lodz noch effizienter geworden. Man hatte Krematorien in den Feldern gebaut, um die Toten besser beseitigen und an ihr Zahngold herankommen zu können. Die Zahl der Wachen war um ein Vielfaches gestiegen.

Aber wenn sie das alles gewusst hätten, wären sie trotzdem hierher zurückgekehrt.

Sie machten halt am Narew, nicht so sehr, um sich zu waschen, sondern um sich auf den kommenden Kampf vorzubereiten, zuerst die Männer, dann das Mädchen. Sie tauchten ihre Hände in den Fluss, schöpften Wasser und benetzten ihr Haar damit; Rebbe wusch sich die Hände wieder und wieder, wobei er hebräische Gebete murmelte. Dann standen die Männer auf, kamen die Uferböschung hoch und wandten sich ab, um Księżniczka ans Wasser zu lassen.

Sie glitt den kurzen Hang hinab und hatte sich gerade hinuntergebeugt, um sich das Gesicht zu waschen, als die graue Luft von Maschinengewehrfeuer zerrissen wurde.

Holzwädel fiel als Erster, landete mit dem Gesicht nach unten auf dem harten Lehmboden, und gleich darauf sackte Rebbe über ihm zusammen. Aron – den Bluträcher – traf es als Nächsten. Er kippte mit einem seltsamen Laut um, der halb Keuchen, halb Schrei war. Esche und Vogelbeere warfen sich zu Boden und versuchten, näher an ihn heranzukriechen, wurden aber gleichzeitig von einem Kugelhagel getroffen, der ihre Köpfe so vollständig zerschmetterte, dass sie kaum noch menschlich aussahen.

Josef hatte ein wenig abseits gestanden. So blieb ihm ein Moment, um hinunter zum Narew zu fliehen, und er sah nicht, was mit dem Rest seiner Gruppe geschah. Kaum hatte er sich zur Flucht gewandt, traf ihn eine Kugel ins Bein und schleuderte ihn die Böschung hinunter. Hals über Kopf stürzte er auf den Fluss und Księżniczka zu, die noch immer vornübergebeugt stand. Sein Aufprall warf sie beide in das kalte Wasser.

Sie schrie Arons Namen, wollte zu ihm ans Ufer klettern. Aber Josef packte sie und hielt sie unten im Fluss fest, um sie vor dem Kugelhagel zu schützen, und auch, weil er schlicht zu panisch war, um loszulassen. Bevor er wieder klar denken konnte, wurden sie beide von der Strömung ergriffen. Eng umschlungen trieben sie stromabwärts. Zwar drang ihnen die Kälte bis auf die Knochen, doch ansonsten waren sie unversehrt.

Mehrere Flussbiegungen später gelang es ihnen, sich aus dem Wasser zu ziehen und ans Ufer zu klettern. Księżniczka musste Josef hinaufhelfen, denn sein rechtes Schienbein war zerschmettert. So stützte und verfluchte sie ihn abwechselnd, bis sie ihn in den sicheren Wald geschleppt hatte.

Später klammerten sie sich aneinander wie im Liebesakt, um die Kälte der Nacht abzuhalten, und weinten bis zum Morgen um die Toten. Am meisten aber um Aron.

Księżniczka bandagierte Josefs Bein und fertigte eine hölzerne Schiene an. Glücklicherweise besaß sie noch ihr Messer, das in einer Lederscheide unter ihrem Gürtel gesteckt hatte. Die Gewehre hatten sie im Fluss verloren.

Zu ihrer eigenen Überraschung gelang ihnen der Rückweg durch die Wälder. Josef konnte hinterher nie sicher sagen, ob sie dafür Tage oder Wochen gebraucht hatten, die meiste Zeit über hatte er Fieber. Im Rückblick erschien ihm dieser Gewaltmarsch wie ein bizarrer Traum. Nur an einen Augenblick konnte er sich mit großer Klarheit erinnern: Er lag auf dem Rücken, schaute durch das Geflecht der Äste und hatte das Gefühl, die Sterne würden auf ihn niederfallen – bis ihn der erste im Gesicht traf und er feststellte, dass es schneite.

Sie fanden eine Partisanengruppe, und zwei Wochen später war sein Fieber verschwunden und das Bein mehr schlecht als recht verheilt. Eines Tages hielt Josef Ausschau nach Księżniczka und fand sie nirgends. Da er seit der Wanderung in Panik geriet, wenn sie sich nicht in seiner Nähe aufhielt, fragte er einige der Frauen, ob sie Księżniczka gesehen hätten. Sie zeigten auf einen der Trampelpfade, und er humpelte mit seinem verwachsenen Bein den Weg entlang, um das Mädchen zu suchen.

Sie kniete inmitten einer kleinen Lichtung. Zuerst

dachte er, sie würde weinen, aber so war es nicht. In Wirklichkeit war sie dabei, sich still in eine Mulde zu übergeben, die sie gegraben hatte.

Als er ihre Schulter berührte, drehte sie sich um und wischte sich den Mund mit dem Ärmel ab.

»Bist du krank?«, fragte er.

»Ich bin schwanger«, sagte sie. »Und ich werde nicht zulassen, dass mein Kind stirbt.«

Also fälschten sie Papiere auf den Namen Eva Potocki. Josef gab ihr den Ring seines Stiefvaters und sein Passfoto, falls sie weitere Beweise brauchte. Sie würde inkognito reisen wie eine polnische Prinzessin, sagte er zu ihr.

Sie lächelte. »Und ich werde nie den Prinzen vergessen, der mich wachgeküsst hat.«

Als er nach dem Krieg nichts von Księżniczka hörte, war Josef an seinen optimistischen Tagen überzeugt, dass sie es bis nach Amerika geschafft hatte. Vielleicht war sie sogar ein- oder zweimal nach Paris gekommen, in der Hoffnung, ihn in einem der Cafés sitzen zu sehen? An seinen pessimistischen Tagen, wenn Feuchtigkeit und Kälte sein Bein schmerzen ließen oder wenn seine Albträume ihm einen sterbenden Aron zeigten, dem ein Blutschwall aus dem Mund spritzte, dann war Josef sicher, dass Księżniczka nicht mehr lebte und ihr Baby mit sich in den Tod genommen hatte.

WIEDER HEIM

»Wenn Kinder schwindeln, sagen wir: ›Erzähl keine Märchen!‹ Doch Kinderflunkereien und Ammenmärchen haben gemeinsam, dass sie mit der Wahrheit keineswegs hinter den Berg halten, sondern gewöhnlich ehrlicher sind, als uns lieb ist.«

Angela Carter
»The Old Wives' Fairy Tale Book«

»Vielleicht werden wir schon mit dem Wissen um die Märchen geboren, vielleicht tragen wir die wispernden Stimmen unserer Großmütter und Vorfahrinnen in uns. Der freudige Schock, den wir erfahren, wenn wir ein Märchen zum ersten Mal hören, ist nicht so sehr ein Ausdruck von Überraschung, sondern ein Wiedererkennen.«

P. L. Travers
»About the Sleeping Beauty«

KAPITEL 31

»Schließlich kam er in ein Turmzimmer, das hatte ein blechernes Dach und ein Gitter als Boden. In der Mitte des Zimmers stand ein Himmelbett mit einem Baldachin aus feinem Damast, der zu allen vier Seiten herabhing. Und auf diesem Bett lag die schönste junge Frau, die der Prinz je gesehen hatte.«

»Wie schön?«, fragte Shana. Sie malte an einem Märchenbild, dessen Prinzessin bemerkenswerte Ähnlichkeit mit Shana besaß.

»Schöner als die Sonne. Schöner als der Mond. Mit rotem Haar so glänzend und rein wie Flusswasser.«

»Kann sie auch blondes Haar haben?«, fragte Shana. Sie schaute auf ihre Zeichnung, wo eine flachshaarige Prinzessin steif wie ein Stock auf einem riesigen Bett lag.

»Wenn du das möchtest, Schatz, dann kann sie auch blond sein.«

»Kann meine Prinzessin dunkles Haar haben?«, fragte Sylvia. Shana hatte sich den gelben Buntstift unter den Nagel gerissen und weigerte sich, ihn herzugeben.

»Ja, sehr dunkel«, sagte Gemma.

Die kleine Becca war eifrig dabei, ihr eigenes Bild auszumalen. Den roten Stift fest in der Hand, hatte sie zuerst die Konturen der Prinzessin gezeichnet, ihren Körper und ihr

Haar, und nun breitete sich die Farbe wie vergossenes Blut über den Quader aus, der das Bett darstellen sollte.

»Und was passiert dann, Gemma?«, drängelte Shana. »Erzähl den Kuss-Teil. Ich mag den Kuss-Teil.«

»Ich auch«, stimmte Sylvia mit ein.

Becca schaute nicht von ihrem inzwischen vollständig roten Blatt hoch. Es schien, als habe sie ihre Schwestern nicht gehört.

»Er war von ihrer Schönheit so bezaubert ...«, sagte Gemma.

»Und von ihrem blonden Haar«, sagte Shana.

»Ihrem schwarzen Haar«, widersprach Sylvia.

»Nein, blond«, sagte Shana.

Der Geschwisterstreit drohte der Geschichte vorzeitig ein Ende zu bereiten.

»... dass er seine Lippen auf ihre presste«, flüsterte Becca ihrem roten Bild zu. Dann stand sie auf, kletterte ihrer Großmutter auf den Schoß, legte ihr die drallen Ärmchen um den Hals und küsste sie mit ihren von Erdbeermarmelade und Erdnussbutter verschmierten Lippen direkt auf den Mund. Gemma küsste sie zurück, als bemerke sie das gar nicht.

KAPITEL 32

Becca und Magda hatten Potockis Geschichte zugehört, fast ohne sich zu rühren. Seine Stimme floss melodisch dahin, und selbst die schrecklichen Dinge, die er erzählte, waren in eine Sprache voller Poesie gehüllt. Das Kaminfeuer war in der Zwischenzeit zweimal niedergebrannt, und zweimal war die dralle Haushälterin erschienen, um es wortlos wieder anzufachen. Sie hatte auch ein Mittagessen hereingetragen, das fast unberührt stehen geblieben war, und später den Nachmittagstee, den nur Potocki getrunken hatte. Nicht weil er durstig war, wie Becca vermutete, sondern weil seine Kehle vom Sprechen trocken geworden war.

Becca hatte sich zwischendurch nur kurz entschuldigt, um ins Bad zu gehen, das sich als ein elegantes Boudoir mit Seidentapeten, Marmorfußboden und Porzellanbecken herausstellte. Sie war länger als nötig im Bad geblieben und hatte versucht, sich alle Details der Erzählung einzuprägen. Es fiel ihr schwer, sich vorzustellen, dass ihr Großvater ein Kriegsheld gewesen war – darauf sollte sie stolz sein, oder nicht? – und dass Gemma, ihre Gemma, aus dem Reich des Todes erweckt worden war, und zwar vom

Kuss eines Prinzen, der vermutlich nie zuvor und nie danach eine Frau geküsst hatte. Plötzlich, aus heiterem Himmel, fiel ihr Merlin Brooks ein. »Du hast nie verstanden, was Ironie ist«, hatte sie einmal gesagt. Aber aus Potockis Geschichte sprach eine Ironie des Schicksals, die so augenfällig und so erschütternd war, dass wohl niemand sie wirklich verstehen konnte.

Als sie in den Salon zurückkehrte, kam sie an Magda vorbei, doch keine von ihnen sagte ein Wort. Tatsächlich hatten sie die ganze Zeit über geschwiegen, abgesehen von ein paar Worten, um das Essen abzulehnen. Fast wirkte es, dachte Becca, als hätte die Geschichte sie zu Stein erstarren lassen.

»Falsches Märchen«, flüsterte sie sich kopfschüttelnd zu.

Nachdem Potocki seine Erzählung beendet hatte, sank ihm das Kinn auf die Brust, und er saß so lange in dieser Pose, dass Becca plötzlich fürchtete, er könnte ohnmächtig sein. Oder tot. Sie stand auf, ging zu ihm und berührte ihn vorsichtig an der Hand.

Er wachte ruckartig auf, schaute zu ihr hoch und flüsterte den Namen: »Księżniczka!« Doch gleich darauf entschuldigte er sich. »Oh, meine Liebe, die Ähnlichkeit ist überwältigend. Ich kann kaum glauben, dass sie mir zuerst entgangen ist.« Er griff nach einem silbernen Glöckchen, das auf einem Tisch bei seinem Sessel stand, und läutete.

Sofort kam die Haushälterin wieder herein und brach in einen erregten Wortschwall aus.

Er antwortete kurz, dann wandte er sich Becca und Magda zu. »Sie ist immer so besorgt um mich. Und vielleicht hat sie recht, denn ich ermüde schnell. Aber das hat nichts zu bedeuten. Nur das Alter. Die Potockis sind eine langlebige Familie – außer sie werden in der Blüte ihrer Jugend umgebracht. Sie sagt, dass unser Abendessen schon seit zehn Minuten auf uns wartet, und hat mich gescholten. Kommt.« Es fiel ihm nicht ganz leicht, aus dem Sessel aufzustehen, aber der Gehstock half ihm dabei. Dann führte Potocki sie den Korridor entlang zum Esszimmer, wo ein wahres Festmahl auf sie wartete.

Als der erste Gang serviert war, wandte sich Magda ihrem Gastgeber zu und fragte, nachdem sie Becca mit einem Nicken um Erlaubnis gebeten hatte: »Ich möchte nicht unhöflich erscheinen, Sir, denn Sie sind sehr gütig gewesen. Aber meine Freundin Rebecca ist weit gereist, um die Wahrheit zu hören.«

»Und jetzt wollen Sie wissen, meine Liebe, ob ich tatsächlich die Wahrheit erzählt habe. Oder ob ich der Versuchung erlegen bin, die Geschichte um der Dramatik willen ein wenig auszuschmücken …«

»Nein, nein«, protestierte Becca. »Das denken wir bestimmt nicht. Magda, wie kannst du so etwas fragen?«

»Ah, meine junge Freundin, sie hat ganz recht. Schließlich bin ich, wie ich selbst zugegeben habe, ein Theaterschriftsteller, ein Fabulierer und Schwindler. Durch Sie, Miss Berlin, habe ich genug Anhaltspunkte erhalten: den Ring, das Dorf Chelmno, das Lager – sogar den Nachnamen Ihrer Großmutter.« Er zählte die Punkte an den Fingern ab. »Vielleicht habe ich alles erdichtet. Nur ein Märchen, nichts sonst.«

Magda lachte. »Sie mögen Spiele, nicht wahr?«

»Spiele?«, fragte Becca.

Er nickte lächelnd. »O ja. Wenn man erst in meinem Alter ist, was bleibt einem anderes? Ich habe all meine Freunde überlebt – auch jene, die der Krieg mir gelassen hat. Ich bin zu alt für Sehnsüchte und Begierden. Meine Träume des Nachts sind selten angenehm. Ich bin nie über seinen Tod hinweggekommen.«

»Wessen Tod?«, fragte Becca. »Alans?«

»Nicht doch«, antwortete Magda. »Er hat Aron geliebt. Den Bluträcher.«

»Also ist die Geschichte wahr«, sagte Becca und schaute zwischen Magda und Potocki hin und her. »Alles ist genau so passiert?«

»Natürlich«, erklärte Magda. »Schließlich war er der Erste, der ihren Namen genannt hat – Księżniczka.«

»Du meinst, im Wald?«, fragte Becca verwirrt.

»Gestern Abend. Im Hotel«, sagte Magda.

Becca schüttelte den Kopf. »Ich glaube, du spielst auch gerne, Magda.«

Sie grinste. »Das ist keine Frage des Alters, wie er sagt. Das liegt daran, dass wir polnisch sind. So viel Leid und Tränen. Solange man spielt, muss man nicht weinen. Habe ich recht, Herr Potocki?«

»Ganz gewiss, schöne Dame«, sagte er theatralisch

und hauchte ihr mit den Fingerspitzen einen Luftkuss zu. »Aber ihr habt nach der Wahrheit gefragt, wie es die Jugend nun einmal tut. ›Was ist schon Wahrheit?‹, sagte zynisch Pontius Pilatus und wartete nicht auf die Antwort.«

»Wir warten darauf«, sagte Magda.

»Das heißt, wir haben gewartet«, verbesserte Becca.

»Und ich habe euch mehr von der Wahrheit erzählt als sonst einem Menschen. Schließlich habe ich Księżniczka den Lebensatem geschenkt, und sie tat dasselbe mit ihrer Tochter … und ihrer Enkeltochter. Wie könnte ich darüber schweigen?«

»Am Anfang haben Sie gesagt, dass es im Krieg keine Helden gibt, sondern nur Überlebenskünstler«, bemerkte Becca. »Aber ich halte Sie trotzdem für heldenhaft. Genau wie meine Gemma.«

Er lächelte. »Hat nicht Ihr amerikanischer Poet R. W. Emerson gesagt: ›Der Held lebt nicht von Brot allein. Sein Herzblut soll ihm Nahrung sein.‹ Wenn Sie diese Definition meinen, dann kann ich Ihnen versichern, dass ich mein Herzblut reichlich getrunken habe, und es war bitter.«

Fast aufs Stichwort kam die Haushälterin herein, schenkte Getränke nach und brachte dann das Dessert, eine Art Pudding in kleinen Schälchen.

»Aber lasst uns nicht länger von Heldentum sprechen, sondern die Crème Caramel genießen, solange sie frisch aus Madame Gdowskis Küche kommt. Ich habe ihr das Rezept vor Jahren beigebracht, und da ich es selber nicht mehr zubereiten kann, gebührt die Ehre jetzt ihr. Das Ergebnis ist, wie ich zugeben muss, besser, als es mir selbst jemals gelingen wollte.«

Kurz vor dem Abschied griff Becca nach Potockis Hand und sagte: »Ich bin ehrlich überzeugt, dass Gemma sich an nichts mehr erinnern konnte. Nicht an Sie oder meinen Großvater … jedenfalls nicht bewusst. Das alles war für sie zu einem Märchen geworden. Sie hat uns die Geschichte von ›Prinzessin Dornrose‹ bestimmt eine Million Mal erzählt. Und die ganze Zeit lag die Wahrheit darin verborgen, nur vergessen und vergraben.«

»Wir sollten froh sein, dass sie ihre Erinnerungen so tief vergraben hatte. Ich wünsche niemandem meine Träume, am wenigsten ihr.« Er verbeugte sich und küsste ihre Hand. »Miss Berlin … Becca … sei so gut und schreib diesem alten Mann ab und zu. Immerhin bin ich so etwas wie dein Stiefgroßvater.«

»Soll ich Ihnen den Ring zurückgeben«, fragte Becca, »oder das Foto?«

»Nein, gewiss nicht. Ich schenkte ihr diese Kleinigkeiten, damit sie ihre Geschichte beweisen könnte, und jetzt gehört alles dir. Zu demselben Zweck.« Er lächelte sanft. »Dein Großvater war der wahre Held, das weißt du wohl? Er sprang direkt in den Höllenschlund und holte Księżniczka lebend heraus. Ich wüsste keinen Mann, der mutiger gewesen ist.«

Magda stellte sich auf die Zehenspitzen und gab ihm einen flüchtigen Kuss auf die Wange. »Ich schon«, sagte sie. »Manchmal braucht man mehr Mut zum Weiterleben als zum Sterben.«

Mit diesen Worten gingen sie.

Am nächsten Morgen fuhren sie wieder zu den Feldern am Narew. Sie stiegen aus, schlossen behutsam die Autotüren und gingen den schlammigen Weg entlang.

»Ob es hier war, was meinst du?«, fragte Becca.

»Hier oder in der Nähe.«

Sie starrten die Uferböschung hinunter auf das ruhige graue Wasser, dann verließen sie den Lehmpfad und stellten sich auf das Feld.

»Hör doch«, sagte Becca.

Magda lauschte. »Was?«

»Blätter rauschen im Wind. Der Fluss plätschert vorbei. Vögel singen.«

»Und was hast du erwartet? Schreie? Weinen? Maschinengewehre?«

Becca zuckte mit den Schultern. »Ich hatte nicht erwartet, dass es so … still ist. So friedlich.«

»Gräber sind immer still. Immer voller Frieden.«

Becca nickte.

»Nicht wie die Träume der Lebenden«, setzte Magda hinzu.

Sie stiegen wieder ins Auto und fuhren davon.

Auf dem Rückweg nach Warschau sprachen sie kein Wort, hingen in Gedanken der Geschichte nach. Den Rest des Tages in Tantchens Wohnung unterhielten sie sich nur über Belanglosigkeiten und planten Beccas Heimreise.

»Haben Sie gefunden, wonach Sie auf der Suche waren?«, fragte Tantchen.

»Ja, ich habe es gefunden«, antwortete Becca.

»Mehr als das«, sagte Magda.

»Und gleichzeitig weniger«, sagte Becca. Zum ersten Mal wurde ihr bewusst, dass sie noch immer keine Ahnung hatte, wie aus Eva später Gitl geworden war oder ob ihre Großmutter vielleicht wirklich so geheißen hatte. Und über ihren Großvater wusste sie nur, dass er ein Medizinstudent namens Aron Mandelstein gewesen war. »… und ein Held«, setzte sie laut hinzu.

»Polen ist voller Helden«, stellte Tantchen Wanda fest. »Die sind alle tot und sehen sich die Radieschen von unten an.«

»Was für eine Sprache! Du liest zu viele ausländische Bücher, Tantchen«, sagte Magda lachend.

Danach wurde das Thema nicht wieder erwähnt.

Während sie sich später umzogen, wandte sich Becca plötzlich Magda zu und sagte: »Dein Tantchen hat übrigens unrecht.«

»Unrecht? Womit?«

»Du schnarchst doch!«, stellte Becca fest. »Zumindest ein klein wenig. Ich dachte, das solltest du wissen.«

»Tantchen schnarcht auch«, erklärte Magda mit einem spitzbübischen Lächeln. »Deshalb schlafen wir nicht zusammen. Aber es ist unhöflich, Fremde darüber … wie heißt das Wort … aufzuklaren. Besonders Amerikaner, die automatisch glauben, dass jeder ein eigenes Zimmer haben muss, ja?«

»Meine älteren Schwestern haben ihr Zimmer geteilt«, sagte Becca, »und ihre Geheimnisse. Sie waren neidisch, weil ich einen Raum für mich allein hatte. Dabei war es der kleinste im ganzen Haus, kaum größer als eine Abstellkammer.«

»Kleiner als dieses Zimmer?«, fragte Magda mit einer Geste rundum.

Becca grinste verlegen. »Na ja, ein bisschen.«

Magda kletterte ins Bett und zog sich die Decke bis zum Kinn. Nach kurzem Zögern setzte Becca sich bei ihr auf die Bettkante. »Die Geheimnisse meiner Schwestern habe ich nie erfahren und dachte immer, mir würde dadurch etwas fehlen. Aber jetzt kenne ich die Geheimnisse meiner Großmutter – und bin nicht sicher, ob ich sie überhaupt wissen will. Soll ich meiner Familie zu Hause alles erzählen? Glaubst du, Josef Potocki würde das wollen? Manchmal ist es klüger, die Dinge einfach ruhen zu lassen.«

»So wie schlafende Prinzessinnen?« Magda lachte. »Manchmal sind wir alle wie schlafende Prinzessinnen und müssen wachgeküsst werden. Es ist besser, richtig wach zu sein, ja?«

Becca dachte einen Moment darüber nach. »Besser für …?«

»Für …? Ist das richtige Grammatik? Ich verstehe

die Frage nicht«, sagte Magda. »Vielleicht ist mein Englisch schlechter, als ich dachte.«

»Nein, ich sollte deutlicher sprechen. Das liegt nur daran, dass ich Amerikanerin bin.«

»Amerikaner wollen nicht wach sein?«

»Oh, wir haben nichts gegen die Wahrheit«, sagte Becca. »Solange sie ordentlich verpackt ist; alles schön einfach und an seinem Platz.«

»Wahrheit ist nie einfach und ordentlich. So etwas gibt es nur im Märchen. Das denken wir jedenfalls in Polen. Und du bist schließlich polnisch, weißt du?«

»Ja, ich weiß«, sagte Becca. »Gute Nacht, Freundin Magda.«

»Gute Nacht, Prinzessin.« Magda drehte sich um und schlief bald tief und fest, während Becca bis früh in den Morgen wach lag und nachdachte.

Der Heimflug hatte zwei Stunden Verspätung und Becca döste fast den gesamten Flug über. Der Ring der Potockis hing an einer Goldkette um ihren Hals, die sie auf Magdas Drängen hin gekauft hatte. Selbst im Schlaf hielt sie ihre Hand fest darum geschlossen.

Die Abfertigung am New Yorker Flughafen dauerte so lange, dass sie fast ihre Verbindung nach Bradley verpasst hätte, aber es gelang ihr gerade noch, im Laufschritt das Gate zu erreichen, bevor es geschlossen wurde.

Dankbar sank sie auf ihren Sitz und war bald danach in eine lebhafte Unterhaltung mit dem Mann vertieft, der auf der anderen Seite des Gangs saß. Zuerst lamentierten sie über Verspätungen, dann kam die Sprache auf ihre Reise nach Polen.

»Ist es dort schön?«, fragte er. »Ich bin nie in Polen gewesen.«

»Schön?«, entgegnete sie. »Nein, nicht für mich. Eher … nun ja … düster und ergreifend.«

Er nickte, als würde er verstehen. »Alte Städte und Orte, in denen jede Menge Geschichte begraben ist.«

Sie dachte an die schlammfarbene Straße, die an den Ruinen des Schlosses vorbeiführte; an die alte Frau, die sie vor den Männern des Dorfes gewarnt und zur Kirche gewiesen hatte. Sie dachte an die roten Wangen des Priesters und an Potockis Hände, die auf dem silbernen Knauf des Gehstocks zitterten. Sie dachte an die Namen der Lager, die Potocki aufgezählt hatte wie ein grausiges Gedicht – Sachsenhausen, Dachau, Chelmno –, und an eine Grube voller Leichen, in die ein junger Held hinabgesprungen war, um seine zukünftige Braut heraus an die rettende frische Luft zu heben. Sie dachte an den Kuss des Lebens. Sie dachte an das stille Feld. Sie dachte, was soll ich nur meiner Familie erzählen?

»Ja, jede Menge«, antwortete sie und bestellte bei der Stewardess eine Zitronenlimonade.

Als sie ausgecheckt hatte, schaute sie sich in der Halle nach ihrem Gepäck und ihren Eltern um. Sie war überrascht, stattdessen Stan zu sehen, der geradewegs auf sie zukam.

»Holst du hier jemanden ab?«, rief sie.

»Ja, dich«, sagte er und schob seine Brille die Nase hoch. »Ich habe deine Eltern gebeten, mir den Fahrdienst zu überlassen. Dein Vater machte eine Bemerkung über ›Reporter, die schnell zur Sache kommen‹. Er hat Humor, nicht wahr?«

»Ich liebe ihn von ganzem Herzen«, sagte Becca, »aber manchmal hat er mehr Humor, als gut für ihn ist.«

Stan grinste. »Und? Hast du die Story ausgegraben? Das Schloss gefunden? Deinen Prinzen?«

Becca hielt ihm ihren Koffer entgegen und er nahm ihn sofort. »Dreimal ja«, antwortete sie. »Ich habe einen großen Teil der Story gefunden, aber nicht alles.«

»So ist das mit Familiengeschichten«, sagte er plötzlich ernst und lehnte sich zu ihr vor.

»Das Schloss … Man nennt es *Zamek*.«

»Tatsächlich? Spreche ich also mit einer waschechten Prinzessin?« Er beugte sich noch weiter vor. »Ich weiß nicht recht, ob die Zeitung sich eine Königstochter im Team leisten kann. Außerdem: Wäre das überhaupt politisch korrekt?«

»Keine Ahnung …«, sagte Becca langsam und kämpfte gegen ein Lächeln an, »ob ich eine Prinzessin bin, aber wie wäre es mit einem Test: Wenn du mich küsst, sollte ich aus meinem Dornröschenschlaf erwachen. So funktioniert das im Märchen.« Sie sprach betont locker, um es notfalls wie einen Scherz aussehen zu lassen.

Er ließ den Koffer fallen, tat den letzten Schritt auf

sie zu und schloss sie in die Arme. Dann gab er ihr einen langen Kuss.

Als sie wieder sprechen konnte, flüsterte Becca: »Die Geschichte hat ein Happy End, scheint mir. Auch wenn sie zwischendurch furchtbar traurig war.«

»Dann fangen wir am besten ganz von vorn an, mit ›Es war einmal …‹«, sagte er, griff erneut nach ihrem Koffer und dann nach ihrer Hand. »Zugegeben, ich komme gern schnell zur Sache. Aber so haben wir mehr Zeit für das ›Sie lebten glücklich und zufrieden bis an ihr Lebensende‹.«

KAPITEL 33

»So berührte sein Atem ihre Lippen, und die Prinzessin erwachte. Freudig sagte sie: ›Ich lebe, mein liebster Prinz. Du hast mir die Welt zurückgegeben.‹ Nach der Hochzeit bekam sie ein kleines Mädchen, das sogar noch schöner war als sie selbst. Und so lebten sie glücklich und zufrieden bis an ihr Lebensende.«

»Auch der Prinz?«, fragte Becca. »Ich glaube, über diesen Punkt bin ich mir nie ganz im Klaren gewesen.« Sie war erst am Ende ins Zimmer gekommen, als Benjamin gerade seinen Daumen aus dem Mund nahm und ihn seiner Urgroßmutter anbot. Die kleine Sarah schlief bereits tief und fest. Sie blieb selten bis ganz zum Schluss wach, schließlich war sie erst zwei.

»Ja, der Prinz auch«, sagte Benjamin und hielt seinen Finger freigiebig in Beccas Richtung.

Sie lachte und schüttelte den Kopf. »Ich möchte hören, wie Gemma es erzählt.«

»Du bist wirklich ein anstrengendes Kind. Warst du schon immer«, bemerkte Gemma und hob die schlafende Sarah in ihre Arme.

»Nein, da verwechselst du mich mit Sylvia. Oder Shana. Ich bin die brave Schwester, das weißt du doch!«

»Mama sagt aber was anderes«, stellte Benjamin fest

und ließ seinen Daumen wieder im Mund verschwinden …

Verschlafen öffnete Sarah die Augen. »Dorndösen?«, fragte sie.

»›Glücklich und zufrieden bis an ihr Lebensende‹«, sagte Gemma entschieden, »heißt genau, was es heißt.« Mit einem Kind auf dem Arm und dem anderen im Schlepptau stieg sie die Treppe hinauf und verschwand.

ANMERKUNG DER AUTORIN

Über Chelmno wissen wir Folgendes mit Sicherheit: Insgesamt starben dort 320 000 Menschen, die alle in Lastwagen vergast wurden. 34 073 ermordete man in der Zeit vom 22. 2. bis 2. 4. 1942, weitere 11 680 wurden in den elf Tagen vom 4. bis zum 15. Mai getötet. Die Nazis führten peinlich genau Buch. Sie interessierten sich für Zahlen, nicht für Namen.

Die Vernichtung begann Mitte Januar 1942 und wurde mit mehreren kurzen Unterbrechungen bis zum 17. 1. 1945 fortgeführt. An diesem Tag ermordeten die Wachen alle noch lebenden Gefangenen, kurz bevor das KZ von der sowjetischen Armee befreit wurde. Nur zwei Männern gelang es in den Anfangsjahren, trotz Fußketten aus ihrer Arbeitseinheit zu entkommen, die zur Aushebung der Massengräber eingeteilt war. Zwei weitere Männer hatten bei Ende des Krieges wie durch ein Wunder das KZ überlebt.

Die Rettung einer Frau im Juni 1942, die in meinem Roman beschrieben wird, findet während eines Zeitraums statt, für den keine Todesstatistiken existieren. Das mag bedeuten, dass es damals keinen Massenmord gab. Allerdings ist die Wahrscheinlichkeit größer, dass nur die Akten verloren gegangen sind.

Der Ort Chelmno existiert. Vielleicht gibt es dort einen Priester, aber ich bin ihm nie begegnet. Vielleicht gibt es dort gute Menschen, aber niemand hat mit ihnen gesprochen.

Dieses Buch ist Fiktion. Alle darin vorkommenden Personen sind frei erfunden. Ein glückliches Ende – »… und wenn sie nicht gestorben sind …« – gehört zu den Konventionen von Märchen, ist aber im Leben selten zu finden. Soweit ich weiß, ist nie eine Frau lebend aus Chelmno herausgekommen.